KB209828

"조금은 착각해도 된답니다?"

텐노지 양은 왠지 모르게
입술을 삐죽 내밀었다.

"지금도, 가끔 상상한다."
나리카가 나지막하게 말한다.

"이츠키가 코노하나 양의 집이 아니라……
우리 집에서 살았을지도 모른다는 가능성을."
그것은…… 가능성이 있는 세계다.

아 가 씨 돌 보 기

~영애들이 다니는 명문 학교에서 제일가는 아가씨(생활력 없음)를 남몰래 돕는 시중 담당이 되었습니다~

7

사카이시 유사쿠

일러스트 미와베 사쿠라

프롤로그

스미노에 양의 간접 인수를 막고 며칠이 지났다.

"토모나리 씨. 지난번 광고 게재 일은 감사합니다."

"아, 아뇨, 아뇨, 저희도 계약해 주셔서 고마웠습니다."

쉬는 시간. 나는 교실에서 같은 반 여자애와 매니지먼트 게임 이야기를 했다.

스미노에 양과의 인수 소동, 그 뒤로 이어진 토모나리 기프트와 웨딩 니즈의 자본 업무 제휴에 관해서는 매니지먼트 게임 내 뉴스에서 여러 번 다뤄졌다. 그 결과, 키오우 학원에서의 내 인지도는 나 자신도 놀랄 정도로 상승했다.

여기서 말하는 인지도는 신뢰와 직결한다.

그래서 나는 이번 인수 소동을 계기로 거래처를 하나둘씩 늘릴 수 있었다. 물론 내가 먼저 연락하는 일도 있지만, 오히려 상대방이 먼저 연락하는 일이 많아졌다. 방금 이야기한 같은 반 여학생도 토모나리 기프트의 홈페이지에 광고를 실어 달라고 제안했다.

지금은 소위 순풍이 불고 있는 상태다. 보너스 타임이라고 해도 좋다. 이 기간에 얼마나 회사를 성장시킬 수 있느냐에 따라 토모나리 기프트의 미래가 달라질 것이다.

"토모나리 군. 잠깐 상담할 수 있을까요?"

"상담? 괜찮은데요……."

"실은 지금 제휴처 기업에서 고민하는 것이 있어서요……."

이번에는 같은 반 남학생이 상담을 요청했다.

(요즘 이런 상담이 많아졌네.)

내 나름대로 대답하면서, 나는 속으로 쓴웃음을 지었다.

스미노에 양의 인수를 막았기 때문인지, 내가 M&A(인수합병)나 업무 제휴를 잘 안다고 여기는 것 같다. 하지만 솔직히 히나코나 텐노지 양과 비교하면 하늘과 땅 차이이기 때문에 상담을 받을 때마다 마음이 복잡해진다. 나도 아직 공부 중인데…….

내 의견을 다 말하자 남학생은 예의 바르게 고맙다는 인사를 하고 자기 자리로 돌아갔다.

종소리가 울리고 수업이 시작된다.

그러고 보니 오늘은 정기적인 티파티 날이다.

1장 토모나리 이츠키의 목표

"여러분 모두 정말 잘하고 계시는군요."

티파티가 시작되자 가장 먼저 텐노지 양이 말했다.

"특히 토모나리 씨. 요즘은 활동 범위가 넓어졌다더군요?"

"그렇죠. 지금은 상품을 늘리려고 거래처를 많이 만들고 있어요. 그 소동 이후 다른 데서 연락이 많이 오거든요……."

정말 고마운 일이다.

웨딩 니즈와의 제휴로 관혼상제 관련 선물도 다양해졌고, 덕분에 토모나리 기프트의 매출도 꾸준히 오르고 있다.

"실제로 수업 시간에도 토모나리에게 연락하는 사람이 많아졌으니까 말이지."

"맞아. 내 친구도 얼마 전에 상담하러 갔다고 하더라."

그랬구나.

그때는 몰랐는데, 아사히 양의 친구도 나한테 상담하러 온 모양이다.

"후후후……."

"왜 당신이 그렇게 잘난 척하는 거예요?"

히나코가 자랑스럽다는 듯이 뿌듯해하는 표정을 짓자, 텐노지 양이 지적했다.

히나코도 자료 등을 공유해 주었으니까, 지금의 내가 있는 것은 히나코 덕분이라고 해도 과언이 아니다.

다만, 그 뒤로 사람들에게 칭찬받는 일이 많아서 나도 깨달은 것이 하나 있다.

나는 왠지 우량 거래처를 잘 알아보는 것 같다.

데이터 속에 감춰진 사람의 얼굴을 관찰하는 것이 능숙하다고 해야 할까……. 솔직히 이론은 잘 모르겠고, 이런 직감 같은 것에 의존하는 것은 무서우니까 앞으로도 경영 공부는 계속할 생각이다. 다만, 타쿠마 씨처럼 무시무시한 관찰력으로 잘 처신하는 사람도 세상에는 존재하니까, 나는 이 무기를 잘 활용해야 한다고도 생각한다.

나는 키오우 학원의 누구보다 공부가 뒤처졌으니까.

그렇다면 가지고 있는 패를 조금이라도 활용해야 한다. 선택과 집중을 할 여유는 없다.

홍차 잔을 들며, 나는 내가 해야 할 일을 고민했다.

"요즘엔 토모나리 군을 멋지다고 하는 사람도 많아졌거든~."

"어?"

무심코 차를 마시지 않고 잔을 내려놓는다.

방금 충격적인 말을 들은 것 같았다.

"역시 별로 유명하지 않은 곳에서 시작해서 단숨에 성공했다는 성공담이 멋져 보이는 거 아닐까? 아, 유명하지 않다는 건 딱히 나쁜 뜻으로 한 말이 아니야!"

(생활력 없음)

"그건 알겠는데요……. 성공담인가요?"

아사히 양은 무명에서 성공한 것보다는 예상치 못한 업계에서 성공한 것이 좋았다고 말하는 것 같다.

그나저나 성공담인가…….

그렇게 단순한 스토리를 따라 걸은 적은 없는데 말이지.

사실 외줄타기의 연속이었다. 웨딩 니즈가 제휴해 줘서 다행이었지만, 만약 거절당했다면 지금쯤 내 회사는 스미노에 양의 SIS에 먹혔을지도 모른다. 몇 번을 떠올려도 더 좋은 방법이 있었을지도 모른다는 생각이 자꾸만 떠오른다.

"아~ 나도 친구로서 기분이 좋아. 코노하나 양도 그렇지?"

"그래요. 친구가 칭찬받는 것은 자랑스러운 일이에요."

그렇다면 왜 아까부터 내 다리를 발로 차는 거야.

아파, 아프다고……. 한 벌에 수십만이나 하는 키오우 학원의 교복이 더러워진다.

"뭐, 토모나리 씨의 지조가 없는 건 어제오늘 일이 아니어요."

"저기, 텐노지 양? 그런 눈으로 보지 말아 주세요……."

텐노지 양은 여전히 그 어느 때보다 차가운 눈빛을 내게 보내고 있었다.

사람을 못 믿네. 왜지……?

역시 그때 일이 마음에 남은 걸까? 같이 춤을 추면서 히나코와 텐노지 양의 회사 중 어느 쪽을 택하겠냐고 물었을 때, 내가 둘 다 선택하지 못한 것을.

"저기, 아사히. 나는? 내 소문은 없어?"

"타이쇼 군의 소문은 저어어어어어어언혀 들은 적 없어!"

"그렇게 강조하지 않아도 되잖아……."

타이쇼가 울상이다.

아사히 양, 좀 봐줘…….

"그런데 여러분, 혹시 과제에서 난관에 봉착한 분은 없나요?"

텐노지 양의 물음에 우리는 서로를 쳐다보지만, 아무도 입을 열지 않는다.

"과제, 라……."

나리카가 나지막하게 중얼거렸다.

"미야코지마 양. 무슨 고민이 있나요?"

"아, 아니?! 그런 건, 아닌데……?"

왜 의문형?

걱정스럽게 쳐다보는 히나코에게, 나리카는 허둥대며 고개를 도리도리 저었다.

"그러면 오늘은 이만 해산할까요. 매니지먼트 게임도 오늘부터 후반전이에요. 긴장을 늦추지 말고 열심히 해봐요."

텐노지 양의 말에 우리는 각자 고개를 끄덕였다.

티파티 동맹의 모두는 순조롭게 성과를 내고 있는 듯하다.

◆

티파티가 해산된 후, 우리는 각자 집으로 돌아갔다.

텐노지 양은 반 친구들과 회의가 있는 모양인지 다시 학교 건물

(생활력 없음)

로 들어갔다. 타이쇼와 아사히 양은 마중 나온 차가 이미 도착한 모양인지 빠른 걸음으로 교문으로 간다.

"미안하다. 나도 지금부터 반 친구의 상담에 응해야 하니까 실례하마."

설마 나리카에게 그런 말을 들을 줄은 몰랐던 나는 하마터면 가방을 떨어뜨릴 정도로 놀랐다.

"상담? 나리카가?"

"그, 그러면 안 돼?"

"아니, 괜찮아. 정말 괜찮아."

놀랐을 뿐이지, 안 된다고는 조금도 생각하지 않는다.

"나리카…… 성장했구나."

"흐, 흐흥! 그래, 나도 성장하고 있다! 그러니까 저기, 할아버지가 손자를 보는 눈으로 보지 마."

나리카는 복잡한 표정을 지으며 학교 건물로 향했다.

나와 히나코는 둘만 남았다.

그러자 반듯하게 펴졌던 히나코의 등이 구부정해졌다.

"휴~~~ 피곤해……."

"저기, 아직 긴장을 풀긴 일러."

"음냐…… 빨리 차에 타고 싶어……."

일단 주변에 다른 학생들은 없는 것 같지만, 누군가에게 들키면 히나코의 완벽한 숙녀라는 체면이 무너지고 만다.

조금만 더 참으면 된다. 히나코는 나른한 얼굴로 교문 쪽으로 걸어간다.

"아, 코노하나 양! 죄송한데 잠깐 상담을 청해도 될까요?"

그때, 뒤에서 낯선 학생이 말을 걸었다.

히나코의 표정이 일그러진다. 아아, 조금만 더 있으면 연기를 그만둘 수 있었는데.

"내가 거절할까?"

"아니야. 거절하더라도 게임에서 채팅 메시지를 보낼 테니까. 다녀올게……."

"알았어. 끝나면 연락해."

히나코의 눈이 죽어 있었다.

사실 학교에서 이런 상담을 거절했다가 채팅 메시지가 오는 상황을 여러 번 경험했기에, 히나코의 판단은 빨랐다.

인기인도 고생이 많구나. 요즘은 나도 상담 요청을 많이 받지만, 히나코만큼은 아니다.

"힘내. 이따가 몰래 감자칩 사 올게."

"……응!"

이 한마디가 효과가 있었는지 히나코는 기운을 되찾고 말을 건 학생에게로 향했다.

시즈네 씨는 '자꾸 먹이를 주지 마세요.'라고 하지만, 요즘은 자주 하지 않으니 어쩌다 한 번쯤은 괜찮을 것이다.

그나저나 이렇게 되면 내가 한가해진다.

히나코에게 말을 건 학생은 진지한 분위기여서, 한동안 시간이 걸릴 것 같았다. 적당히 교내를 어슬렁거리며 시간을 때우자.

키오우 학원은 넓다. 하지만 한 학기 동안 다니다 보면 이래저래

(생활력 없음)
~영애들이 다니는 명문 학교에서 제일가는 **아가씨**를 남몰래 돕는 시종 담당이 되었습니다~ 7

웬만한 곳은 거의 다 가본다. 카페, 운동장, 테니스 코트, 도서관, 체육관. 요새는 운동량이 부족했으니까, 나는 그 해소도 겸해서 여러 곳을 돌아다녔다.

마지막으로 학교 건물 앞을 지나가려는데, 나리카가 보였다.

"나리카? 상담은 이미 끝났어?"

"응. 생각보다 일찍 끝나서 여기서 마중을 기다리고 있었어."

마중을 나오는 사람에게는 조금 늦어질 거라고 말한 거겠지.

하지만 나리카는 한가하지 않고, 조금 우울해 보인다.

"뭐, 일찍 끝난 게 아니라 내가 제대로 상담을 받아주지 못한 거지만……."

"그래…?"

"대기업 경영을 알려달라고 했다. 하지만 나도 감으로 하는 일이 많아서 잘 설명하지 못했다. 상대에게 미안한 일을 했군."

이 시기가 되면 회사 규모가 커지면서 그 변화에 허둥대는 학생도 늘어난다. 나리카에게 상담을 청한 학생도 그럴 것이다.

나도 비슷한 상담을 몇 번 받은 적이 있다.

"신경 쓸 필요 없어. 나도 자주 그러니까."

"그, 그러냐?"

"상대도 뭐든 다 대답해 줄 거라고 여기진 않을 거야. 그보다 언제부터 반 친구들이 그렇게 의지하게 된 거야? 얼마 전까지만 해도 아직 반에 적응하지 못했다고 했잖아?"

"그, 그래. 게임이 시작되고 나서 여러모로 부탁을 많이 받는다. 내 회사가 잘나가니까 비결을 알려달라는 말을 자주 듣는다."

매니지먼트 게임은 학생들끼리의 교류를 활성화한다.

어쩌면 지금의 환경은 나리카가 새로운 친구를 사귈 좋은 기회일지도 모른다.

그런 생각을 했는데, 나리카가 이상하게 히죽히죽 웃었다.

"왜 웃는데?"

"대단한 건 아니고…… 역시 이츠키는 나를 잘 봐주고 있다는 생각이 들었다."

"그야 울며 애원했으니까."

"으…… 하긴 그런가."

기쁜 표정을 짓던 나리카가 주눅이 들었다.

사실은 그게 다가 아니다…….

자꾸 울면서 애원하는 바람에 걱정된 것도 사실이지만, 내가 나리카를 의식하는 이유는 하나 더 있다.

대회가 있던 날——.

——나한테는…… 이츠키밖에 없다!

그날, 나리카는 내게 말했다.

——나한테 특별한 건 이츠키밖에 없다! 앞으로도 영원히, 이츠키뿐이다!

그때의 말이 지금도 귓가를 떠나지 않는다.

나는 나리카가 나처럼 편하게 이야기할 수 있는 친구를 더 많이 사귀면 좋겠다고 생각했다. 그래서 나리카에게 '앞으로도 특별한 사람을 더 많이 사귀면 좋겠다.'라고 말했다. 하지만 나리카는 거의 울먹이듯이 고개를 저었다. 그게 아니라고. 나만 특별한 거라고.

그 이후로 자꾸만 의식하게 된다.

나리카와 단둘이 있을 때면 그 말이 종종 떠오른다. 특별하다는 뜻이 뭘까? 나리카는 결국 무엇을 전하고 싶었던 걸까?

아무튼 잘못 상상하면 어색해질 것 같아서 말 이상의 의미로 받아들이지 않으려고 노력했다. 뭐, 나리카가 한 말이니 대단한 의미는 없을지도 모른다. 앞으로 나리카가 친구를 사귀어도, 나는 친한 친구이기 때문에 단순한 친구와는 다르다는 것을 강조하고 싶었던 거겠지.

아무리 그래도, 연애적인 의미가 있는 것은 아니다.

아니겠지……? 그야 나리카니까…….

(적어도 지금은 생각하지 말자.)

진지하게 생각해야 할 타이밍은, 아마도 지금이 아니다.

내가 너무 일방적으로 생각해서 관계가 어색해지면 나리카도 곤란하리라. 매니지먼트 게임도 후반부에 접어들어 집중해야 하는 지금, 문제를 더 키워선 안 된다.

게다가…… 나리카는 지금도 나를 많이 의지하고 있다.

이 상태로 나와 나리카의 관계가 어색해지면, 어쩌면 의지할 상대가 없어져 힘들어하지 않을까?

그렇게 생각하니…… 파고들기 어렵다.

"응?"

그런 내 마음을 아는지 모르는지, 나리카는 무언가를 발견하고 다가갔다.

"이츠키! 축구공이 있다!"

"누가 쓰고 넣어두는 걸 깜빡했나 보네……."

공을 발견한 나리카는 즐거워하는 신나게 나를 바라봤다.

이처럼 천진난만한 태도를 사람들 앞에서도 보여줄 수 있다면 좋겠는데…….

"패스!"

공이 내 발로 굴러온다.

나리카의 패스는 부드러워서 트래핑하기 쉬웠다. 자기 실력을 과시하기 위해서가 아니라 상대를 배려해서 힘을 잘 조절한다.

여전히 스포츠 방면으로는 재주가 좋다.

잘하는 것과 못하는 것이 이렇게 뚜렷하게 나뉘는 경우는 드물 것 같다.

이번에는 내가 나리카에게 패스한다.

"오랜만에 공을 차 보는걸."

"키오우 학원에서는 1학년 때 축구를 하는데, 이츠키는 올해 들어왔으니까 말이다."

그렇다면 내가 수업 시간에 축구를 하는 일은 이제 없는 걸까?

뭐, 수업 시간에 안 해도 이렇게 공 하나만 있으면 언제든지 할 수 있다.

"받아라, 이츠키!"

"어어!"

나리카가 일부러 공을 띄워서 가슴으로 받아냈다.

또 교복이 더러워졌을지도 모른다. 나중에 시즈네 씨에게 혼날

14 · 아가씨 돌보기

(생활력 없음)
~영애들이 다니는 명문 학교에서 제일가는 **아가씨**를 남몰래 돕는 시중 담당이 되었습니다~ 7

것 같지만…… 즐거워하는 나리카를 보니 나도 덩달아 동심으로 돌아가 버렸다.

역시 나리카와는 이런 식으로 편안한 관계를 유지하는 게 좋을 것 같다.

적어도 지금은 그렇게 생각한다.

"아까 티파티에서 텐노지 양이 무슨 과제가 없냐고 모두에게 물어봤지?"

몇 번을 반복하다 나리카가 말을 꺼냈다.

"그때 잠시 모두에게 물어볼까 말까 고민했는데…… 다들 어떻게 처음 보는 사람과 당당하게 이야기할 수 있는 거냐?"

"무슨 뜻이야……?"

질문의 취지를 이해할 수 없어서, 나는 공을 차서 돌려주며 나리카를 봤다.

"매니지먼트 게임이 시작되고 나서 처음 보는 사람과 이야기할 기회가 많아졌다. 이츠키 덕분에 그 이후로 조금씩 친한 사람이 많아졌지만…… 처음 보는 상대는 여전히 무서워하는 경우가 많다. 그것 때문에 회의가 진행되지 않은 적도 몇 번 있다."

현재, 나리카는 매니지먼트 게임 덕분에 처음 보는 사람과 대화할 기회가 많아졌을 것이다. 그래서 새로운 고민이 생긴 것 같다.

어쩌면 이번 미팅도 비슷한 흐름으로 실패한 걸지도 모르겠다.

매니지먼트 게임은 현실에서의 교류도 중요하다. 실제로 토모나리 기프트와 웨딩 니즈가 제휴할 수 있었던 것도 나와 이쿠노가 현실 세계에서 협상했기 때문이다.

"내가 좀 더 당당하다면 자연스럽게 오해가 풀릴 것 같다. 하지만 나를 무서워하는 사람 앞에서는 나도 말을 제대로 하지 못한다. 겁에 질린 눈빛을 보면 갑자기 머릿속이 하얗게 된다."

나리카는 예전에 작년 경기대회에서 사람들이 무서워한 것이 트라우마라고 말했었다.

하지만 지금 이야기를 듣고 확신했다. 어쩌면 나리카는 아직 트라우마를 다 떨쳐내지 못했을지도 모른다.

당연하다. 나리카는 거의 1년 동안 동급생들에게 두려움을 샀으니까. 우리 앞에서는 밝은 태도를 보이지만, 바늘방석에 앉아 있던 나리카의 부정적인 이미지는 쉽게 사라지지 않으리라.

(경기대회를 계기로 나리카의 나쁜 이미지는 어느 정도 불식할 수 있었지만…… 나리카 자신도 더 많이 변해야 하는 걸까.)

좋은 방향으로 변화하고 있겠지만, 아직은 부족하다는 뜻일 것이다.

적어도 본인은 납득하지 못하고 있다.

다만, 이것만은…….

"계속해서 경험해 보는 수밖에 없지 않을까?"

너무 간결하게 대답한 것 같아서 말을 보탠다.

"그걸 위한 매니지먼트 게임이라고, 나는 생각해. 장차 현실에서 지금과 같은 실패를 하지 않기 위해 지금 이 타이밍에 열심히 경영 경험을 쌓는 것이 이 게임의 취지니까."

"하긴. 잘 풀리지 않는 건 어찌 보면 당연한 일인가?"

"그래. 그러니까 지금은 실패해도 괜찮을 것 같아."

그렇게 말하면서도 나는 머릿속으로 좀 더 구체적인 조언을 할 수 없을까 생각했다.

그러나 처음 보는 사람과의 대화가 어색한 것은 솔직히 당연한 것 같기도 하다.

나리카도 장차 대기업을 짊어질 사람이다. 평범하면 안 된다는 걸 알지만, 안타깝게도 나 자신이 아직 그 경지에 도달하지 못했으니까 뭐라고 할 말이 없다.

"나리카는 어디를 목표로 하고 있어?"

나는 무심코 나리카에게 물었다.

"게임만 말하는 게 아니라, 최종적으로 어떤 사람이 되고 싶은 거야?"

"음…… 그, 그건 참 어려운 질문이구나."

나도 이런 질문을 받으면 한동안 고민할 것 같다.

그래서 나리카가 어떻게 대답할지 고민해도 나는 보챌 마음이 전혀 없었다.

"그래, 분수에 맞지 않는 목표라는 건 나도 잘 알지만……."

나리카는 머뭇거리며 조심스럽게 말했다.

"최종적으로는 역시 코노하나 양이나 텐노지 양 같은 사람들과 어깨를 나란히 하고 싶다……."

기본적으로 부정적이면서도 어떻게든 타협하지 않는 것이 나리카의 장점이다.

그리고 그 목표는 나와 완전히 같기도 하다.

"노력하자. 너와 나 모두."

나와 나리카의 출발점은 하늘과 땅 차이지만, 같은 목표를 가진 사람이 가까이 있어서 왠지 모르게 기뻤다.

그래…….

나란히 서고 싶겠지. 그 두 사람과.

평소에 그토록 가까이에서 접한다. 아마 아사히 양이나 타이쇼도 속으로는 같은 생각일 것이다.

의욕이 부글부글 끓어오르는 것을 실감하고 있을 때, 스마트폰이 진동했다.

히나코가 앱으로 '끝났어~.'라는 메시지를 보냈다.

"나는 이만 가 볼게."

"알았다. 이츠키, 상담에 응해 줘서 고맙다."

"별로 도움이 되지 못한 것 같지만."

"그, 그렇지 않다! 미야코지마 가문의 가훈에는 '회견을 두려워하지 말라'는 말이 있다. 이츠키 덕분에 그걸 떠올릴 수 있었다. 나도 두려워하지 않고 사람들과 이야기해 보마!"

그런 가훈이 있구나…….

교문으로 향한다. 그 전에 나는 한 번만 뒤돌아보았다.

"나리카, 이걸 말해야 할지 고민했는데……."

고개를 갸웃거리는 나리카에게 나는 어색함을 느낀다.

나중에 나리카가 부끄러워하지 않도록 말해야겠다.

"저기…… 치마 차림으로 다리를 너무 들지 않는 게 좋아."

"어…… 아?!"

나리카가 얼굴을 붉히며 치맛자락을 움켜쥐었다.

(생활력 없음)

다음부터는 조금 더 일찍 알아차리면 좋겠다.

◆

코노하나 저택에 돌아온 나는 타쿠마 씨에게 전화를 걸어 게임 진행 상황을 전했다.

『궤도에 올랐구나.』

스마트폰 스피커에서 타쿠마 씨의 목소리가 들려왔다.

게임 상황은 사전에 문자 메시지와 스크린샷을 보내 공유했는데, 잘 살펴본 것 같다.

『그래서, 어떻게 할 거야? 앞으로의 방침은?』

타쿠마 씨가 물었다.

『이츠키 군도 느끼고 있겠지만, 지금 시장은 규모가 작아. 수익은 좀 더 늘릴 수 있겠지만, 슬슬 한계에 부딪히지 않을까?』

"그렇죠. 솔직히 천장에 가까워졌다고 느끼고 있습니다."

선물이라는 틈새시장에 눈을 돌린 자신의 선택이 틀리지 않았다고 생각한다. 스미노에 양이라는 경쟁자가 있을 줄은 예상하지 못했지만, 그것 말고는 경쟁자가 거의 없어 순조롭게 출발선을 끊을 수 있었다.

다만 평소 히나코, 텐노지 양, 나리카와 이야기를 나누다 보면 사업의 규모가 너무 달라 압도당할 때가 있다.

솔직히…… 부럽다.

나도 좀 더 큰 숫자를 다루고 싶다.

(생활력 없음)

여름방학 마지막 날, 나는 옛날에 살던 집에서 히나코에게 맹세했었다. 언젠가 히나코와 동등한 인간이 되겠다고. 그 중간 목표로써, 나는 모두처럼 큰 책임을 질 수 있는 사람이 되고 싶다고 했다.

토모나리 기프트는 나름대로 씩씩하게 성장했다고 생각한다.

하지만 더 큰 책임을 지려고 한다면 이 회사로는 부족하다.

"두 번째 사업을 시작해도 되겠습니까?"

『좋아. 그 말을 네 입에서 직접 듣고 싶었어.』

타쿠마 씨는 중요한 선택은 스스로 하게끔 유도하고 있다.

이 사람은 교육자로서도 평범하게 우수하다. 도움을 청하길 잘했다.

『새로운 사업을 시작하는 건 나도 찬성해. 다만 지금 회사를 어떻게 할 것인지는 생각하는 게 좋아. M&A로 매각하고 그 이익으로 다음 회사를 설립할지. 아니면 후계자를 준비해서 맡길지. 사업 승계에도 여러 가지 방법이 있어.』

안타깝지만, 지금 사업을 경영하면서 다음 사업까지 시작하는 것은 내 자원으로 불가능하다. 타쿠마 씨도 그 점을 아니까 사업 승계를 전제로 이야기를 진행한다.

토모나리 기프트는 나를 제외한 종업원이 AI이기 때문에 내부 승계를 한다면 다음에는 AI가 사장이 될 것이다. 반면 M&A나 외부에서 임원을 초빙해 승계하는 외부 승계라면 AI가 아닌 플레이어에게 맡길 수 있을지도 모른다.

손수 키운 회사다. 기왕이면 지인에게 맡기고 싶어진다.

"지인에게 승계를 맡기는 경우에도 주식 매각은 가능하죠?"

『이츠키 군이 지금 보유한 주식을 팔고 싶다는 거군. 물론 가능해. 그럴 경우 양도보다 더 까다롭지만, 상대에 따라 다르겠지.』

새로운 사업을 시작하려면 자금이 필요하다. 가능하다면 양도가 아닌 매매로 승계하고 싶다.

다음 사업 내용과 자금 확보. 이것들은 병행해서 생각하자.

『이제부터는 이츠키 군이 결정할 일이야. 결과를 기대할게.』

그렇게 말하고 타쿠마 씨는 전화를 끊었다.

"휴."

작게 숨을 내쉬며 어깨에서 힘을 뺀다.

오후 9시. 정확히 게임 종료 시간이다.

나는 방과 후, 시즈네 씨 몰래 산 감자칩을 손에 들고 히나코의 방으로 향했다.

"히나코, 지금 있어?"

"⋯⋯?!"

문을 두드리고 말을 걸자 '우당탕탕!' 하고 큰 소리가 났다.

잠시 기다리니 "드, 들어와⋯⋯!"라는 대답이 들려서 안으로 들어간다.

책상 앞에 히나코가 앉아 있었다.

그 얼굴은 왠지 모르게 새빨갛고, 땀에 배어 있었다.

"저기⋯⋯ 괜찮아? 큰 소리가 들렸는데⋯⋯."

"고, 공부하고 있었으니까⋯⋯ 괜찮아."

딱 봐도 뭔가를 숨기고 있다.

방을 슥 훑어보니 침대에 깔린 이불이 이상하게 부풀어 오른 것을 발견했다.

"이거야……?"

"아……?!"

이불을 걷어보니 순정만화가 숨겨져 있었다.

"유리에게 빌린 만화인가. 시즈네 씨라면 몰라도, 나한테는 굳이 숨기지 않아도 되잖아?"

"응, 그럴……지도."

히나코는 어눌하게 대답했다.

뭐, 시즈네 씨도 만화 정도는 용서해 줄 것 같지만…… 내용에 따라서는 교육에 해롭다는 이유로 압수당할 가능성도 있을 것 같다.

혹시 이 만화가 그런 것일까……?

확인차 내용을 보려고 했는데——.

"내, 내용은 보지 마……!"

히나코가 황급히 내게 다가왔다.

"저기, 나도 아직 안 봤어……!"

"그, 그래? 미안해."

딱히 내용을 말할 마음은 없었지만…… 뭐, 히나코가 빌린 책이니까, 자기가 먼저 보고 싶은 마음은 이해할 수 있다.

"일단 말해두겠는데, 과격한 건 시즈네 씨가 용납하지 않을걸?"

"그, 그런 거 아니니까, 괜찮아……!"

딱히 내용이 과격해서 숨기고 싶었던 것은 아닌 것 같다.

그 이전에 히나코, 과격한 게 무슨 뜻인지 알고 있구나…….

"이, 이츠키. 이제…… 목욕 시간이야."

히나코가 시계를 보며 말했다.

"그렇구나. 그러면 가볼까?"

느긋하게 감자칩이라도 먹을까 했는데, 먼저 목욕하기로 했다.

◇

이날 코노하나 히나코는 각오를 굳혔다.

──이제는 좀, 이츠키의 가슴을 뛰게 하고 싶다.

이 지조 없는 벽창호가 자신을 의식하게 만들고 싶다. 그렇듯 강하게 생각하고 있었다.

오늘 티파티가 히나코의 등을 떠밀었다. 최근 여자애들이 이츠키에게 말을 거는 건 알았지만, 설마 그런 이야기가 나올 줄은 몰랐다.

(이대로라면 전 세계가 이츠키의 매력을 알게 될 거야……!)

상상력이 풍부한 히나코의 머릿속에서는 이츠키가 백 명의 여자들에게 둘러싸여 '하하하' 웃으며 와인 글라스를 기울이고 있었다. 이런 미래를 허용해서는 안 된다.

마침 조금 전, 이번 작전의 예습을 위해 유리에게 빌린 만화를 보고 있었다. 그 와중에 이츠키가 와서 서둘러 책을 덮은 것이다.

다행히 이츠키는 이 만화의 내용을 모르는 것 같았다. 그렇다면 작전에 지장은 없다.

지금이 바로 결행할 때——.

"……좋아!"

수영복으로 갈아입은 히나코는 마음을 굳게 먹고 목욕탕으로 향한다.

"이츠키…… 나 왔어."

"그래."

이츠키는 목욕하고 있었다.

욕조에 발을 담그고 뭔가 서류 같은 것을 읽고 있다.

"그거, BS? 볼 줄 알아……?"

"그래. 타쿠마 씨가 볼 수 있게 해두라고 해서."

BS(Balance Sheet. 대차대조표)는 회사의 재무 상태를 정리한 표를 말한다.

예전에는 BS도 PL(Profit and Loss. 손익계산서)도 몰랐지만, 이제는 이해할 수 있게 되었다고 한다.

솔직히 칭찬하고 싶지만, 지금은 그럴 기분이 아니었다.

또 그 오빠인가…….

또 그 오빠가 방해하는 건가.

"우……."

"아, 미안해. 저기, 타쿠마 씨 얘기는 그만할까?"

이츠키가 멋쩍은 듯 웃으며 서류를 옆으로 치운다. 그 얼굴을 보고, 내가 지금 못마땅한 표정을 짓고 있다는 사실을 깨달았다.

(나는 어른. 나는 어른. 나는 어른. ………………이제 됐어!)

세 번을 되뇌며 자기 자신을 타이른다.

오빠를 기억에서 떨쳐내고, 히나코는 이츠키의 옆에 살포시 앉았다.

"아, 아…… 오늘은 평소보다 더 피곤하네~……."

힐끔힐끔 이츠키의 눈치를 살피며 히나코가 말했다.

"몸도, 씻어 주면 좋겠어~……."

"어……?"

이츠키가 경직했다.

"저기, 너, 몸은 자기가 씻기로 약속했잖아?"

"그치만, 오늘은 너무 피곤해~……."

히나코는 조금씩 이츠키에게 다가가면서 말했다.

"씻어, 주지 않을래~……?"

시선을 슬쩍 들어서 이츠키를 올려다본다.

이츠키는 살짝 뺨을 붉게 물들이고 있었다.

효과가 있어……!

반응을 느낀 히나코는 단숨에 밀어붙이기로 했다.

"여, 여기, 를…… 씻어, 주면 좋겠어~……."

"저기?!"

히나코는 수영복의 어깨끈을 조금 걷어내고 말했다.

그러자 이츠키가 쉽게 동요한다.

하지만 차분할 수 없었던 것은 히나코도 마찬가지였다.

(조, 조금, 너무 공격적일지도……!)

순정만화에서는 이런 느낌이었지만, 자신에겐 아직 일렀을지도 모른다.

이상하다……. 머릿속에서는 지금쯤 어른스럽게 요염한 미소를 지으며 이츠키를 바라보고 있어야 하는데. 뺨이 뜨거워지고, 이제 막 목욕을 시작했는데도 머리가 어질거리는 것 같다.

이츠키는…… 어떤 반응을 보이고 있을까……?

긴장하며 이츠키의 얼굴을 살펴보자,

"…………이츠키?"

이츠키는 시선을 돌리면서 엄청나게 딱딱한 표정을 지었다.

절에 있는 돌 조각상 같았다.

"히나코, 중요한 이야기를 할게."

"……응, 응?"

이츠키는 솟구치는 감정을 최대한 억누르는 듯, 험상궂은 얼굴로 말했다.

어라? 왠지 생각했던 반응과 다른데…….

"그런 건, 저기, 상스러워."

"사, 상스러, 워…………?!"

'쿵!' 하는 소리가 머릿속에서 울려 퍼졌다.

설마 그렇게 반응할 줄은 몰랐다.

"너무 늦은 감이 있지만, 여자가 함부로 맨살을 드러내면 못써. 아니, 진짜 너무 늦은 감이 있지만……."

이츠키는 매우 어색한 표정으로 말했다.

"누, 누구……."

히나코는 얼굴을 새빨갛게 물들이며 바르르 떨었다.

"누구, 탓인데…………!!"

(생활력 없음)
~영애들이 다니는 명문 학교에서 제일가는 **아가씨**를 남몰래 돕는 시중 담당이 되었습니다~ 7

이츠키가 둔감해서 노력했는데……!

히나코는 어깨끈을 원래 위치로 돌리고, 분노를 발산하기 위해 조용히 숨을 내쉬었다.

"……씻어."

이츠키와 눈을 마주치지 않고 말했다.

"머리. 빨리. 씻어."

"네, 넵."

이츠키는 조심조심 히나코의 머리를 감기기 시작했다.

이츠키가 감자칩을 한 손에 들고 히나코의 방으로 가고 있다.

부하 메이드에게 그런 보고를 받은 시즈네는 현장을 제압하기 위해 몰래 이츠키를 뒤따라가 히나코의 방으로 향했다.

하지만 문을 두드려도 반응이 없다.

목욕 중일까? 그렇게 생각한 시즈네는 욕실로 향했다. 탈의실에는 당연히 두 사람의 옷이 놓여 있었다.

몰래 안을 들여다본 시즈네는 사태의 전말을 지켜보았다.

(아가씨…… 그건 너무 성급해요…….)

이츠키는 히나코를 소중히 여긴다. 그렇기에 가벼운 장난으로 선을 넘지 않는다. 이것과 관련해서는 시즈네도 이츠키를 절대적으로 신뢰하고 있었다.

만약 정말로 이츠키를 함락하고 싶다면…… 아마도, 좀 더 무겁고 진지한 분위기를 만드는 것이 효과적일 것이다. 그리고 기성사실 같은 것에는 엄청나게 약할 것 같다.

(아니지……, 내가 그런 생각을 하면 어쩌자는 거죠?)

이상한 광경을 목격하고 동요한 것 같다. 마음을 가라앉히기 위해 욕실에서 멀어진다.

히나코의 침대 위에 순정만화가 놓여 있었다. 손에 들고 내용을 본다. 아하……. 보아하니 이번엔 이 만화를 흉내 낸 모양이다.

무심코 손으로 이마를 짚고 한숨을 쉬었다.

만화와 현실이 다르다는 것을 알려면, 아직 시간이 더 걸려야 할 것 같다.

그때 누군가로부터 전화가 왔다.

스마트폰 화면을 본다. 또 다른 한숨의 원인이었다.

시즈네는 마지못해 통화하기 시작했다.

"잘못 걸었습니다."

『아니, 잘못 건 게 아니야.』

순간적으로 전화를 끊으려 했지만, 상대방도 곧장 지적했다.

분명 이 남자—— 코노하나 타쿠마는 지금도 실실거리며 웃고 있으리라.

『오랜만이야, 시즈네. 지금 잠시 시간 돼?』

"안 돼요. 누구와 달리 너무 바빠서요."

『바쁨을 조절하는 것도 일이야. 너는 지금 메이드장이니까 사람을 더 많이 써서 적절히 분산시켜야 해.』

단순히 비꼬려고 한 말인데, 진지하게 받아친다.

짜증이 나는 남자다.

『업무에 쓰고 싶은 자료가 있는데, 외근 중이라 접근 권한이 없어. 본사 서버에 있는 고객 리스트 D7부터 9까지를 내 컴퓨터로 보내줄 수 있겠어?』

"분부대로 하겠습니다……"

내가 거절하면 이 남자는 다른 사람에게 부탁할 것이다. 그러면 다른 사람의 일거리가 늘어나기 때문에 시즈네는 어쩔 수 없이 부탁을 들어주었다.

"타쿠마 님. 당신은 이츠키 씨를 어쩔 작정입니까?"

『그 질문은 예전에 히나코도 했어.』

타쿠마가 이츠키의 옵저버임을 알아차린 히나코는 오빠가 또다시 나쁜 계략을 꾸미는 것이 아닌가 의심해서 한 차례 타쿠마에게 연락한 적이 있다. 그때를 말하는 것 같다.

"이츠키 씨는 순조롭게 게임을 진행하고 있어요. 솔직히 예상을 훨씬 웃도는 기세더군요. 그렇기에 앞으로 무슨 일을 해낼 수 있을지 궁금해졌어요."

『말은 그렇게 해도, 게임 종료까지 이제 3주 정도밖에 남지 않았으니까. 성장 속도는 엄청나지만, 결과 자체는 생각보다 무난한 내용으로 마무리할 수도 있을걸?』

"게임 이야기만 하는 게 아닙니다."

덧붙여서 말하자면, 아마 게임에서도 무난한 결과에는 안주하지 않을 것 같다.

타쿠마도 비슷한 예감이 있는지, 굳이 모호하게 말을 흐렸다.

"당신은 최종적으로 이츠키 씨를 어떤 사람으로 만들고 싶습니까?"

그 질문에 타쿠마는 잠시 침묵한다.

이례적이다. 이 사람이 대답을 주저하다니.

『처음에는 연쇄 창업가로 만들 작정이었어.』

연쇄 창업가(Serial entrepreneur). 회사를 창업하고, 궤도에 오르면 그 회사를 매각한다. 그리고 그 수익으로 또 다른 회사를 창업하고, 궤도에 오르면 매각한다. 이를 반복하며 돈을 버는 사람을 말한다.

『하지만 그는 생각보다 사업 재능이 뛰어났지. 그렇다면 어설프게 돌아가는 길을 택하지 않는 게 좋을 것 같다는 생각이 들었거든.』

"연쇄 창업가가 돌아가는 길인가요?"

『그래. 어디까지나 경영을 배우는 발판으로 삼을 생각이었어.』

그렇군요. 확실히 여러 기업을 창업부터 매각까지 경험하면 경영 기술은 확실히 익힐 수 있겠죠.

하지만 그것을 돌아가는 길이라고 표현한다면——.

타쿠마가 이츠키에게 추구하는 것은 방대한 경영 지식을 가진 사람이 아니다.

"당신이 이츠키 씨에게 궁극적으로 원하는 것은……."

『그래. ——나랑 똑같아.』

이 남자가 이츠키를 어떤 사람으로 만들고 싶은지, 그 전모를 알 수 있었다.

불가능하지는 않으리라. 오히려—— 최적해일지도 모른다.

확실히 적성에 맞을 것이다. 그 분야라면 이츠키가 크게 활약할 수 있을 것이다.

『좋은 목표라고 생각하지 않아?』

타쿠마는 즐겁게 웃으며 말했다.

"자신의 분신을 만들 작정인가요?"

『그래. 이상적이지? 만약 이 세상에 내 분신이 있다면, 나는 두 배의 일을 처리할 수 있어. 내 시대에는 할 수 없다고 여겼던 일도 할 수 있게 될지도 모르지.』

"이츠키 씨는 당신처럼 되지 않아요."

『그것도 히나코가 말했지.』

타쿠마가 낄낄거리는 소리가 들린다.

『그런고로 시즈네. 오는 금요일에 이츠키 군을 빌려도 될까?』

"뭘 하려는 거죠?"

수상쩍게 여기는 시즈네에게, 타쿠마는 말했다.

『사회 견학.』

◆

3일 후 금요일.

매니지먼트 게임 중 금요일은 휴일이라서 나는 저택의 내 방에서 학교 공부를 하려고 했다. 하지만 아침 식사를 마친 후 시즈네 씨에게 호출을 받아 집무실로 갔다.

집무실에는 타쿠마 씨가 있었다.

타쿠마 씨는 적당히 인사하고, 내게 볼일이 있다고 말했다.

그 내용은———.

"사회 견학인가요?"

"그래."

타쿠마 씨는 고개를 끄덕였다.

"지금부터 업무로 주주총회에 참석할 예정이니 너도 따라와."

"주주총회가 그렇게 쉽게 참석할 수 있는 거였나요? 또 뭔가 이상한 인맥을 이용한 거 아니에요?"

"하하하. 무슨 소리야. 너는 수습 법무사이고, 이제부터 연수차 주주총회에 참석하는 거잖아? 연수실이 우연히 회사와 연결고리가 있어서 잘됐네."

역시 이상한 인맥을 쓴 모양이다.

결국 나는 타쿠마 씨의 어마어마한 인맥까지 이용하게 되는 건가. 혹시 피해를 본 분이 있다면 죄송합니다.

"꼭 참가하게 해주세요."

"그렇게 말할 줄 알았어."

아직 배울 게 많다고 생각하는 나로서는 이 제안을 거절할 이유가 없었다.

"그러니까 히나코. 슬슬 그만 째려보는 게 어때?"

"……."

뒤에 있는 히나코가 타쿠마 씨를 똑바로 째려보고 있었다.

혹시 모르니 같이 가자고 해서 히나코와 집무실로 왔는데, 히나코는 타쿠마 씨를 보고 나서 한마디도 하지 않았다. 대신 송곳처럼 날카로운 눈빛을 계속 보내고 있다.

"……이츠키한테 이상한 짓을 하면, 가만두지 않을 거야."

"그런 짓은 안 해. 내가 히나코도 아니고."

"뭐……?!"

"어이쿠, 정말 무슨 짓을 한 거야? 그 반응으로 미루어 보니 최근 일인가 보군. 어제인가, 엊그제인가…… 아니, 3일 전이겠군."

"뭐, 뭐, 뭐……?!"

타쿠마 씨는 히나코의 반응을 살피며 적당히 예상을 말했다.

히나코는 얼굴이 사과처럼 빨개져 입을 뻐끔뻐끔 움직였다.

3일 전 밤, 욕실에서의 일을 떠올린 걸까? 나도 거북하다…….

"이, 이…… 바보……!!"

토라진 히나코가 방을 나간다.

히나코를 걱정한 시즈네 씨도 뛰쳐나가듯 집무실을 떠났다.

"자, 이만 가볼까?"

"네……."

와, 아무 일도 없었다는 듯이…….

괜찮을까……? 나는 이 사람을 따라갈 수 있을까?

그런 불안과 함께, 나는 저택을 나섰다.

◆

"이동 중에 먼저 주주총회의 전반적인 내용을 알려주지."

차에 탄 타쿠마 씨는 그렇게 말하며 내게 태블릿을 건넸다.

태블릿 화면에는 세계에서 가장 유명한 동영상 사이트가 열려 있었다. 검색창에는 '주주총회' 라는 네 글자가 입력되어 있었다.

"주주총회 동영상도 인터넷에 올라오는군요."

"큰 건 말이지."

일단 조회수가 많은 동영상을 살펴본다.

조금 멀미가 날 것 같지만, 음성만으로도 충분히 내용이 전해졌기에 나는 화면에서 눈을 돌리며 필요에 따라 영상을 건너뛰고 확인했다.

20분 뒤.

"대체로 확인했습니다."

"뭔가 느낀 게 있어?"

태블릿을 돌려주는 내게, 타쿠마 씨가 물었다.

"주주총회라고 하면, 더 논쟁이 격렬하게 벌어지는 회의를 상상했는데, 실제로는 그렇지 않은 것 같네요……."

"그래. 회의보다는 보고가 메인이지. 질의응답 시간도 있지만, 기본적으로 의견이 있는 주주들에게 설명하는 자리라는 인식이려나."

영상으로 본 주주총회는 사장의 일방적인 발표가 대부분을 차지했다.

질의응답 시간에는 주주들의 의견도 오갔지만, 앞으로 어떻게 할 것인지는 이야기하지 않고, 기본적으로 이미 결정된 사항에

~영애들이 다니는 명문 학교에서 제일가는 **아가씨**를 남몰래 돕는 시종 담당이 되었습니다~ 7

대한 의견만 있었다.

타쿠마 씨의 말대로 회의가 아니라 보고하거나 발표하는 자리 같다.

"어느 주주총회나 흐름은 거의 비슷해. 사업 보고 후 *정관 변경, 잉여금 배당, 이사 선임 등을 의결한 후 질의응답을 하지. 여기까지는 이해했겠지?"

"네."

"그러면 이번 주주총회에 대해 간략하게 설명할게."

타쿠마 씨는 계속해서 말했다.

"이번에 우리가 참가하는 것은 타이요 건설 주식회사의 주주총회야. 자본금 2백억 엔, 종업원 2천 명. 이른바 중견 종합건설업체지. 해양 토목 분야에 강하고, 해외에도 진출 중이야."

타이요 건설…… 들어본 적이 없는 회사지만, 규모는 작지 않아 보인다.

"하지만 이 회사는 지금 어떤 문제에 직면했어."

"어떤 문제?"

"자세한 내용은 현지에서 설명하지. 이번 주주총회에서 그 문제를 언급할 예정이니 기대하고 있어."

타쿠마 씨가 즐겁게 웃었다.

왠지 터무니없는 일이 생길 것 같다.

잠시 후 차가 큰 오피스 빌딩 앞에 멈췄다. 여기가 회장인 듯하다. 익숙한 기색인 타쿠마 씨를 따라 건물 안 회의실로 갔다.

---

* 정관(定款) : 기업 또는 법인의 설립, 조직, 업무 활동 등에 관한 기본 규칙, 또는 이것을 정리한 문서.

접수처로 가자, 정장 차림의 여성이 내 얼굴을 보고 반갑게 맞아주었다.

"연수생분이시군요. 말씀은 들었습니다. 이 명찰을 쓰세요."

"가, 감사합니다."

죄송해요. 사실 저는 평범한 학생입니다…….

그런 내 옆에서 타쿠마 씨가 작은 용지를 접수처에 제출하고 있었다.

"타쿠마 씨, 무엇을 제출한 거죠?"

"의결권 행사용지. 투표용지 같은 거야."

모르는 용어다. 나중에 찾아봐야겠다.

회의실 안으로 들어가니 테이블과 접이식 의자가 깔끔하게 정리되어 있었다. 빈자리를 찾아 타쿠마 씨와 함께 앉았다.

"아아, 지금부터 제97회 정기 주주총회를 개회하겠습니다."

정관에 따라 의장을 맡은 타이요 건설 사장이 개회를 알렸다.

——정기 주주총회.

기업이 1년에 한 번 반드시 개최하는 주주총회다.

먼저 진행 방법을 설명한다. 간단히 요약하면, 먼저 회사 측에서 사업 전략과 의결 사항을 보고한다고 한다.

그 후 질의응답이 있고, 마지막은 표결로 마무리한다고 한다.

이 흐름은 어느 주주총회에서나 대체로 비슷할 것이다. 차 안에서 본 영상도 그랬다.

"다음은 타이요 건설의 성장 전략에 대해 설명하겠습니다."

의장이 미리 준비한 동영상을 틀었다.

~영애들이 다니는 명문 학교에서 제일가는 **아가씨**를 남몰래 돕는 시중 담당이 되었습니다~ 7
(생활력 없음)

연출이 치밀하지만, 티파티 동맹에서 했던 결산보고와 하는 일은 똑같다. 차이점이 있다면 이번에는 주주를 위한 보고이기 때문에 배당금 설명 등도 포함되어 있다.

이렇게 보면 역시 매니지먼트 게임은 참 본격적이라는 생각이 든다.

매출액, 영업이익 등 익숙한 용어들이 여럿 등장한다.

"이어서 의결 사항에 대해 설명하겠습니다. 1호 안건은, 잉여금 배당에 관해서⋯⋯."

영상이 끝나고 스크린에 슬라이드가 떴다.

의결 사항이란, 앞으로 결정해야 할 사항을 말한다.

첫 번째는 배당금에 관한 것이다. 전년도에 비해 배당금이 약간 늘어났다고 한다. 주주들에게는 반가운 일이니 반대할 사람은 없을 것이다.

"2호 안건은, 어, 이사 선임 건입니다."

의장을 맡은 타이요 건설 사장이 슬라이드를 넘기며 설명한다.

"이번 총회 종료와 함께 이사 전원의 임기가 만료됩니다. 따라서 새로운 이사의 선임을 여러분께 부탁드립니다."

기존 이사의 임기가 끝나기 때문에 다음 이사를 뽑아야 한다는 것이다.

슬라이드에는 타이요 건설이 준비한 이사 후보들의 이름이 빼곡히 적혀 있는데⋯⋯.

(뭐야, 긴장하고 있는 건가?)

왠지 모르게 의장의 표정이 딱딱하다.

그대로 감사위원 선임과 임원 보수 의결 사항에 관해서도 설명한다.

"이어서 6호 안건입니다. 어…… 여기부터는 주주제안입니다."

장내가 살짝 술렁거렸다.

*주주제안……?

차 안에서 본 영상에 없던 항목이다.

그 이전에, 영상으로 본 주주총회는 이렇게 의결 사항이 많지 않았다.

"이것이 스즈키 펀드에서 제안하는 이사진입니다."

슬라이드에 또다시 여러 후보의 이름이 표시된다.

스즈키 펀드가 제안하는 이사?

타이요 건설이 아니라……?

"자, 해설하지. 이 자료를 보면서 들어봐."

타쿠마 씨가 내게 자료를 건네며 말했다.

"이번에 문제가 된 것은 이사 선임이야. 타이요 건설과 스즈키 펀드, 두 조직이 대립하고 있지."

스즈키 펀드.

방금 의장이 말한 단어다.

"타이요 건설의 주주인 스즈키 펀드는 이전부터 타이요 건설에 신규 사업 진출 등 다양한 개혁을 제안했어. 하지만 타이요 건설은 이 제안을 거부했지."

나는 고개를 끄덕여 다음 말을 부탁했다.

---

* 주주제안제도 : 주주가 직접 주주총회 안건을 이사에게 제안할 수 있게 하는 제도.

"스즈키 펀드는 포기하지 않고 공개매수를 제안하기도 했지만, 이 논의도 진전이 없었어. 그 뒤로 더 참을 수 없어진 스즈키 펀드는 주주제안권으로 새로운 임원 후보를 제안하겠다고 발표했지. 그 결과가 이번 의결 사항이야."

"즉, 스즈키 펀드가 타이요 건설이 제시한 이사 후보의 선임에 제동을 걸고, 독자적으로 준비한 새로운 후보를 선택하게 하겠다는 건가요?"

"맞아. 스즈키 펀드와 타이요 건설이 서로 이사 자리를 놓고 다투는 상황이지."

차 안에서 본 일반적인 주주총회가 생각난다.

보통은 회사 측에서 준비한 이사 후보들만 제시된다. 주주들은 그들이 적임자인지 부적격자인지 판단할 뿐이다.

하지만 이번에는 스즈키 펀드가 전혀 다른 후보를 제시했다.

주주들은 두 진영에서 이사를 선택해야 한다.

"어, 이거, 만약 스즈키 펀드의 후보가 과반수로 채택되면 타이요 건설은 어떻게 되는 거죠?"

이 질문에 타쿠마 씨는 짓궂은 미소를 지었다.

"어떻게 될 것 같아?"

어떻게 되긴…….

그렇게 되면 회사의 의사결정 기관인 이사회의 과반수가 스즈키 펀드 측 사람이 되는 것이니, 그렇게 되면 타이요 건설은…….

"회사를 빼앗기는 건가요?"

"정답이야."

타쿠마 씨는 눈을 희미하게 뜨고 의장을 바라보았다.

의장의 안색은 여전히 나쁘고, 식은땀을 흘리고 있었다. —— 그럴 만도 하다. 회사의 경영권을 빼앗길지도 모른다는 생각에 긴장할 수밖에 없다.

"참고로 투표는 이미 끝났어. 이제 결과 발표만 기다리면 돼."

"혹시 아까 타쿠마 씨가 접수처에서 제출한 그 용지인가요?"

"그래. 그 타이밍에 주주들은 의결권을 행사할 수 있어. 주주 총회에 참석하지 않는 사람은 우편이나 인터넷으로 투표할 수 있고."

접수처에서 타쿠마 씨가 그게 투표용지 같은 거라고 말한 의미를 알았다.

"이츠키 군, 어느 쪽이 이길 것 같아?"

그 물음에 나는 잠시 생각하다가 대답했다.

"타이요 건설이 아닐까요?"

"왜 그렇게 생각했어?"

"갑자기 외부인에게 이사를 맡기는 건 불안하잖아요. 다른 주주들도 그렇게 생각하지 않을까요?"

"그래, 그래. 좋아."

정답에 가까운 대답인 듯하다. 타쿠마 씨는 만족스럽게 고개를 끄덕였다.

스즈키 펀드가 한 일은 간단하다. 타이요 건설을 자기들 마음대로 개혁하고 싶으니 자신들이 준비한 임원들을 이사로 앉히라고 주장하고 있다.

내게는 이것이 횡포로 느껴졌다. 스미노에 양에게 펀드를 인수당했을 때의 감각이 되살아난다. 돈으로 다짜고짜 상대를 복종시키려는 방식이다.

"이츠키 군 말대로 보통은 주주제안의 이사가 채용되는 경우는 드물어. 하지만 그건 스즈키 펀드도 잘 알겠지."

알면서도 제안한다는 것은…….

"스즈키 펀드는 뭔가 승산이 있다는 뜻이겠죠?"

타쿠마 씨는 고개를 끄덕였다.

"자료의 17페이지를 봐. 스즈키 펀드에서 제안하는 후보들의 프로필이 있어."

그 말대로 나는 자료의 페이지를 넘겼다.

스즈키 펀드 측 이사 후보들의 프로필을 보고…… 나는 깜짝 놀랐다.

"뭐야 이거…… 전부 재계의 거물들인데요?"

"그래야 승산이 있겠지."

국내에서 누구나 알아주는 기업. 그 임원들을 박박 긁어모은 듯한 구성이었다.

이런 사람들을 모을 수 있다니…… 스즈키 펀드는 대체 뭐 하는 곳이지?

"아, 표결 결과가 나왔습니다. 2호 안건에서는 이사 7명의 선임이 가결되었습니다."

의장이 느리게 결과를 발표한다.

의장의 식은땀이 …… 멈추지 않는다.

(생활력 없음)
~영애들이 다니는 명문 학교에서 제일가는 **아가씨**를 남몰래 돕는 시중 담당이 되었습니다~ 7

"6호 안건에서는 이사가…… 8명 가결되었습니다."

회사 측이 7명인데, 주주 측이 8명.

즉——.

"스즈키 펀드가 이겼다……."

"다른 주주들도 스즈키 펀드의 열의를 느낀 거겠지. 이만큼 진지하다면 믿고 맡기고 싶다는 마음이 생겼을 거야."

회장이 한순간에 소란스러워진다.

주변의 소란을 뒤로하고, 나는 다시 한번 냉정하게 이 상황을 파악했다.

"이건 혹시……?"

과반수 득표로 회사를 차지한다. 이 흐름은 기억에 있다.

그런 나의 눈치를 눈치챘는지, 타쿠마 씨는 살짝 웃었다.

"그래. 경영권 인수야."

역시 그렇구나.

어려운 정보가 복잡하게 얽혀 있었지만, 하는 일 자체는 단순한 기업 경영권 인수다.

"이번 주주총회에서 이츠키 군도 이해했겠지만, 회사의 방침은 기본적으로 주주들의 투표로 결정돼. 대체로 100주당 한 표니까 보유 비율에 따라 영향력이 달라지긴 하지만."

100주를 가진 사람은 한 표만 행사할 수 있지만, 1000주를 가진 사람은 열 표를 행사할 수 있다는 얘기다. 회사에 투자한 금액이 많을수록 영향력도 강해진다. 즉, 위험을 감수한 사람일수록 더 강한 발언권을 얻는다.

그렇게 생각하면 비즈니스는 평등하다.

이 세상에 불평등은 의외로 적은 걸지도 모른다.

"공개매수도 마찬가지지만, M&A의 최종 목표는 이 투표에서 승리하는 거야. 해당 회사의 주식 과반수를 소유하고 있다는 것은 어떤 투표에서든 반드시 이길 수 있다는 뜻이지."

과반수 표를 미리 확보하면 당연히 모든 의결안을 마음대로 통과시킬 수 있다.

M&A가 그런 구조였구나…….

게임에서 여러 번 접한 주제지만, 현실의 흐름은 미처 몰랐다.

"매니지먼트 게임 속에서는 무슨 일이 일어나고 있는지 실감하기 어렵지? 게임에서는 주식을 과반수 취득하면 자동으로 자회사가 되니까 말이지."

맞다. 그래서 나도 더 이상 공부할 필요가 없다고 생각했다.

실제로는 이런 자리에서 회사 방침이 바뀌는 건가.

"그래도 이번 인수는 일반적이지 않은 거죠?"

"그래. 정말 특이한 사례지. 스즈키 펀드는 타이요 건설의 주식을 30퍼센트밖에 보유하지 않았어. 그런데도 다른 주주들의 지지를 받아 인수를 성공시킨 거니까."

주식 거래가 아니라.

뛰어난 개혁안과 엄청난 인재를 갖춤으로써, 스즈키 펀드는 타이요 건설의 수뇌부를 교체했다.

──이런 인수 방식이 있었나.

주변 주주들이 소란스러운 것도, 그만큼 이례적인 상황이기 때문이리라.

"그렇다면…… 이것으로 정기 주주총회를 폐회하겠습니다."

주주총회가 끝났다.

의장의 얼굴이 창백하다. 그 모습에 연민을 금할 수 없다.

"이거 혹시 역사적인 순간인가요?"

"음, 글쎄? 언론 보도는 확실히 될 것 같은데."

어마어마한 현장에 온 것 같다.

하지만 그렇다면 한 가지 의문이 남는다.

"어떻게, 타쿠마 씨는 이렇게 될 줄 알았나요?"

타쿠마 씨는 처음부터 이런 결과를 예상했던 것 같다. 그래서 일부러 나를 이 주주총회에 불렀을 것이다.

애초에 타쿠마 씨는 이번에 어떤 포지션이지?

"차근차근 설명해 줄게."

여러 가지 의문이 생긴 나를, 타쿠마 씨는 즐거운 듯이 바라보며 말했다.

"이번에 이츠키 군이 배우길 바라는 것은 세 가지가 있었어. 첫 번째는 기업 인수의 메커니즘을 실감하는 것. 두 번째는 주주라는 존재를 제대로 인식하는 거야."

"주주를……?"

무슨 뜻인지 몰라 고개를 갸웃거리는 내게 타쿠마 씨는 고개를 끄덕였다.

"너에겐 데이터의 숨겨진 면을 보는 재능이 있어. 그건 자각하고 있겠지?"

확신하듯 물어봤다.

나는 작게 고개를 끄덕였다. 좋은 거래처를 간파하는 능력이 있다는 것은 어느 정도 자각하고 있는데, 타쿠마 씨가 말하고자 하는 것은 이런 의미일 것이다.

"하지만 아직 부족해. 그 감각은 더 확장할 수 있어. 앞으로는 경영자 얼굴만 보지 말고 추추의 얼굴도 보는 게 좋아."

그 말을 듣는 순간, 내 머릿속에서 무언가 확 트이는 느낌이 들었다.

의장을 맡고 있던 타이요 건설 사장의 얼굴. 이사 선임 결과를 알고 술렁거리는 주주들의 얼굴. 그들이 어떤 얼굴로 반응을 보였는지 머릿속으로 떠올랐다.

"감각적인 이야기니까 지금 당장 이해할 필요는 없어. 공부하면 언젠가는……."

"아니요."

타쿠마 씨의 말을 가로막듯이 나는 고개를 저었다.

"괜찮습니다. 무슨 말인지 대충 알겠습니다."

그렇게 말하자 타쿠마 씨가 눈을 휘둥그레 떴다.

하지만 곧 입술에 웃음을 띠며——.

"역시 너를 제자로 삼길 잘했어."

만족스러운 듯, 타쿠마 씨는 고개를 끄덕인다.

"마지막 세 번째, 이게 네 질문에 대한 답이기도 한데……."

"어이쿠, 타쿠마 씨! 여기 계셨군요!"

빌딩 프런트에 나오자 뒤에서 한 남자가 말을 걸었다.

주주총회에서 앞쪽 자리에 앉아있던 사람이다. 덩치가 좋아서 기억하고 있었다. 이탈리아산 양복이 잘 어울리는, 거물 같은 분위기를 내는 사람이었다.

누군지 궁금해 고개를 갸웃거리는 내게 타쿠마 씨가 설명한다.

"소개할게. 이쪽은 스즈키 펀드의 스즈키 대표님이야."

"대……!"

대표?! 너무 놀라서 '대' 부분을 외치고 말았다.

갑자기 무슨 거물급을 소개하는 거지……?!

"토모나리 이츠키입니다. 오늘 주주총회를 참관했습니다."

"오오, 네가 토모나리 군인가! 타쿠마 씨한테 얘기를 들었지. 아끼는 인재라고 말이야."

아끼는 걸까……?

뭐, 이런 귀중한 경험을 하게 해주었으니까, 부정할 순 없다.

"저기요, 스즈키 씨는 타쿠마 씨와 어떤 관계인가요?"

내가 묻자 스즈키 씨는 타쿠마 씨를 바라보았다.

'대답해도 될까?'라고 눈빛으로 묻는다.

타쿠마 씨는 고개를 가로저으며 스스로 대답했다.

"스즈키 펀드가 제안한 외부 이사. 그건, 전부 내가 소개했어."

"…………네?"

그 거물 후보들을?

그 최강의 포진을?

타쿠마 씨 혼자서 준비했다고……?

"거참, 타쿠마 씨에겐 정말 신세를 많이 졌습니다. 전부 당신 덕분입니다."

"겸손하시군요. 스즈키 대표의 자금력과 타이요 건설에 대한 열정이 있었기 때문이죠."

"하하하, 그렇게 말씀해 주시니 고맙습니다. 하지만 우리가 제안한 후보 두 명이 부결된 것도 사실이죠. 기왕이면 모두 통과되길 바랐는데, 좀처럼 쉽지 않군요."

"부결된 두 사람은 당신과의 거리가 너무 가까웠어요. 사외이사는 독립성이 중요하다고, 자문회사도 그 점을 지적했죠."

"말씀하신 대로입니다. 그분들도 의욕이 있었던 만큼 마음이 복잡하군요."

스즈키 씨가 아쉬워하는 얼굴로 말했다.

보아하니 이번 사건은 정말로 타쿠마 씨가 뒤에서 판을 짠 것 같다.

그래서 이번 주주총회 결과를 예상할 수 있었던 걸까?

타쿠마 씨가 대단한 사람인 줄은 알았지만, 나는 오늘 처음으로 그 업무 능력을 목격한 걸지도 모른다.

"그나저나 이츠키 군. 만약 네가 타이요 건설의 사장이라면 이번 일에 어떤 대책을 세웠을까?"

"어……"

갑자기 타쿠마 씨가 질문을 던졌다.

그런 생각은 금방 떠오르지 않는다. 너무 막 던진다고 생각했는데…… 스즈키 씨가 흥미진진하게 보는 것을 알아차렸다.

(생활력 없음)
~영애들이 다니는 명문 학교에서 제일가는 **아가씨**를 남몰래 돕는 시중 담당이 되었습니다~ 7

그 순간, 나는 약해지는 마음을 치우고 집중했다.

──머리를 굴려라.

지금 이 시간은 엄청나게 중요한 시간이다. 전대미문의 주주총회를 견학하고, 더군다나 그 주역인 두 사람이 눈앞에서 내 대답을 듣고 있다.

이렇게 귀중한 상황은, 자칫하면 두 번 다시 경험할 수 없다.

조금이라도 더 많은 것을 배워야 한다.

"황금주 발행은, 어떨까요?"

"호오."

내가 겨우 대답하자, 스즈키 씨는 작게 신음했다.

황금주란, 간단히 설명하면 강력한 권한을 가진 주식이다. 이 주식의 보유자가 있으면 주주총회의 결정을 뒤집을 수도 있다. 그래서 타이요 건설 측에 *황금주 보유자가 있었다면 이번 이사 선임 결과를 바꿀 수 있었을지도 모른다.

"황금주를 발행하려면 그 전에 해야 할 일이 있지."

타쿠마 씨가 나를 쳐다보며 말했다.

시험하는 듯한 그 눈을, 나는 똑바로 바라보았다.

"주식 비공개 전환이죠. 타이요 건설은 도쿄증권거래소 프라임의 상장 기업이지만, 도쿄증권거래소는 원칙적으로 황금주 발행을 인정하지 않으니까요."

황금주는 만능이라고 해도 과언이 아닐 정도로 권한이 강력하

---

* 황금주(Golden share) : 보유한 주식의 금액, 수량과 관계없이 주주총회에서 의결된 중요 사항에 거부권을 행사할 수 있는 특별 주식.

다. 하지만 그 권한의 강도는 법률에서 정한 주주 평등의 원칙을 흔들 수 있기에 도쿄증권거래소에서는 기본적으로 발행을 금지하고 있다. 쉽게 말해, 황금주를 보유한 사람이 있으면 다른 주주들이 경영에 참여하기 어려워지기 때문에 불건전하다고 판단한 것이다.

그래서 황금주를 발행하려면 주식 비공개 전환…… 즉, 비상장 기업으로 바꿔서 도쿄증권거래소의 제약에서 벗어나야 한다.

"으음, 잘 공부했는걸."

스즈키 씨가 감탄하는 표정을 지었다.

"타쿠마 씨, 이 학생은 키오우 학원에 다니죠? 매니지먼트 게임이란 것은 이 정도 수준까지 공부할 수 있는 겁니까?"

"아니요, 이것은 본인이 독자적으로 공부한 거죠."

"그렇군요. 그 타쿠마 씨가 아끼는 인재답군요."

스즈키 씨가 흥미롭다는 눈치로 나를 본다.

매니지먼트 게임 다음을 보길 잘했다. 게임에서 이기는 것에만 집착했다면 이런 지식은 얻을 수 없었을 것이다.

"어이쿠, 저는 슬슬 시간이 됐으니 실례하겠습니다."

스즈키 씨가 손목시계로 시간을 확인하며 말했다.

"타쿠마 씨, 다음에 술 한잔할 자리를 마련하겠습니다! 물론, 내가 사죠!"

"감사합니다."

타쿠마 씨가 머리를 숙여 인사한다.

"이츠키 군도, 다음에 또 보지!"

"또⋯⋯?"

무심코 되묻자, 스즈키 씨는 놀란 눈치로 나를 쳐다보았다.

"그만큼 공부했으니까. 자네도 언젠가는 이쪽으로 올 거지?"

잠시 정신이 멍해졌다.

하지만 곧 나는 숨을 들이마시고——.

"네!"

큰 소리로 대답하자, 스즈키 씨는 웃으며 자리를 떠났다.

그 뒷모습이 보이지 않을 때까지 나와 타쿠마 씨는 한 발짝도 움직이지 않았다.

"이야기를 마저 하지."

스즈키 씨의 모습이 보이지 않을 무렵, 타쿠마 씨가 말했다.

"이츠키 군에게 알려주고 싶었던 것이 세 가지 있어. 하나는 기업 인수의 분위기, 두 번째는 주주의 존재. 그리고 세 번째는 내 일이지."

타쿠마 씨의 일⋯⋯?

그러고 보니 타쿠마 씨의 직업은 뭘까?

"이번 일로 어느 정도 알았겠지만, 내 일은 경영자를 지원하는 거야. 말하자면 경영자의 오른팔이 되는 거지. 기업의 과제를 밝히고, 해결책을 제시하고, 필요하다면 실행하기도 해."

실제로 이번 주주총회에서는 타쿠마 씨가 인재를 끌어모았다고 한다.

적어도 단순히 아이디어만 제시하는 식의 쉬운 일은 아니다.

"풍부한 지식과 경험이 요구되는 동시에, 순발력도 필수인 일이야. 겉으로 드러나는 일이 별로 없는 조역이지만, 자유도가 높고 재량권이 커서 비즈니스를 지배하는 흑막도 될 수 있지.”

스즈키 펀드의 뒤에서 실타래를 쥐고 있던 타쿠마 씨는 정말 흑막 같은 존재였다.

무대의 조역이자 흑막.

경영자의 오른팔이자 비즈니스의 지배자.

“사람들은 이 일을…… 컨설턴트라고 불러.”

그렇게 말한 타쿠마 씨는 나를 똑바로 바라보았다.

“이츠키 군. 네가 목표로 삼아야 할 일이야.”

◆

타쿠마 씨와의 사회 견학이 끝나고, 코노하나 저택으로 돌아온 뒤.

매니지먼트 게임 작업을 모두 마친 나는 방에서 오늘 있었던 일들을 돌이켜 보고 있었다.

어느새 밖은 어둑어둑해졌다. 커튼을 치자 방문을 두드리는 소리가 들렸다.

“실례합니다.”

시즈네 씨가 들어왔다.

“드세요.”

“감사합니다.”

홍차를 가져온 모양이다.

잔을 기울여 한 모금 마시니 허브 향기가 코끝을 스친다. 반갑다. 머리를 식히고 생각에 잠기고 싶을 때는 단맛보다 깔끔한 맛이 더 좋다.

"시즈네 씨. 전 컨설턴트가 적성에 맞을까요?"

"적성에 맞아요."

곧장 긍정적으로 대답했다.

그렇게 쉽게 인정받을 줄은 몰라서 깜짝 놀랐다.

"기억하나요? 이츠키 씨는 한 번 시중 담당에서 해임당할 뻔했었죠?"

"네. 1학기 초였죠."

히나코가 조선회사 임원들과의 회식 자리에서 내 영향으로 매너를 어기는 바람에 그 책임을 물어 시중 담당을 해임당할 뻔했던 때였다.

"그때 이츠키 씨가 시중 담당을 계속할 수 있었던 것은 이츠키 씨의 인맥이 카겐 씨에게 인정받았기 때문이에요. 이츠키 씨의, 다른 사람과의 인연을 맺는 힘은 확실한 거겠죠."

"인연, 입니까……."

"그리고 매니지먼트 게임에서도 여러 사람의 M&A를 성공적으로 이끌었다고 들었습니다. 그것은 틀림없이 컨설턴트의 재능이겠죠."

텐노지 양의 제휴처를 선정할 때의 일인가.

그렇게 대놓고 재능을 인정받을 줄 몰랐던 나는 쑥스럽게 쓴웃음을 지었다.

"어디서 그런 이야기를 들었죠?"

"아가씨께서 말씀하셨어요. 요즘 이츠키 씨는 같은 반 여자들이 자주 말을 걸어서 좋아 죽는 눈치라고 하더군요."

"오해입니다."

나쁜 정보도 같이 알고 말았다.

"너무 아가씨를 난처하게 하지 마세요."

"노력하겠습니다……."

요즘은 오히려 내가 더 난처한 일이 많지만. 얼마 전 욕실에서 있었던 일이라든지. 순정만화의 영향을 너무 많이 받는 거 아닐까?

"컨설턴트가 되는 것에 거부감이 있나요?"

"거부감이라고 할 정도는 아니지만…… 저는 당연히 IT 분야로 갈 줄 알았거든요. 그래서 동요하고 있다고 해야 할까요……."

"그렇다면 IT 컨설턴트는 어떨까요?"

IT 컨설턴트?

"컨설턴트에도 여러 종류가 있으니까요. IT 분야에 강한 컨설턴트를 목표로 하는 길도 있어요."

"그렇군요."

"뭐, 이츠키 씨의 시야가 넓으면 더 다양한 분야에서 일할 수 있겠지만요."

시즈네 씨는 내가 IT 전문 컨설턴트를 하는 것에 부정적인 것 같다.

분야를 IT로 한정하면 미래의 비전이 더 잘 보일 것 같은데……

아니, 그건 나 혼자만 편한 걸까. IT를 비교적 잘한다고 해서 시야를 넓히지 않을 이유는 없다.

"타쿠마 씨는 어떤 컨설턴트인가요?"

"소위 말하는 전략 컨설턴트인데, 그 사람은 정해진 틀에 연연하지 않는 유형이네요."

참고하긴 어려울 것 같다.

하지만 뒤집어 보면 정해진 틀에 연연하지 않는 유형의 컨설턴트도 있구나.

타쿠마 씨는 내가 컨설턴트의 길을 선택할 것으로 확신하는 듯하지만, 최종적으로 진로를 결정하는 것은 나다. 아직 IT 관련 길을 택할 수 있는 선택지는 남아 있다.

하지만 오늘 일이 생각난다.

주주총회가 끝난 후 나는 타쿠마 씨와 스즈키 씨 앞에서 타이요 건설이 살아남는 방법에 대해 내 생각을 말했다.

——통했다.

지금까지 필사적으로 공부하고 쌓은 지식이 그 두 사람에게 제대로 통했다.

그것이 진짜 기뻤다.

내가 공부한 것은 컨설턴트 세계에서도 통한다. 그 반응을 확실히 느낀 지금, 나는 컨설턴트 세계에 관심이 생겼다.

게다가 타쿠마 씨는 컨설턴트를 경영자의 오른팔이라고 했다.

경영자의 오른팔이라면, 나는…….

——히나코에게 보탬이 될지도 모른다.

텐노지 양, 나리카 양, 아사히 양, 타이쇼에게도.

내가 지금까지 신세를 진 사람들과 나란히 서게 하는 힘이 될지도 모른다.

그것이 내게 가장 큰 동기부여라고 생각했다.

"이건 결코 타쿠마 님의 생각을 지지해서 하는 말은 아니지만."

먼저 운을 떼고, 시즈네 씨가 말한다.

"예전부터 종종 생각한 적이 있어요. 우리 집안의 회사도 훌륭한 컨설턴트가 있었다면 망하지 않았을지도 모른다고."

여름방학 마지막 날, 시즈네 씨는 옛날 이야기를 했다. 시즈네 씨의 집안은 20세기 초부터 이어진 의류 관련 회사로, 상장기업이었다고 한다. 하지만 버블 경제의 붕괴와 그 후의 시대적 흐름을 따라가지 못해 파산했다고 한다.

그렇구나――.

컨설턴트의 역할은 경영자를 지원하는 것이다.

그래서 만약 내가 컨설턴트가 된다면―― 그런 회사를 살릴 수 있는 셈이다.

참 매력적이지 않은가…….

키오우 학원에 들어가 명가의 영애들이 짊어지는 막중한 책임을 뼈저리게 느낀 나는, 내가 할 수 있는 일이 그 부담을 덜어주는 것밖에 없다고 생각했다. 내게는 회사가 없다. 자금이 없다. 아무리 좋은 소리를 해도 학교를 졸업해 사회인이 되었을 때, 내가 직접적으로 도와줄 수 있는 뒷배경이 없다.

하지만 컨설턴트라면 그럴 수 있는 거다.

(생활력 없음)
~영애들이 다니는 명문 학교에서 제일가는 **아가씨**를 남몰래 돕는 시중 담당이 되었습니다~ 7

내가, 내 힘만으로 모두를 도울 수 있다.

그것도 어쩌면 최단거리로……

"하겠습니다……"

가슴에 불이 붙은 결심을 입 밖으로 내뱉었다.

"전 컨설턴트가 되겠습니다."

2장 경영자의 오른팔

다음 날 토요일.

나는 아침 일찍부터 컨설턴트에 대해 알아보고 있었다.

시즈네 씨의 말대로 컨설턴트에는 여러 종류가 있다. 고객의 사업 확장에 기여하는 전략 컨설턴트, 회계 업무를 개선하는 회계 컨설턴트, 그 외에도 사업 재생, 인사, IT 등 컨설턴트가 다루는 분야는 다양하다.

타쿠마 씨는 전략 컨설턴트인 것 같은데, 나 같은 경우는 기존 지식을 활용하기 쉬운 IT 컨설턴트부터 시작하는 것이 좋을 것 같다.

그렇게 쉽게 될 수 있는 건지는 모르겠지만, 그것을 확인하려고 있는 것이 매니지먼트 게임이다. 비즈니스에 관해서 진지하게 알아볼수록 매니지먼트 게임의 실용성에 감탄하게 된다.

이 게임은 내게 미래의 가능성을 보여준다.

(조금만 더 애쓰고 싶지만…….)

시계를 보니 어느덧 정오가 될 무렵이었다.

"좋아. 오늘은 이걸로 끝!"

반쯤 나 자신을 타이르듯 혼잣말을 내뱉고 노트북을 껐다.

(생활력 없음)

텐노지 양에게 몰입한다는 지적을 받은 이후, 토요일 오후부터는 가급적 쉬기로 마음먹었다.

또 텐노지 양이 걱정하게 하면 미안하니까…….

텐노지 양은 마음의 여유가 생긴 뒤로 성적이 올랐다고 하니까, 나도 그 말을 믿고 무리하지 않는 선에서 열심히 해보자.

(히나코에게 마실 거라도 주러 갈까?)

이제 점심때니까 마실 것 정도가 딱 좋겠지.

주방에 들러 차를 끓인 후, 나는 히나코의 방을 방문했다.

"히나코, 있어?"

문을 두드리자 "응……." 하고 나른한 대답이 들렸다.

방에 들어서자 히나코는 의자 등받이에 목을 기대고 천장을 올려다보고 있었다.

"피~곤~해……."

"수고했어. 홍차를 가져왔어."

잔을 히나코의 책상에 놓는다.

히나코도 매니지먼트 게임을 하고 있었던 모양이다. 노트북 화면에서는 코노하나 그룹의 AI 종업원들이 분주하게 움직이고 있었다.

"……아, 이거 맛있어."

홍차를 한 모금 마신 히나코가 작게 말했다.

"정말? 텐노지 양이 추천해 준 건데 …….'

"……역시 맛없어."

"어?!"

왜?!

"농담이야. ……맛있어."

"그, 그렇구나. 다행이다……."

찻잎을 우리는 시간부터 잔의 온도까지, 꼼꼼하게 잰 보람이 있다.

"어떤 찻잎이든…… 이츠키가 우려낸 차라면 다 맛있어. 어떤 찻잎이든……."

"히나코……."

아주 맛있게 차를 마시는 히나코에게, 나는 감격했다.

찻잎을 두 번이나 지적한 것이 신경 쓰이지만…… 요즘 들어 히나코도 텐노지 양을 경쟁자처럼 여기는 경우가 있는데, 그 연장선인 걸까?

"이츠키, 오늘은 이제 쉬는 거야?"

"그래. 저녁 식사 후에 학교 수업의 예습 복습만 할 생각이야."

일요일에도 할 예정이니 살짝만 건드릴 작정이지만.

"이츠키…… 요즘, 느낌이 좋아."

"그래?"

"응. 왠지, 느긋해."

여유가 있다는 뜻일까?

그러고 보니 매니지먼트 게임이 막 시작되었을 때 히나코에게 여러 번 홍차를 끓여달라고 부탁한 적이 있다. 히나코 본인이 원해서 맡긴 거지만, 그 시기에 내가 히나코에게 홍차를 내준 적은 거의 없다. 자각하지 못했지만, 그때의 나는 주위를 살펴볼 여유가 없었던 것 같다.

"나도 그런 이츠키를 본받아 오늘은 공부 끝……."

"히나코의 경우는 여유롭다고 해야 하나, 늘어졌다고 해야 하나……."

노트북을 끄고 그대로 책상에 엎드리는 히나코에게, 나는 웃음을 터뜨렸다.

이렇게 보면…… 의외로 히나코는 이런 게으른 성격이 있기에 예전의 나나 텐노지 양처럼 조바심을 내지 않은 걸지도 모르겠다.

"어깨라도 주물러 줄까?"

"……부탁해."

상체를 일으킨 히나코의 어깨를 만지며 주무르기 시작한다.

(의, 의외로, 뭉쳤네…….)

말했다간 의식할 것 같아 가만히 있지만, 히나코의 어깨는 생각보다 딱딱했다. 겉보기에는 날씬한 소녀이지만, 역시 코노하나 그룹의 영애다. 이 어깨에는 나 같은 사람이 상상할 수 없을 만큼의 막중한 책임이 올라가 있는 것 같다.

"으아아……."

목도 주물러 주자 히나코가 기분 좋은 소리를 낸다.

적어도 지금만큼은 편하게 쉬어.

"이츠키…… 어제는 고민하던 것 같은데, 이젠 괜찮아?"

히나코가 정면을 보며 묻는다.

"그래. 나는 컨설턴트를 목표로 하기로 했어."

"그래? ……이츠키가 어떻게 될지 기대돼."

히나코는 풀어진 얼굴로 그렇게 말했다.

그 기대에 부응할 수 있도록 노력하자.

"어깨, 이런 느낌으로 어때?"

"응……. 가벼워졌어. 다음에는 내가 해줄게."

어깨를 다 주무른 다음, 이번에는 히나코가 내 등을 봤다.

내가 의자에 앉자, 어깨 위에 히나코의 가느다란 손가락이 올라온다.

(아…… 제법, 좋은걸.)

오늘은 별로 공부하지 않았을 텐데, 어젯밤의 피로가 아직 남은 걸까. 어제는 시즈네 씨와 이야기한 뒤에도 컨설턴트에 대해 조사하느라 조금 늦게 잤다.

"……."

문득 어깨를 주무르던 히나코의 손이 멈췄다.

동시에 뒤통수 쪽에서 이상한 느낌이 들었다.

뭘 하는 거지……?

무심코 시선을 돌려 유리창을 바라보았다. 히나코는 눈치채지 못했지만, 유리에 반사된 히나코의 뒷모습이 보인다.

히나코는 어딘지 몽롱한 느낌으로 내 머리에 얼굴을 살며시 가까이 대고 있었다.

그리고…… 킁킁, 하고 냄새를 맡는다.

"히나코……?"

"앗."

(생활력 없음)
~영애들이 다니는 명문 학교에서 제일가는 **아가씨**를 남몰래 돕는 시중 담당이 되었습니다~ 7

히나코가 황급히 내 머리에서 얼굴을 뗐다.

"무, 무, 뭔데……?"

"아니, 지금…….."

"난, 아무것도, 안 했어……!"

히나코는 얼굴을 붉히며 고개를 저었다.

얼마나 조급한지 얼굴이 땀에 배어 있었다.

(나중에 머리를 감자.)

식은땀이라도 흘린 걸까.

체취 관리도 매너다.

◆

오후 1시. 저택 식당에서 히나코와 점심을 먹은 나는 주방에서 설거지를 하고 있었다.

"헤에~ 너 지금 그런 일을 하고 있구나."

옆에서 함께 설거지하던 유리가 내 말을 듣고 맞장구쳤다.

유리는 오늘 코노하나 저택의 주방 스태프로 일하고 있었다. 여름방학 이후, 유리는 휴일이 되면 이곳에서 아르바이트를 하고 있다.

"하지만 솔직히 실적이 전혀 없는데 컨설턴트로 일할 수 있을지 불안하단 말이지."

"뭐, 컨설턴트라는 직업은 신용이 제일 중요한 장사라는 느낌이 드니까."

씻은 그릇을 유리에게 건네자 유리가 익숙한 동작으로 물기를 닦아 선반에 정리한다.

"그건 그렇고, 아무렇지도 않게 돕고 있는데, 쉬어도 돼. 설거지를 포함해서 내 일이니까."

"지금은 시간이 있으니까 이 정도만 도울게. 시즈네 씨 허락도 받았으니까."

"뭐, 괜찮지만."

어릴 적부터 적극적으로 집안일을 해서, 내게는 이것이 적당한 심심풀이가 된다. 청소나 설거지 같은 것은 성과가 바로 눈에 보이니까 하는 보람이 있다.

"그러고 보니 우리 가게, 요즘 매출이 조금 지지부진해."

"그래……?"

"응. 뭐, 원래부터 장사가 잘됐으니까 별로 걱정하진 않지만. 이런 것도 컨설턴트에 부탁하면 해결해 줄까?"

역시 남녀노소 누구나 좋아하는 대중식당 히라마루. 매출이 다소 떨어지더라도 개의치 않는 강인한 정신력을 가지고 있다.

하지만 히라마루는 나도 오래전부터 애용한 단골가게다.

남 일 같지 않아서 매출이 떨어진 이유를 생각해 본다.

"히라마루의 주요 매출은 정식 메뉴에서 나오지?"

"그래. 특히 많이 팔리는 건 일일 정식이야."

"나도 여름방학 때 알았는데, 역 앞에 도시락 가게가 늘었지? 그 가게랑 경합이 발생하는 거 아닐까?"

"도시락과 정식이 그렇게 경합할까?"

(생활력 없음)
~영애들이 다니는 명문 학교에서 제일가는 **아가씨**를 남몰래 돕는 시중 담당이 되었습니다~ 7

"타깃은 비슷할 것 같아. 그리고 저쪽은 체인점이라 원가율도 낮잖아."

퇴근길 직장인이라는 파이를 놓고 서로 경쟁하는 것 같다.

저쪽은 반찬도 팔고 있고, 가격 할인도 유연하게 해주는 것이 매력이다. 할인 반찬은 밤늦게까지 일하는 직장인들의 부담을 덜어준다.

"저쪽은 싸게 파는 것이 강점이니까 품질로 경쟁하면 차별화를 꾀할 수 있을 것 같아. 히라마루의 일일 정식은 동전 하나로 먹을 수 있다는 점이 매력적이지만, 예를 들어 100엔을 더 비싸게 받고 대신 더 좋은 재료를 쓴다든지……."

"그렇구나……."

원자재 구입처를 조정해야 할지도 모른다.

히라마루의 일일 정식도 현재로서는 저렴함이 강점이지만, 체인점과의 가격 경쟁에 허우적댈 바에는 차라리 질을 높이는 게 낫다. 히라마루의 요리는 순수하게 맛있다. 그래서 그런 싸움으로도 충분히 승산이 있다.

"잘하고 있잖아."

"어?"

"이게 컨설턴트 일 아니야?"

유리가 너무 당연하다는 듯이 말하는 바람에, 나는 잠시 생각을 멈췄다.

"그래……. 이것도 컨설턴트인가."

내가 너무 복잡하게 생각했던 것 같다.

컨설턴트의 업무는 기본적으로 경영자의 자문 역할이라고 한다. 즉, 내가 지금까지 하던 일과 의외로 크게 다르지 않은 게 아닐까?

요즘 수업 시간에도 여러 사람에게 상담을 요청받는 경우가 많다. 애초에 그게 컨설턴트의 일인 것이다.

물론 아직 배울 점이 많지만…… 굳이 불안해할 필요는 없나.

"상담해 준 보답으로, 이걸 줄게."

그렇게 말하며 유리는 내게 차가운 컵을 건넸다.

"이건 뭐야……?"

"시험작 디저트. *토코로텐 아이스크림이야."

그 조합은 대체 뭐야?

컵 안에는 토코로텐 위에 아이스크림이 올라가 있었다.

아이스크림 부분과 토코로텐을 숟가락으로 떠서 조심스럽게 입에 넣어 보니…….

"맛있어?!"

"좋아, 네가 그렇게 말하면 성공한 거네!"

아이스크림은 진한 생캐러멜을 사용한 듯, 담백한 토코로텐과 절묘하게 잘 어울렸다. 처음부터 아이스크림이 부드러웠던 것도 머리를 잘 쓴 거겠지. 녹기 시작한 아이스크림이 토코로텐에 잘 엉겨 붙는다.

"이거 우리 가게 메뉴에 추가해야겠다."

"그건 좋을 것 같지만, 내 감상으로 정해도 돼?"

---

* 토코로텐 : 우뭇가사리 등 해초를 끓인 뒤에 식혀서 젤리처럼 만든 일본 음식. 이걸 얼려서 굳히면 한천이 된다.

"뭐? 누가 네 입맛을 키운 줄 알기나 해?"

하긴……

나도 어릴 적부터 유리의 시험작을 헛되이 먹은 게 아니다.

"잠깐, 히나…… 코노하나 양을 불러도 될까? 모처럼이니까 먹게 해보자."

"어, 그건 괜찮지만……"

평소 저택에 있을 때는 '히나코' 라고 부르니까, 실수로 유리 앞에서도 그럴 뻔했다.

식당에서 느긋하게 쉬는 히나코를 불러서 토코로텐 아이스크림을 먹게 해주자.

"아, 이츠키 씨."

식당으로 가는 길에 시즈네 씨가 나를 불렀다.

"휴식 중에 미안해요. 세탁소에 맡긴 옷이 돌아왔으니 가져다줄 수 있을까요?"

"알겠습니다."

시즈네 씨도 내가 기분전환을 위해 집안일을 하는 것을 안다.

어차피 바로 방으로 돌아가도 할 일이 없으니 오늘은 마음껏 저택 일을 도와주자. 월급도 많이 받으니까, 그만큼 도움이 되고 싶다.

"히나코. 지금 유리가 디저트를 만들고 있는데……"

식당에 있는 히나코에게 말을 건넨 나는 시즈네 씨를 도와주러 갔다.

맛있는 디저트가 있다는 말을 듣고, 히나코는 주방에 갔다.

그곳에는 이츠키의 어릴 적 친구인 히라노 유리가 있었다.

"저기…… 토모나리 군이 불러서 왔는데요……."

"아, 응……."

서로 어색하게 인사를 나눈다.

"……."

"……."

둘 다 입을 다문 채로 1분이 지났다.

(어, 어색해…………..)

히나코는 입술을 오물거리며 바닥을 응시한다.

이 어색한 침묵에는 이유가 있었다.

여름방학의 마지막…… 히나코는 태어나서 처음으로 사랑이라는 것을 알게 되었다. 그것을 가르쳐 준 것이 눈앞에 있는 소녀, 유리다.

하지만 유리는 마지막에 히나코에게 사랑의 라이벌 선언을 했다.

우리는 같은 사람을 사랑하고 있다…….

그 사실을 깨달은 후, 사실 히나코와 유리는 서로 단둘이 마주치는 것을 피했다. 순정만화를 빌리거나 돌려줄 때는 항상 시즈네를 중간에 거쳐서 문제가 없었지만, 이렇게 정면에서 마주치면 왠지 모르게 긴장하게 된다.

"요새는 좀 어때……?"

유리가 조용히 물었다.

물론 이츠키와의 연애를 말하는 거겠지.

어떻게 대답할까……?

허세를 부릴까? 아니면 솔직하게 '진전이 없다' 고 말할까?

히나코는 부모님이 주신 초고성능 두뇌를 총동원하여——.

허세를 부리기로 했다.

"그, 그야, 완벽하죠."

"아하~. 그렇구나. 흐~응 그래……?"

유리는 전혀 신경 쓰지 않는 태도를 보였다.

아마도 허세일 테지만…… 나로선 허세라고 지적할 순 없다.

시간이 헛되이 흘렀다.

"구체적으로 뭘 했어?"

"네?"

유리가 묻자, 히나코는 잠시 머뭇거렸다.

그리고 곧장 최근 있었던 일을 말했다.

"그, 그렇군요. 요전번에는, 빌려주신 만화를 참고해서 같이 목욕을……."

"잠깐만……."

유리가 얼굴을 찡그린다.

"마, 만화에서 나오는 걸, 그대로 현실에서도 한 거야……?"

"네? 그런데요……. 왜요?"

순정만화는 히나코에게 연애 교과서였다.

교과서를 참고했는데, 뭐가 이상한 걸까?

그렇게 생각하는 히나코에게 유리는 복잡한 기색으로 말한다.

"이, 있잖아. 코노하나 양. 만화는 현실과 다르니까, 저기······ 현실에서 만화 같은 짓을 하면, 조금 과격할 거야."

"······················네?"

"그게, 공부하라고 준 건 맞지만, 그건 어디까지나 픽션으로 즐기는 거니까······ 그런 걸 그대로 실천하면 오히려 역효과가 나지 않을까?"

"＿＿."

히나코는 숨이 막혔다.

어쩌면 자신은 터무니없는 착각을 했던 걸지도 모른다.

"그렇다면, 예를 들어서 말이죠. 예를 들어, 이번에 빌린 만화처럼 수영복을 입고 밀착하면서 슬쩍 맨살을 드러내는 행위가, 현실에서는······."

"그런 걸 현실에서 하면 변태잖아."

"변태?!"

히나코가 얼굴을 굳혔다.

"어······? 설마, 정말 그걸 했어?"

"아뇨, 안 했어요. 그런 짓 안 했어요."

"아니, 저기······ 그 느낌으로 봐서, 진짜 한 거지?"

"안 했어요. 맹세코 안 했어요."

히나코는 얼굴이 새빨개지며 완강히 부인했다.

'했네, 진짜 했어.' 라고 말하고 싶은 듯한 유리의 시선이 히나코에게 꽂힌다.

(나…… 혹시 이츠키를 질색하게 했어……?)

욕실에서 있었던 일이 생각난다.

그때 이츠키의 반응이 이상했던 건, 그런 거였나…….

아무래도 나는 일반적인 남녀의 연애와는 거리가 먼 짓을 한 것 같다.

"히, 히라노 양은 어때요?"

어쨌든 화제를 바꾸고 싶었던 히나코는 유리의 이야기를 들어 보기로 했다.

"나는 딱히 아무것도 없어."

"아…… 그랬군요."

뭐라 말할 수 없는 표정으로 히나코는 유리를 보았다.

"윽, 그런 눈으로 보지 마. 애초에 원인을 따지자면 너 때문에 나와 이츠키가 멀어진 거잖아."

"…………그건 정말 미안해요."

"아~! 농담이야! 농담한 거니 그렇게 기죽지 마!"

다소 심각하게 미안해하는 히나코의 태도에, 유리는 당황했다.

"지금은 이렇게 코노하나 양 집에서 아르바이트도 하고 있으니까, 오히려 귀중한 체험을 할 수 있어서 고마워."

"하지만…… 제가 하는 일은 마치 만화 속 악역 같아서……."

"아까도 말했잖아. 만화와 현실은 다르다고. 나는 너를 원망하지 않아."

유리는 진심으로 그렇게 말하는 것 같았다.

다정한 게 아니라 마음이 강한 사람이라고 생각했다. 남을 탓하지 않고 모든 일을 긍정적으로 받아들인다. 그래서 유리는 다른 사람을 원망하지 않는다. 남 탓을 하기 전에 자기 자신의 부족함을 탓하는 성격이다.

"이거, 괜찮으면 먹어봐."

유리가 히나코에게 컵을 건넨다.

그러고 보니 원래 목적은 디저트 시식이었다. 컵을 받은 히나코는 그 내용물이 수수께끼의 조합이라 한순간 고개를 갸웃거렸지만, 막상 먹어 보니……

"맛있어요. 식감이 특이해요."

"그래? 후후, 내가 생각해도 좋은 걸 만들었어."

입을 가린 채 맛있게 먹는 히나코를 보고, 유리는 흐뭇한 표정을 지었다.

두 사람은 그대로 서로를 보고── 누가 먼저랄 것 없이 웃음을 터뜨렸다.

"하아…… 그만두자. 얼굴을 볼 때마다 분위기가 이래지면 참을 수 없어."

"그래요."

히나코도 동감했다.

"아마도 말이지. 같은 사람을 좋아하게 되는 건 별로 드문 일이 아닐 거야."

몸을 쭉 펴고 스트레칭을 하면서 유리는 말했다.

듣고 보니 그럴지도 모르겠다. 자신이 매력적으로 여기는 상대는 당연히 다른 사람에게도 매력적일 수밖에 없을 테니까.

"그러니까, 저기, 우리도 평범하게 지내면 되겠지?"

"네. 저도 예전처럼 히라노 양과 친하게 지내고 싶어요."

우리의 관계는 굳이 순정만화처럼 드라마틱할 필요가 없다. 심각하게 고민할 필요도 없다. 여기엔 악역도 없고, 주인공도 없다.

예전처럼 하면 된다.

예전처럼, 평범하게——.

"후후……"

"뭐가 웃겨?"

무심코 웃음을 터뜨린 히나코는 "아니요."라고 고개를 저었다.

어렸을 때부터 코노하나 그룹의 영애로 살았다. 평온한 인생을 보내는 사람들을 옆에서 바라보며 자신은 앞으로도 계속 불편한 인생을 보내야 한다고 생각했다.

하지만 사랑은 다르다.

사랑에 빠졌을 때의 나는, 평범한 사람이고……

아무리 완벽한 숙녀를 연기하려고 해도, 이것만큼은 전혀 꾸밀 수 없어서……

"전…… 지금 평범하네요."

그렇게 중얼거리는 히나코에게, 유리는 고개를 끄덕였다.

"히라노 양도 옆에서 같이 먹지 않겠어요?"

"아, 응. 그럴게."

히나코는 옆 의자를 가볍게 두드려 앉으라고 권했다.

옆자리에 앉은 유리의 표정이 조금 딱딱해진다.

"무슨 일 있어요?"

"아니, 뭐랄까……. 코노하나 양이 너무 예뻐서 옆에 있으면 조금 긴장했어."

"어머, 저도 긴장하고 있어요. 히라노 양은 멋진 분이니까요."

"저기…… 너, 그런 농담도 할 수 있구나……."

농담은 아니지만…… 더 긴장시키면 불쌍하니 조용히 하자.

아예── 유리에게는 내 본성을 밝혀도 좋을지 모르겠다.

사정을 알아도 협력해 줄 것이다. 코노하나 히나코의 나태한 본성을 평범한 일면으로 받아들여 줄 것이다.

그렇게 생각했지만…… 역시 그만두었다.

이 비밀은 이츠키와 단둘이 공유하고 싶다.

조금 치사한 생각일지도 모르지만, 이 정도는 용서해 주길 바란다고, 히나코는 생각했다.

이츠키의 어릴 적 친구이자, 마음이 강하고, 자신이 모르는 것을 많이 아는 소녀…… 히라노 유리.

코노하나 히나코는 그런 유리에게 샘이 날 때가 많으니까.

◆

월요일.

남은 매니지먼트 게임 기간은── 2주.

후반전을 맞이한 지금, 교실에서는 그 어느 때보다 학생들끼리의 논의가 활발하게 이루어지고 있었다. 업무 제휴나 M&A, 혹

은 나와 스미노에 양이 했던 것처럼 경쟁자 사이의 공존 모색 등. 긴장을 띤 얼굴로 논의하는 학생들도 간간이 보인다.

이 시기가 되면 다들 게임을 어떻게 마무리할지를 생각한다. 시가총액을 최대한 늘리려는 사람도 있고, 자사 브랜드를 끝까지 지키려는 사람, 작전이 실패해 피해를 조금이라도 줄이려고 사업 재생에 힘쓰는 사람 등, 다양한 사람이 있다.

그 와중에—— 나는 새로운 사업을 시작하는 특이한 부류에 속해 있었다.

"자, 이제……."

오늘은 여느 때처럼 티파티다.

이번 티파티에서 나는 컨설턴트가 되겠다는 것을 모두에게 알릴 생각이다.

"쏘리, 토모나리! 회의가 있어서 티파티에 조금 늦을 것 같아!"

"미안해. 토모나리 군! 나도 조금 늦어져!"

타이쇼와 아사히가 잠깐 볼일이 있는 듯 내게 양해를 구했다.

(히나코도…… 늦을 것 같군.)

교실 중심에서 같은 반 아이들의 상담에 응하고 있는 히나코를 본다. 다른 반 학생들도 히나코에게 상담할 일이 있는지 그 앞에는 긴 줄이 생겼다.

히나코와 눈이 마주치자 조용히 고개를 숙였다.

먼저 가라는 메시지를 받은 나는 혼자 카페로 향했다.

"어……."

카페로 향하자, 거기에는 아름다운 금발 롤머리 소녀 텐노지

(생활력 없음)

양이 있었다.

나리카도 아직 오지 않은 것 같다.

텐노지 양은 혼자서 무언가 책을 읽고 있었다.

(공부하고 있는 건가? 텐노지 양도 바빠 보이네.)

"흐응, 그렇군요, 그런 것이⋯⋯."라고 뭔가 중얼중얼 말하며, 텐노지 양은 책장을 넘겼다. 매우 집중하고 있는 것 같아서 말을 걸지 않고 조용히 의자를 끌어당긴다.

하지만 그 와중에 나는 텐노지 양이 읽고 있는 책 표지를 봤다.

──누구나 할 수 있는 남녀의 연애 스킬!

텐노지 양⋯⋯?

교내 카페에서 뭘 읽는 겁니까⋯⋯?

"저기, 텐노지 양."

"?!"

무심코 말을 걸자 텐노지 양은 힘차게 책을 덮었다.

"지금 읽던 건⋯⋯."

"차차, 착각하지 마셔요! 이건, 코노하나 히나코가 공부하고 있다고 해서, 나도 흥미가 생겨서⋯⋯!!!!"

당황한 텐노지 양은 허둥지둥 고개를 가로저었다.

"뭐, 왠지 그럴 것 같기는 했지만."

주변에 다른 학생이 없었기 때문에 나는 존대를 빼고 말했다.

"조금은 착각해도 된답니다?"

텐노지 양은 왠지 모르게 입술을 삐죽 내밀었다.

착각……이라면, 텐노지 양은 연애에 관심이 있다는 뜻일까?

텐노지 양은 예전에 혼담을 제안받은 적이 있다. 우여곡절 끝에 그 혼담은 무산되었지만, 그걸 계기로 연애에 대해 진지하게 생각하게 된 걸지도 모른다.

"텐노지 양은, 어떤 사람을 좋아해?"

"어, 어떤, 사람이냐고욧?!"

"아, 아니야. 대답하고 싶지 않다면 딱히 상관없지만……."

생각보다 놀란 표정을 짓는 텐노지 양에게, 나는 넌지시 다른 주제로 바꿔도 좋다고 말했다.

그러나 텐노지 양은 뺨을 붉히면서 대답해 준다.

"그, 그렇군요! 역시 텐노지 가문에 걸맞은 사람이어야죠! 예의범절은 물론이고, 강인하고, 마음이 깨끗하고, 많은 사람을 움직일 그릇을 가진 사람이어야……."

"그건…… 진짜 빡빡한 조건이네."

"네엣?!"

내가 쓴웃음을 짓자 텐노지 양은 정신을 차린 듯 눈을 동그랗게 떴다.

"아, 아니어요. 방금 그 조건은, 저기, 단지 집안에서 좋아하는 조건일 뿐이니까……."

방금 그 조건은 텐노지 양의 주관이 아니었던 모양이다.

텐노지 양은 황급히 고개를 가로저었다. 아마도 순간적으로 떠오른 것이 자신이 아니라 집안이 원하는 조건인 거겠지.

(생활력 없음)
~영애들이 다니는 명문 학교에서 제일가는 **아가씨**를 남몰래 돕는 시중 담당이 되었습니다~ 7

내가 이상한 질문을 한 탓이다. 미안하다.

"제가 선호하는 조건은 그…… 성실하고, 착하고, 지금은 완벽하지 않더라도 늘 노력하는 자세를 가지고…… 제가 아무리 약해져도 옆에 있어 줄 수 있는 분이랍니다."

아까보다 뺨을 더 빨갛게 물들이고, 텐노지 양은 나를 힐끗힐끗 보며 말했다.

처음 혼담이 왔을 때라면 아까 조건만 대답했을 것이다. 하지만 집안을 위해서가 아니라 자기 자신을 위해서라는 관점을 가진 지금의 텐노지 양은 달랐다.

"잘 생각하고 있구나."

텐노지 양이 자기 마음을 존중하는 것을 알고, 나는 왠지 모르게 감상적인 기분이 들었다.

하지만——.

"……."

어라, 왜 째려보는 걸까……?

이럴 때는 서로 감동해야 하는 거 아닌가?

"그러는 이츠키 씨는 어때요?"

"나?"

텐노지 양은 내 눈을 똑바로 보았다.

"우리 아버님이 당신에게 한 말, 기억하고 계셔요?"

"그, 그건 ……."

물론 기억하지만…….

"'우리 집에 사위로 들어올 생각이 없는지'였죠. 이 질문의 대답을, 그러고 보니 아직 안 들었네요."

시험이 끝나고 히나코와 함께 텐노지 양의 집을 방문했을 때의 일이다.

혼담을 거절하고 싶었던 텐노지 양의 진심을 끌어내서 그런지, 나는 텐노지 양의 아버지에게 호감을 얻어 그런 말을 들었다.

"아, 그건 그냥 그 자리에서 즉흥적으로 한 말이잖아······?"

"정말 그렇게 생각하셔요?"

시선을 슬쩍 들어서 쳐다보는 그 눈빛을 보고, 나는 "윽." 하고 말문이 막혔다.

긍정하면 가벼운 사람으로 오해받을 것 같다.

하지만 그렇다고 해서 부정하기는······. 나는 어떻게 대답해야 할까?

텐노지 양이 너무 똑바로 보는 바람에 긴장해서 아무 생각도 할 수 없다.

내가 계속해서 쩔쩔매고 있을 때── 스마트폰의 진동 소리가 울렸다.

"나, 나예요."

텐노지 양이 테이블 위에 놓인 스마트폰을 집어 들었다.

"어머, 스미노에 양이네요."

전화가 아니라 메시지 앱의 수신 알림이 뜬 모양이다.

나는 답장하는 텐노지 양에게 물었다.

"스미노에 양과는 그 뒤로도 연락하고 지내?"

"그래요. 이츠키 씨에게 진 것이 어지간히 힘들었는지, 요즘은 더 노력해서 실적을 올리고 있는 것 같답니다."

보아하니 두 사람의 앙금은 완전히 해소된 모양이다.

스미노에 양의 회사인 SIS의 실적이 성장하고 있다는 사실은 나도 알고 있었다.

아마도 스미노에 양은 나와 다투고 있던 때가 아닌 지금이 본궤도인 거겠지. 해야 할 일을 시야에 두고 욕심껏 성장을 거듭하는 지금의 스미노에 양과 경쟁했다간, 다음에는 내가 질지도 모른다.

"다들 오래 기다렸지~!"

멀리서 아사히 양의 목소리가 들려왔다. 그 뒤에는 히나코와 타이쇼, 나리카도 있었다.

텐노지 양은 아무렇지도 않게 아까 읽던 책을 가방에 숨겼다.

티파티가 시작된다. 아까 대화가 더 이어지지 않아서 다행이다.

◆

기본적으로 티파티의 내용은 현재 상황의 공유와 과제 상담이 주를 이룬다.

하지만 게임이 후반부로 접어든 지금, 각자 방향성을 잡아가고 있어서 공유해야 할 현황이 줄어들고 있었다. 게다가 여기 있는 멤버들이 모두 우수하다 보니 과제도 대부분 혼자 어렵지 않게 해결할 수 있다.

그런고로…….

"여전히 다들 순조로운 것 같아 다행이어요."

텐노지 양의 말대로, 모두가 순조롭다는 현황을 공유했다.

모두가 실적이 성장하고 있고, 뚜렷한 과제에 부딪히지 않았다.

다만…… 나만 빼고 그렇다는 말이다.

"너무 우수한 동맹도 좋기만 한 건 아니군요. 이래서는 이야깃 거리가……."

"잠시만요. 전하고 싶은 말이 있어요."

손을 들어 모두의 시선을 모은다.

마침 할 이야기가 없어 한가해진 것 같으니, 딱 좋겠지.

"사실 저는 컨설턴트를 시작하려고 합니다."

다들 눈을 동그랗게 뜨지만, 나는 움츠러들지 않고 말을 이어 갔다.

"여러모로 생각한 끝에 결정한 일입니다. 저는 지금 있는 토모 나리 기프트라는 회사를 정리하고, 새롭게 컨설턴트 회사를 만 들 겁니다."

"시간이 2주밖에 안 남았는걸요? 성과 지표를 내기 힘들 것 같 은데요."

텐노지 양의 충고는 옳다.

하지만…….

"그래도 이것이 제 장래에 가장 도움이 될 것 같아요."

매니지먼트 게임, 그 너머를 내다보고 나는 이 결정을 내렸다.

나는 딱히 게임에서 이기려고 컨설턴트가 되고 싶은 것은 아니 다. 장차 컨설턴트가 되려고 여기서 경험을 쌓고 싶은 것이다.

그런 내 결의를 듣고, 아사히 양과 타이쇼가 고개를 끄덕였다.

 "나는 찬성할래! 토모나리 군, 적성에 맞는 것 같아!"

 "나도 찬성해. 전부터 생각했지만, 토모나리는 뭔가 상담하기 편하잖아."

 상담하기 쉽다는 것은 컨설턴트를 목표로 하는 사람이라면 틀림없는 장점이다.

 두 사람도 시즈네 씨와 마찬가지로 내게 컨설턴트의 소질이 있다고 여기고 있다.

 "나, 나도 물론 찬성한답니다! 다만, 학생회를 목표로 한다면 불리한 선택일지도 모른다고 생각해서요……."

 아하, 텐노지 양은 그 점을 걱정해 준 건가.

 하지만 그건 나도 생각한 바가 있어서, 고개를 가로저었다.

 "현재 저는 코노하나 양이나 텐노지 양과 비교하면 역시 성적이 부족할 것 같아요. 게다가 나리카 양 같은 집안의 배경도 없고, 특기도 없으니까요. 스미노에 양 사건이 있었지만, 지금의 제가 보수적으로 움직여서 학생회에 뽑힐 것 같지는 않아요."

 "그래서 공세에 나서는 건가요?"

 "네. 하나 더 준비해서 손해는 보지 않을 것 같아요."

 학업도 집안도 별 볼 일 없는 내가 스미노에 양의 기업 인수를 물리쳤다고 해서 단번에 학생들의 신뢰를 따낼 수 있을 거라고는 생각하지 않는다. 그래서 한 번 더 도약해야 할 필요가 있다고 생각했다.

 두 번이다. 나는 매니지먼트 게임으로 두 번 도약할 것이다.

그러면 다들 생각할 것이다. 이건 운발이 아니라 실력이라고.

"나답지 않은 지적을 해버렸네요."

텐노지 양은 당당하게 웃는다.

"성과를 거둔 직후에 한 걸음 더 나아가는 그 자세…… 칭찬해 마땅해요! 토모나리 씨의 더 큰 도약을 기대하겠어요!"

진심이 어린 응원을 듣고, 나는 "감사합니다."라고 고개를 숙였다.

"저도 찬성해요."

그리고 히나코도 정식으로 사람들 앞에서 찬성해 주었다.

"생각해 보면 여기 있는 멤버를 모은 건 토모나리 군이에요. 컨설턴트란 인맥이 중요한 일이라고 들었으니까, 토모나리 군은 원래 그 길이 적성에 맞을지도 모르겠네요."

처음 이 멤버가 모인 건 내가 입학한 지 얼마 안 됐을 무렵이었다. 타이쇼와 아사히 양의 초대를 자꾸 거절하는 것이 부담스러워 방과 후를 함께 보내게 되었는데, 그때 기왕이면 텐노지 양과 나리카도 함께하자고 했다.

그때 일을 아직도 기억해 준 건가. 뭐랄까…… 고마운 일이다.

마지막으로 나리카가 나를 보고 말한다.

"나도 찬성한다. 그리고…… 부탁하마! 내 이야기를 들어주지 않겠어?"

나리카는 두 손을 모아 머리를 숙였다.

무슨 이야기일까……?

"사실은, 우리 회사에서 인터넷 쇼핑몰을 만들려고 한다."

(생활력 없음)
~영애들이 다니는 명문 학교에서 제일가는 **아가씨**를 남몰래 돕는 시중 담당이 되었습니다~ 7

"인터넷 쇼핑몰을?"

내가 되묻자, 나리카는 고개를 끄덕였다.

"우리 회사에서 스포츠용품 전문 쇼핑몰을 만들고 싶다. 다만, 만드는 노하우가 없어서 이츠키에게 상담하려고 했는데…… 이츠키가 컨설턴트가 되어 준다면 정식으로 의뢰하고 싶다."

즉, 나리카는 내게 통신판매업이라는 신규 사업의 컨설팅을 의뢰하고 싶은 모양이다.

――나쁘지 않은 이야기다.

나리카의 회사인 시맥스는 업계 최대 규모다. 이 회사의 컨설팅을 성공시키면 눈에 보이는 실적을 얻을 수 있다. 게다가 인터넷 쇼핑몰이라면 나도 실제로 운영해 본 적이 있어서 하기 편하다.

하지만……괜찮을까?

처음부터 그런 대기업을 담당하면 실패하지 않을까?

(아니야…….)

내게는 하늘에서 떨어진 기회를 망설일 여유가 없다.

누구를 따라잡으려고 하는지 잘 기억해라. 아사히 양, 타이쇼, 나리카, 텐노지 양, 그리고 히나코. ――이런 기회를 하나하나 내 것으로 만들어야만 따라잡을 수 있는 상대다.

"나리카. 꼭 하게 해줘."

"그, 그래! 고맙다!"

그래서 나의 첫 번째 고객은 나리카의 회사―― 주식회사 시맥스가 되었다.

◆

　방과 후. 저택으로 돌아온 나는 곧바로 해야 할 일을 처리하고 있었다.

　『토모나리 군. 마지막으로 한 번만 더 확인하게 해주세요.』

　스마트폰 스피커에서 웨딩 니즈의 사장인 이쿠노의 목소리가 들렸다. 그 목소리는 딱딱하고, 전화기 너머로도 긴장감이 느껴졌다.

　『정말로, 괜찮은 거죠?』

　"네. 부탁합니다."

　돌이킬 수 없는 결단이었다.

　이쿠노의 마지막 확인에, 나는 고개를 끄덕였다.

　『알겠습니다. 그러면…… 토모나리 기프트는 앞으로 제가 책임지고 경영하겠습니다.』

　중요한 결단이 하나 끝났다.

　토모나리 기프트의 사업 승계──. 나는 그것을, 내 보유 주식을 모두 이쿠노에게 매각하는 형태로 마무리했다.

　"약속대로 상장을 목표로 해주시면 좋겠습니다."

　『물론이죠. 저도 토모나리 군에게 도움을 받았으니까, 최선을 다할 겁니다.』

　토모나리 기프트를 승계시키면서, 나는 이쿠노에게 두 가지를 부탁했다.

　첫째, 토모나리 기프트는 웨딩 니즈가 흡수하지 않고, 독립적인 회사로 계속 운영할 것.

둘째, 토모나리 기프트의—— *스탠다드 상장을 실현할 것.

업무제휴 단계에서 이미 의견 조율은 끝났지만, 나와 이쿠노의 비즈니스 관점은 매우 가까웠다. 그런 이쿠노이기에 나는 토모나리 기프트를 맡길 수 있다고 판단했다.

게다가 웨딩 니즈는 도쿄증권거래소 프라임 시장에 상장된 기업이기에 이쿠노는 상장부터 그 이후의 경영까지 해낼 수 있는 능력이 있다. 혹시나 해서 상장을 위한 전략을 물었더니, 웨딩 니즈에서 개척한 웨딩 시장과 결합하면 매출을 늘릴 수 있는 몇 가지 방안이 있다고 한다. 그 말을 듣고 나는 다시금 이쿠노에게 맡겨야겠다고 결심했다.

사실은 경험을 쌓기 위해서라도 내가 해야 할 일이지만, 역시 상장과 컨설팅 업무를 병행하는 것은 지금의 내 역량으로 불가능하다.

(조금 쓸쓸한걸…….)

손수 키운 회사가 내 손을 떠나는 것은 꽤 쓸쓸한 일이었다.

잘 가라, 토모나리 기프트.

이제부터는 이쿠노의 손길로 하늘 높이 날갯짓해라.

"이제…… 다음이야."

아쉬워할 겨를이 없다.

이쿠노와의 통화를 마치고, 나는 곧바로 나리카에게 전화를 걸었다.

---

* 스탠다드 시장 : 도쿄증권거래소의 분류 중 하나. 공개 시장의 투자 대상으로서 유효한 기업이 대상.

나리카는 바로 전화를 받았다.

"나리카. 지금 시간 돼?"

『그래, 괜찮다.』

한 손으로 노트북을 조작하면서, 나는 나리카에게 질문했다.

"인터넷 쇼핑몰 말인데, 부탁한 자료는 다 만들었어?"

『예산 등을 정리한 서류 말이지? 방금 그쪽으로 보냈다.』

"좋아. 그렇다면 이걸 참고해서, 외주업체는 내가 선택할게."

매니지먼트 게임 내 메일함에 나리카의 메시지가 도착했다.

나는 첨부된 자료를 슥 훑어보았다.

『나도 이것저것 알아봤는데, 웹사이트를 운영하는 만큼 유지 보수 전문 부서를 만드는 게 좋을까?』

"그래. 단순히 인터넷 쇼핑몰 사이트만 만들고 싶은 거라면 수익 분배도 좋을 것 같은데, 나리카는 모든 것을 자체적으로 완결하고 싶은 거지?"

『그래. 그게 고객도 이해하기 쉬울 것 같아서.』

"알았어. 그렇다면 사이트 제작은 외주로 하고, 그 이후의 유지 보수는 시맥스가 부담하는 거군. 즉시 투입할 수 있는 인력을 채용할 수 있게 준비해."

『아, 알겠다!』

수익 분배(Revenue share)란 쉽게 말해 여러 기업이 협력하여 하나의 사업을 진행하는 계약 형태를 말한다. 하지만 나리카는 자체적으로 사이트를 운영하기를 원했기에 틀 자체는 외주를 주더라도 그 이후의 운영은 시맥스의 직원으로 해야 했다.

그렇다고 갑자기 완벽하게 사이트를 운영하기는 어려울 테니까, 처음에는 사이트 제작뿐만 아니라 운영도 세트로 위탁해야겠지. 그리고 상황을 보고 순차적으로 자사가 부담할 수 있도록 하면 된다.

"서버를 자체적으로 준비하려면 비용도 많이 들고, 상황을 지켜보고 싶을 테니까, 이번에는 *퍼블릭 클라우드를 쓸게."

『음? 그, 그래! 그걸로 된다!』

"자세한 내용은 나중에 보내줄 테니 걱정하지 마."

『미미미, 미안해…….』

나를 방해하지 않으려는 배려라고 생각하지만, 나리카가 억지로 아는 척하는 것 같아서 불안감을 없애주었다.

애초에 나리카는 IT 분야의 문외한이니까 나를 의지한 것이다. 그러니 세세한 지식 공유는 나중에 다시 하면 될 일이다.

"그나저나…… 대단하네, 시맥스는. 일주일 만에 주가를 이렇게 많이 올렸어?"

일주일은 현실 세계에서의 시간이다. 게임으로 치면 반년이다.

나는 이 놀라운 상승률을 보고 솔직히 감탄했다.

『이런 말을 하긴 그렇지만, 시맥스는 원래 큰 회사니까 말이다. 내가 하고 싶은 일을 얼마든지 할 수 있는 환경이 조성되어 있다.』

"물론 그런 이유도 있겠지만……."

---

* 퍼블릭 클라우드(Public Cloud) : 최종 사용자가 소유하지 않은 IT 인프라를 통한 클라우드 환경. 공유 클라우드 서버를 전문 업체에서 빌리는 형태.

스포츠 분야에서 풍부한 지식을 가진 나리카는 계속해서 좋은 아이디어를 내놓는다. 그리고 시맥스는 그 아이디어를 상품으로 만들 수 있는 체급이 있었다. 이렇게 생각해 보면 나리카의 재능과 시맥스의 현재 상황이 놀라울 정도로 잘 맞아떨어진다는 것을 알 수 있다.

　"회사가 크면 역시 부담감도 커?"

　『그래. 게임을 처음 시작했을 때는 식은땀이 멈추질 않았어. 윽…… 다시 생각만 해도 배가 아프다…….』

　힘들어하는 나리카의 목소리가 들려온다.

　"나리카는, 감성이 비교적 일반적이구나."

　『음? 무슨 뜻이냐?』

　"코노하나 양이라든지…… 특히 텐노지 양이 그렇긴 하지만, 키오우 학원 사람들에게 지금 같은 질문을 하면 대부분 '원래 그런 거잖아요?' 라고 당연하다는 듯이 대답할 것 같아."

　『그래……. 하긴 그렇지.』

　그 히나코도 '귀찮아' 라고 말하면서도 어떻게든 짊어졌다.

　히나코나 텐노지 양과 비교해 나리카의 고민은 평범했다. 다른 사람과의 의사소통이 서툴다거나, 압박감이 싫다거나, 공부가 힘들다거나…… 내가 예전에 다니던 고등학교에도 비슷한 고민을 안고 사는 사람들이 많다.

　그렇기에 나리카는…… 평범한 사람을 잘 이해한다.

　운동을 어려워하던 키타에게 운동의 좋은 점을 알려주었던 때처럼, 나리카는 평범한 고민이 있는 사람들에게 다가갈 수 있다.

(생활력 없음)

그건 엄청난 재능이 아닐까?

특수한 환경 속에서도 모두가 공감할 수 있는 평범한 감성을 잃지 않는 것, 이것이 나리카의 진정한 재능이 아닐까? 나는 그런 생각이 들었다.

그 평범한 감성이 매니지먼트 게임에서도 평가받고 있는 것이 틀림없다.

그때── 전화기 너머에서 '탁' 하는 소리가 들렸다.

『아차, 미안하구나.』

나리카가 사과하는 소리가 들린다.

그러자 이번에는 바닥을 치는 물소리가 들렸다.

마치 샤워하는 듯한 ……

"나리카. 지금, 어디 있는 거야?"

『욕실에 있다!』

욕실…………?

『이츠키가 언제 전화해 줄지 몰랐으니까. 내가 부탁해 놓고서 전화를 안 받는 것도 미안해서, 스마트폰을 손에서 놓지 않고 있었다.』

"저, 저기…… 굳이 그럴 필요는 없어."

다시 한번 '탁' 소리가 난다.

아마도 물바가지를 바닥에 내려놓는 소리일 것이다.

"다음 이야기는 나중에 하자."

『아니, 괜찮다! 금방 씻을 테니 조금만 기다려!』

바디워시를 꺼내는 건지, 찍, 찍……하고 펌프질하는 소리가 전화기 너머로 들려온다.

나는 무의식중에 전화기 너머에서 무슨 일이 벌어지고 있는지 상상했다.

몸을 벅벅 닦는 소리가 들릴 즈음에 나는——.

"나중에 연락할게."

대답도 듣지 않고 전화를 끊었다.

왠지 갑자기 피곤해진 것 같다.

(지금이라도 정신을 차리자.)

두 뺨을 가볍게 두드려 번뇌를 털어낸다. 다음에 나리카에게 전화하기 전에 외주업체 몇 군데를 알아봐야겠다.

매니지먼트 게임은 2주 남았다. 내가 컨설턴트로서 성과를 내는 것은 시간과의 싸움이기도 하다.

집중해서 노트북 화면을 보고 있는데, 방문을 두드리는 소리가 들렸다.

대답하자 시즈네 씨가 들어왔다.

"이츠키 씨, 부탁한 자료가 준비됐어요."

"죄송합니다, 감사합니다."

"원래는 아가씨를 지원하기 위해 준비했던 거니까, 이 정도는 괜찮아요."

시즈네 씨에게 태블릿을 받았다.

화면에는 여러 회사의 데이터가 나열되어 있었다. 나는 태블릿을 책상에 두고 빠르게 페이지를 넘겼다.

"무척 빨리 보는군요……."

"매출이나 자본금처럼, 회사 규모에 관한 정보를 빼고 체크하고 있어요."

"그건…… 왜죠?"

비즈니스에서 숫자 지표는 가장 중요한 데이터라고 해도 과언이 아니다. 그런데도 과감히 그것을 보지 않는 내게, 시즈네 씨는 의아한 표정으로 물었다.

"선입견을 없애고 싶어요. 사업만 보는 것이 공정한 판단을 할 수 있으니까요."

"그렇군요."

매니지먼트 게임을 경험하면서, 나는 숫자에 보이지 않는 불운이 포함되어 있다는 것을 배웠다. 최고의 상품을 개발했는데 우연히 유행이 바뀌었다. 자사 직원의 정보 유출로 경쟁사에 추월당하고 말았다. 이러한 불운을, 숫자는 발견하지 못한다. 다시 기회를 주면 잘할 수 있는 회사라도, 숫자는 '다시는 믿을 수 없는 낙오자'라는 낙인을 찍을 수 있다.

그래서 나는 먼저 사업을 본다.

그리고 기업의 이념을 파악하고──── 그 뒤에 있는 경영자의 얼굴을 본다.

이 경영자를 신뢰할 수 있을 것 같으면, 그때 다시 숫자를 확인하면 된다.

"이 회사라든가, 괜찮을 것 같은걸."

시맥스와 궁합이 잘 맞을 것 같은 업체를 몇 군데 찾았으니, 이를 목록화해서 나리카에게 메일로 공유한다. 각각을 선택했을 때 필요한 경비 등도 대략적으로 계산해 두었다.

　얼마 후, 나리카가 그중 한 업체를 희망했다.

　좋아. ——이제 이 업체와 미팅을 하고, 잘 풀리면 쇼핑몰 사이트 제작을 시작할 수 있을 것이다.

◇

　노트북과 태블릿을 이용해 매니지먼트 게임에 몰두하는 이츠키의 모습을, 시즈네는 말없이 바라보고 있었다.

　이미 이츠키는 시즈네가 같은 방에 있다는 사실을 잊고 있었다.

　그 엄청난 집중력은 히나코와 타쿠마, 그리고 당주 카겐과도 통하는 것이 있었다.

　(재능이 무서운 줄은 알고 있었지만…….)

　이츠키를 중심으로 실내 공기가 조금씩 엄숙해지는 것 같았다.

　타쿠마와 카겐이 진지하게 일할 때의 분위기와 똑 닮았다. 두 사람의 일을 돕는 시즈네는 이츠키의 변화를 확실히 알아차린다.

　——회사 규모에 관한 정보를 빼고 체크하고 있어요.

　시즈네는 이츠키가 한 말을 머릿속에 떠올린다.

　——선입견을 없애고 싶어요. 사업만 보는 것이 공정한 판단을 할 수 있으니까요.

　이 말을 들었을 때, 시즈네는 무심코 웃음을 터뜨릴 뻔했다.

　너무나도 차원이 다른 말이라서.

"그게 되는 사람은 당신밖에 없어요……."

이츠키가 듣지 못하도록 조용히 중얼거린다.

혹은 타쿠마. 그런 재주를 부릴 수 있는 사람은 두 사람 정도밖에 없을 것이다.

보통은 사업만으로는 판단할 수 없으니까 숫자를 중시한다. 사업 내용이나 이념에는 얼마든지 거짓을 섞을 수 있기 때문이다. 겉으로는 세상을 위하고 사람을 위한다고 하면서 실제로는 영리주의를 표방하는 것은 흔한 이야기다.

반면 숫자는 거짓말하지 않는다. 그래서 경영자나 투자자들은 대부분 숫자로 상대를 판단하려 하지만, 이츠키에게는 그럴 필요가 없었을 것이다.

이츠키에게는 데이터의 거짓말을 꿰뚫어 보는 힘이 있다.

그래서 이츠키가 봐야 할 것은 숫자가 아니라 철학인 것이다.

(타쿠마 님과의 만남. 그리고 매니지먼트 게임이라는 기회. 이 두 가지가 절묘하게 맞물린 결과, 이츠키 씨는 급격한 성장을 이루었다…….)

각성하고 있다. 완전히.

사람의 재능이 꽃피는 순간을 목격한 시즈네의 가슴에 말로 표현하기 어려운 감정이 솟구쳤다. 솔직히 응원하고 싶은 마음, 노력이 보답받는다는 감동, 혹은 호기심…… 여러 가지 감정이 뒤섞였다.

그저 확실한 것은, 이 정도의 재능이 있다면 앞으로도 계속 히나코의 곁에 설 수 있을지도 모른다는 희망이 보였다는 것이다.

그것은 시즈네에게 그 무엇과도 바꿀 수 없는, 가장 중요한 일이었다.

(이 사람을 시중 담당으로 선택하길 잘했어.)

그리고 선택한 이상, 자신에게는 지켜봐야 할 의무가 있다.

이 소년은 어디까지 갈 수 있을까? 집중해서 화면을 응시하는 이츠키의 뒷모습을, 시즈네는 평소보다 더 즐겁게 지켜보았다.

◆

다음 날, 키오우 학원에서.

"이츠키!"

쉬는 시간이 되자, 복도에서 목소리가 들려왔다.

자리에서 일어나 이름을 부른 소녀에게로 향했다.

"나리카, 무슨 일이야?"

"어제의 은혜를 갚으러 왔다!"

나리카는 눈을 초롱초롱 빛내며 말했다.

나리카에게 개 꼬리와 귀가 달린 환상이 보인다. 떨어질 듯 꼬리를 힘차게 흔들고 있었다.

"이젠 주위의 시선이 신경 쓰이지 않아?"

"음? 어어?!"

시선이 모인 것을 알아차린 나리카는 얼굴을 붉히며 교실에서 잘 보이지 않는 데로 숨었다. 사람들 앞에서 이렇게 큰 소리를 내서 신기했는데, 일부러 그런 건 아니었던 모양이다.

"아, 서두르다가 그만……."

"그냥 메일로 보고해 주기만 해도 딱히 상관없잖아."

"무슨 소리야! 이런 건 직접 고맙다고 인사해야지!"

이런 부분은 참 성실하다.

나리카의 미덕이다.

"어흠……. 정식으로 말하마. 어제는 정말 고마웠다! 덕분에 잘될 것 같아!"

"그렇다면 다행이고. 아직 계약 기간이니 정기적으로 사업 데 이터를 공유해 줘."

"그래! 계속 잘 부탁하마!"

시맥스와의 컨설팅 계약은 1년이다. 현실에서 2주…… 매니지 먼트 게임이 끝날 때까지 우리의 계약 관계는 계속될 것이다.

사실 그렇게 오래 할 필요는 없을 것 같지만, 매니지먼트 게임이 슬슬 끝날 것을 고려해 그 시점에 딱 맞추기로 했다.

"결제도 오늘 중으로 끝내겠다! 송금처는 아까 말한 새로운 회 사면 되겠지?"

"그래. 토모나리 컨설팅으로 보내줘."

주식회사 토모나리 컨설팅—— 이것이 나의 두 번째 회사다.

예전에 회사 이름으로 놀림당했는데도 또다시 비슷한 이름을 지었는데…… 나도 변명하고 싶다. 컨설턴트를 시작하려고 생각 하던 차에 나리카가 의뢰하는 바람에 매우 고마운 한편으로, 너 무 바빴기 때문이다.

"뭐랄까…… 여전한 회사 이름이구나."

아니나 다를까, 회사 이름으로 놀린다.

"아니, 그렇게 말한다면 시맥스도 비슷하잖아."

"뭣이! 조상님들의 센스를 놀리는 거냐!"

이름을 짓는 센스가 비슷한 나리카에게 이런 말을 듣고 싶지 않지만, 그러고 보니 나리카의 경우는 집안 대대로 물려받은 회사 이름이었다.

"시맥스는 말이야! 이 섬나라에서 가장 큰…… 즉, MAX한 회사가 되겠다는 이념을 담아 지은 이름이다!"

"그, 그랬구나……."

그래도 너무 단순하지 않나……?

뭐, 결국 회사 이름은 고객이 기억하기 쉬운 것이 가장 중요하므로, 그 점을 고려하면 시맥스는 좋은 이름일지도 모르겠다.

이윽고 나리카와 헤어져 교실로 돌아간다.

"아, 저기, 토모나리 군."

이번에는 아사히 양이 내게 말을 걸었다.

"잠깐 시간 좀 될까?"

"괜찮은데요. 여기선 안 되나요?"

"으음…… 가능하면 단둘이서 이야기하고 싶어."

이상한 일인데…….

좋든 나쁘든 주변 시선을 별로 신경 쓰지 않는 아사히 양이 밀담을 요청하는 것은…… 적어도 내 기억으로는 처음이다.

하지만 매니지먼트 게임이 한창인 지금, 밀담을 원하는 학생은 많은 데다가, 단둘이서 이야기할 수 있는 곳은 대체로 사람이 꽉

(생활력 없음)

찼다. 계단 층계참이나 복도 구석 등 평소에는 사람이 없던 곳도 지금은 항상 누군가가 있다.

"쉬는 시간에는 힘들 것 같으니까, 방과 후에 자주 가는 카페에서 얘기할래요?"

"응, 부탁해!"

그 카페라면 자리와 자리 사이도 넓으니, 조용히 이야기하면 남들에게 들리지 않을 것 같다.

게다가…… '고귀한 티파티' 소문 때문인지, 우리가 항상 사용하는 테이블은 아무도 사용하지 않는다. 마치 예약 테이블처럼 취급된다. 그 자리가 가장 경치도 좋고, 가장 편안한데…… 왠지 미안하지만, 이번엔 내가 이용하자.

◆

──그리하여 방과 후.

히나코와 시즈네 씨에게 늦게 귀가한다고 말한 나는 아사히 양과 함께 카페를 찾았다.

"그래서, 무슨 이야기죠?"

홍차를 한 잔 마신 아사히 양은 진지한 표정으로 입을 열었다.

"사실은 있지…… 회사 매출을 더 늘리고 싶어서."

10초 정도 침묵이 흘렀다.

잠시 생각에 잠긴 나는 아사히 양의 의도를 짐작할 수 있었다.

"과연…… 경쟁사를 제치고 싶은 거군요."

"그래~! 토모나리 군은 말이 금방 통해서 다행이야."

단순히 매출을 늘리고 싶다는 상담이었다면 교실에서 상담해도 됐을 것이다.

그렇게 하지 않은 것은 누군가에게 들키고 싶지 않아서——즉, 비밀리에 움직이고, 추월하고 싶은 상대가 있다는 뜻이다.

"우리 회사는 미야코지마 양의 회사처럼 업계 1위가 아니니까. 자칫 잘못해서 경쟁사에 동향을 파악당하면 순식간에 순위가 뒤바뀐단 말이지. 그래서 답답하지만, 이런 이야기를 공개적으로 할 수 없어서……."

"치열한 업계군요."

나리카의 회사인 시맥스의 매출은 업계 2위 이하의 회사와 큰 차이를 보이고 있다. 그 정도 차이면 당당하게 행동할 수도 있겠지만, 아사히 양의 경우는 그러지 못하리라. 제스 홀딩스는 가전 양판점 업계에서 4위였던 것으로 기억한다.

"그래서 정식으로 토모나리 군에게 의뢰해 볼까 싶어서! 사실 아까 미야코지마 양과 뭔가 이야기하는 걸 봤는데…… 그 분위기로 봐선, 잘되고 있는 거지?"

"뭐, 그렇죠."

"그 기세로 나도 한번 도와주면 안 될까~?"

입으로 "힐끔." 하고 말하며 아사히 양은 물끄러미 나를 바라보았다.

안 그래도 내 대답은 이미 정해져 있다.

"맡겠습니다. 아사히 양에겐 마케팅 회사를 소개받은 은혜도

(생활력 없음)

있으니까요."

"앗싸! 그러면 이걸 받아! 우리 회사 자료입니다!"

준비를 잘했다. 아사히 양은 역시 내가 맡을 것으로 예상한 듯하다.

아사히 양은 자료가 담긴 태블릿을 내게 건네고, 노트북에서도 매니지먼트 게임을 실행한 뒤 메일로 자료를 보냈다.

제스 홀딩스의 결산 정보를, 나는 슥 훑어보았다.

타쿠마 씨의 지도 덕분이겠지. BS와 PL을 비롯해 이런 종류의 데이터를 보는 것에 익숙해진 나는 이전과는 비교할 수 없을 정도로 빠르게 내용을 이해할 수 있게 되었다.

"고령자 매출이 적네요."

"그렇단 말이지~. 뭐, 가전제품이란 게 원래 그런 걸지도 모르지만."

가전제품은 해마다 그 기능이 진화하고 있다. 노인들은 구매하기 불편할 수도 있다.

"예전에는 고령자를 대상으로 하는 가전제품을 판매했었군요. 지금은 제조하지 않나요?"

"응. 광고 방송도 틀고 선전도 했지만, 지표가 안 좋아서~. 저출산 고령화라는 시대적 흐름에 발맞춰서 본격적으로 개발도 했었으니까, 우리 직원들은 모두 충격을 받았어."

자료에 따르면 3년 전쯤의 이야기라고 한다. 즉, 게임이 아닌 현실의 이야기다.

사업 자체는 실패한 것 같지만, 이미 한 번 제품을 개발한 적이 있는 셈이다. 기초가 다져진 만큼 이 분야라면 즉각적인 대응 전략을 세울 수 있다.

"아사히 양. 여기 부서는 무슨 일을 하죠?"

"응? 어디 보자. 거긴 아마……."

작은 글씨로 적혀 있어서 아사히 양이 내 노트북 모니터에 얼굴을 가까이 가져간다.

톡, 하고 나와 아사히 양의 이마가 부딪혔다.

"앗."

"앗."

아마 동시에 소리를 낸 것 같다.

반사적으로 거리를 벌린 우리는 서로의 얼굴을 바라본다.

"죄, 죄송합니다……."

"아, 아니야. 내가 더 미안한걸……?"

집중한 탓인지 거리감을 조금 잘못 잡은 것 같다.

아사히 양은 뺨을 붉히며 어색한 표정을 짓는다.

"아사히 양도 그렇게 부끄러워할 때가 있는 거군요."

"부, 부끄럽거든! 나도 여자인데?!"

아사히 양이 나를 째려본다.

"왠지 이런 일은 그냥 웃어넘기는 사람일 줄 알아서요……."

"아, 아니지. 확실히 다른 남자였다면 그럴지도 모르겠지만! 토모나리 군은 다르니까!"

"달라요?"

그게 무슨 뜻이지?

내가 고개를 갸웃거리자 아사히 양은 더욱 얼굴을 붉히며 허둥 댔다.

"아, 아~~~?! 이건 취소!! 취소거든?!"

"그, 그래요."

귀까지 새빨개진 아사히 양에게, 나는 일단 따르기로 했다.

"뭐, 그게 있지…… 지금이니까 말하는 거지만……."

아사히 양은 조금 진정하면서 이야기하기 시작했다.

"토모나리 군이 입학했을 당시에는 제법 걱정했단 말이지. 그 왜 있잖아. 키오우 학원은 입학하고도 적응하지 못하고 금방 그 만두는 사람이 종종 있거든. 토모나리 군은 처음엔 그 전형으로 보였다고 할까……."

변명할 여지도 없다. 그때의 나는 정말로 키오우 학원에 따라갈 수 없는, 서민티를 팍팍 내는 인간이었다. 지금도 방심하면 그렇 게 되니까 본질은 변하지 않지만…….

"하지만 결국 내 눈이 장식이었다고 할까? 토모나리 군은 열심 히 노력해서 순식간에 자기 자리를 잡았으니까. 코노하나 양과 텐노지 양, 미야코지마 양도 토모나리 군을 의지하고…… 지금 은 나도 이렇게 상담을 청하게 되었어."

아사히 양은 그렇게 말하며 나를 똑바로 본다.

"그 짧은 시간에 이렇게나 믿음직하게 성장했으니까…… 토모 나리 군은 참 대단하다고, 멋지다고 생각했거든. 그래서, 말이 지……."

그렇게 말하고, 아사히 양은 다시 얼굴을 붉게 물들였다.

"아, 역시 이것도 취소! 지금 말한 거 다 잊어!"

"그, 그래요……."

이것도 안 들은 걸로 해두자.

매니지먼트 게임 이야기로 돌아가려고 했지만…… 틀렸다. 진지한 이야기를 다시 시작할 수 있는 분위기가 아니다.

나도 아사히 양도 얼굴이 새빨갛다.

"아아, 진짜! 분위기가 왠지 이상해졌어! 우와~ 창피해라~!"

"난 원래 안 이런데~~~~!!"라며 손으로 머리를 붙잡고 꿍꿍대는 아사히 양에게, 나는 "하하하." 하고 허탈하게 웃을 수밖에 없었다.

평소에는 서로 조금 더 가벼운 느낌인데…… 갑자기 그런 분위기를 내면 조금 치사한 것 같다.

◆

다음 날 아침.

"토모나리! 도와줘!"

키오우 학원에 등교하자 타이쇼가 내 책상에 두 손을 얹고 머리를 숙였다.

"저기, 컨설팅을 의뢰하는 건가요?"

"그래!"

"알겠습니다……라고 말하고 싶지만, 사실 지금 일이 많이 몰려서요. 좌우지간 의뢰 내용을 듣고 나서 판단해도 될까요?"

"물론이지!"

시맥스의 컨설팅은 아직 진행 중이고, 아사히 양의 제스 홀딩스 컨설팅은 아직 전략도 세우지 못했다. 일이 많은 건 반갑지만, 슬슬 내 역량도 한계에 가까웠다.

"결론부터 말할게. 통신판매 회사에 일감을 빼앗기고 있어!"

타이쇼는 두 손으로 얼굴을 감싸고 소리쳤다.

마치 비극의 주인공 같다.

"그러고 보니 최근 물류업계에서 큰 움직임이 있었죠⋯⋯."

"그래. 해외 대형 통신판매 회사가 본격적으로 물류업계에 뛰어들었어."

해외의 대형 온라인 통신판매 업체──아마조네스.

국내에서도 친숙한 인터넷 쇼핑몰인데, 이 회사가 최근 매니지먼트 게임 내에서 물류업계 진출을 발표했다. 이미 해외에서는 서비스가 시작되었으며, 국내 물류업체들은 조만간 큰 타격을 입을 것이라고 한다.

"아마조네스는 학생들이 운영하는 회사가 아니죠? 그런 것치고는 엄청난 일을 벌이는 것 같은데⋯⋯."

"아, 토모나리는 몰랐구나."

타이쇼가 살짝 놀라며 말했다.

"매년 있는 일이지만, 게임이 정체되면 학교에서 여러 가지 이벤트를 벌여 판을 휘젓거든."

"아하. 그렇다면 아마조네스의 물류업계 진출은 학교에서 준비한 이벤트인 거군요."

"그래. 물류업계는 게임 초반부터 안정적이어서, 타깃이 된 것 같아."

타이쇼는 슬픈 표정으로 말했다.

무서운 학교다. 일류 경영자를 양성하는 데에 여념이 없다.

"막상 이런 이벤트가 발생하면, 왠지 현실에서도 실제로 일어날 것 같거든. 그래서 정말 대책이 필요하다고 생각했어."

"그렇군요……."

"그야 이건 실제로 일어날 수 있는 일이잖아. 아마조네스는 현재 상품 운송을 물류회사에 의존하고 있는 상태지만, 이미 전 세계적으로 인정받은 서비스이고, 자기들끼리 물류를 시작할 수 있는 기반도 이미 있어. 물류는 산업 전반에서 필수적인 분야니까. 아마조네스가 아니더라도 다른 회사가 저지를 가능성이 있지."

역시 이사는 타이쇼의 후계자다. 업계 사정에 밝다.

이 이벤트를 기획한 키오우 학원 고위층도 실력이 출중함을 짐작할 수 있다. 매니지먼트 게임에는 경제산업부 장관도 관여했으니까, 이 이벤트는 프로 중의 프로들이 심혈을 기울여 논의한 끝에 만들어낸 시나리오일 것이다. 그렇다면 신빙성도 크다.

"어려운 부탁인 건 알지만, 토모나리는 인터넷 쇼핑몰을 운영했지? 그러니 뭔가 힌트라도 주면 좋겠어……!!!"

"그러네요……. 정말 어려운 문제이니 조금만 시간을 주세요."

"알았어! 필요한 사내 정보 같은 게 있으면 뭐든지 말해!"

어지간히 초조한지, 타이쇼는 머리를 깊이 숙였다.

현실에서도 일어날 수 있는 일인 만큼, 제대로 대책을 세우고

~영애들이 다니는 명문 학교에서 제일가는 **아가씨**를 남몰래 돕는 시중 담당이 되었습니다~ 7

싶다. 그 진지한 마음에 나도 응하고 싶지만, 어찌 됐든 어려운 문제다.

최대한 신속하고 신중하게 작전을 세우자.

◆

점심시간. 정원을 가로질러 건너편에 있는 낡은 건물, 구 학생회관 옥상에서. 나와 히나코는 평소처럼 단둘이 점심을 먹고 있었다.

"이츠키…… 생각하는 게 있어?"

"그래. 아사히 양과 타이쇼에게 받은 의뢰가 쉽지 않아서……."

배를 채우면서 두 가지 난제를 생각했다.

매출을 늘려 경쟁사를 추월하고 싶은 아사히 양. 아마조네스의 물류업계 진출이라는 폭풍 속에서도 살아남을 방법을 찾고 싶은 타이쇼.

두 사람 모두 정말 높은 벽을 넘으려고 한다.

"다음엔 뭘 먹을래?"

"음, 음…… 다음은 계란말이……."

고급스러운 도시락에 담긴 계란말이를 젓가락으로 집어 히나코의 입에 가져다준다.

"자, 아~ 해."

"아, 앙……."

히나코는 뺨을 붉게 물들이고, 시선을 돌리면서 입을 열었다.

그 모습은…… 처음과 많이 달라졌다. 내가 갓 시중 담당이 됐을 때는 더 자연스럽고 당연하다는 태도였는데. 요즘은 왠지 어색하다.

아니, 어색한 것보다, 이 반응은…….

"히나코……."

"왜, 불러……?"

"혹시 부끄러워진 거야?"

"음헷!"

입에 넣었던 계란말이를 뿜을 뻔한 히나코가 손으로 자기 입을 막는다.

"얼버무릴 필요 없어. 그건 자연스러운 일이야."

나는 처음부터 부끄러웠기 때문이다.

솔직히 말해서 건전한 고등학생인 내게 이런 대화는 너무 조마조마하다. 지금까지도 참았지만, 속으로는 항상 동요했다.

"이런 건 이제 졸업하는 게 나을지도 모르겠어."

"따, 따, 딱히…… 졸업할 정도는, 아니라고 할까……?"

"아니, 하지만 그렇게 먹기 힘들어하면 그만두는 게 낫지 않겠어? 수업에 지각하면 곤란하잖아……."

그렇게 말하면서 나는 조금 쓸쓸한 기분이 들었음을 깨달았다.

지금까지도 속으로는 항상 동요했지만…… 그래도 기분 좋은 시간이었다는 것은 부정할 수 없다.

이 시간을 계속할 것인가, 끝낼 것인가.

내 마음속에서 갈등이 시작됐다.

~영애들이 다니는 명문 학교에서 제일가는 **아가씨**를 남몰래 돕는 시중 담당이 되었습니다~ 7

(생활력 없음)

"같이 목욕하는 것도, 다시 생각해 보는 게……."

"어……?!"

히나코가 비명에 가까운 소리를 질렀다.

"하지만 그건………… 내, 기득권이고……."

무슨 기득권인데……?

최근 같이 목욕할 때도 여러모로 이상한 느낌이니까, 거리감을 다시 조절할 기회가 찾아온 걸지도 모른다.

적어도 나는 그렇게 생각했지만…… 히나코는 달랐다.

"………………아."

"아?"

히나코는 희미하게 젖은 눈으로, 고개를 들더니…….

"………………………안 돼?"

마치 열이 오른 듯, 숨을 힘겹게 내쉬며 애원했다.

………….

……………………….

………………………………….

"………………………………………………… 안 될 건 없어."

내가 무슨 소리를 한 거지?

더 생각하고 나서 결론을 내려야지.

그런 이성의 목소리를 무시하고, 나는 히나코의 입에 생선 조각을 가져간다.

"아~ 해."

"아, 아앙……."

히나코는 입을 우물거려서 꼭꼭 씹은 뒤, 환하게 웃었다.

"맛있어…… 으헤헤……."

역시 어색한 느낌은 나지만, 그 이상으로 히나코가 행복하게 웃었다.

(뭐, 귀여우니까 됐어.)

왠지 이제 모든 게 다 상관없어졌다.

귀여우면 그것으로 충분하지 않은가.

사실 점심때의 이 시간은 히나코뿐만 아니라 내게도 고마운 시간이다. 이렇게 키오우 학원의 특수한 분위기에서 벗어나 한숨 돌릴 수 있는 소중한 마음의 휴식이 된다.

나는 그저 그 시간을 지키고 싶을 뿐이다. 그렇게 해두자.

하늘에 맹세코, 다른 흑심이 있는 건 아니다.

"저번에 같이 목욕했을 때 말인데."

목욕 이야기가 나왔으니 지난번 일도 언급해 보자.

그러자 히나코는 부끄러운 듯이 내게서 눈을 돌렸다.

"그, 그건, 저기…… 내가 이상한 짓을, 해서……."

"뭐, 이상했던 건 부정하지 않겠지만."

"윽." 하고 히나코가 신음했다.

하지만 그때의 나는 사실 히나코의 태도 자체를 지적하고 싶던 게 아니었다.

이참에 그것도 이야기해 두자.

"내가 시중 담당이 된 지 얼마 안 되었을 때. 내가 가르쳐 준 3초 룰 때문에 카겐 씨에게 혼난 적이 있잖아?"

히나코가 작게 고개를 저었다.

"그때 기억이 떠올랐어. 아마 괜찮겠지만, 히나코가 다른 사람에게도 그런 짓을 하면, 싫으니까…… 지적한 거야."

"……그랬구나."

히나코는 내 마음을 이해했는지 부드럽게 미소를 지었다.

하지만 곧 히나코는 "응?" 하고 고개를 갸우뚱했다.

"이츠키. 왜 싫은 거야?"

히나코는 순수한 눈빛으로 나를 바라보았다.

"만약 내가 그런 걸 이츠키 말고 다른 사람한테 하면…… 이츠키는 싫어?"

한순간, 어떻게 대답해야 할지 고민했다.

그러나 냉정하게 생각해 보면 곤란할 게 뻔하다. 3초 룰 때와 똑같다. 그렇게 하면 히나코의 완벽한 숙녀 가면이 벗겨져 버린다. 그건 시중 담당으로서 막아야 할 일이다.

고민할 일은 없다. 없을 것이다.

"물론, 싫어."

"……싫구나."

내가 대답하자 히나코는 빙긋 웃더니.

"싫은 거구나……? 헤에…… 흐~~~~응…………."

매우 만족한 듯이 입꼬리를 올렸다.

"……걱정하지 않아도, 이츠키가 아니면 안 할 거야."

"그, 그래?"

"응. ……할 리가 없어."

히나코는 단언했다.

다른 사람에게 안 한다면 괜찮겠지. 응? 아니, 정말 괜찮은 걸까……?

뭐, 또 비슷한 상황이 되면 그때 생각해 보자.

"히나코. 매니지먼트 게임으로 물어볼 게 있는데, 괜찮아?"

히나코가 고개를 끄덕인다.

"대기업이면 역시 가급적 다른 회사에 의존하지 않고 모든 서비스를 자사에서 완결하고 싶어지는 걸까?"

"……그게 이상적이지만, 실제로는 꼭 그렇지도 않아."

히나코는 생각하면서 대답했다.

"하나는 아까 말한 기득권 문제……."

아까 말한 기득권이 무슨 뜻인지 잘 모르겠는데…….

"역시…… 원래 있는 서비스를 밀어내려고 하면 여러 군데서 반감을 사. 그러니까…… 어지간히 큰 회사가 아니면, 하려고 하지 않아."

다른 회사에 맡겼던 것을 직접 하겠다는 것이니 다른 회사의 일감을 빼앗게 된다. 타이쇼를 비롯한 물류업계 사람들이 아마조네스의 일거수일투족에 신경을 쓰는 것처럼, 갈등이 생길 것은 분명하다.

"두 번째는…… 노하우 문제. 타사에 맡겼던 서비스를 갑자기 자사만으로 하려고 해도 노하우가 없으니까 타사에 맡겼을 때보다 절대적으로 질이 떨어질 수밖에 없어. 시간이 지나면 해결되겠지만, 고객은 기다려 주지 않아."

"그렇군……. 대기업 입장에서는 장기적인 투자라도 고객 입장에서는 지금 당장 품질이 떨어지는 게 문제니까 빨리 원래 회사로 돌려놓으라고 말하고 싶겠네."

"그런 셈이야……. 노하우를 공유해 달라고 해도 첫 번째 문제와 부딪히니까 아무도 공유해 주지 않아. 흐아암……."

히나코가 졸린 듯이 하품했다. 귀중한 점심시간이니 어려운 이야기는 이쯤에서 끝내자.

신규 사업에 노하우가 없는 것은 당연하다. 그렇다고 일감을 빼앗으려는 상대에게 노하우를 제공받을 수도 없는 노릇이다. 이런 문제를 해결하려면 역시 기업의 내실이 중요해질 수밖에 없다.

나리카의 회사인 시맥스는 현재 나의 컨설팅을 받아 자체적으로 인터넷 쇼핑몰을 운영하고 있다. 현재는 문제가 없어 보이지만, 지금 히나코의 이야기를 듣고 나니 조금 겁이 난다. 다시 나리카와 상의하고, 품질 향상을 꾀하자.

(아마조네스를 막는 건, 비현실적이란 말이지.)

시맥스도 대기업이지만, 아마조네스는 그보다 더 큰 기업이다.

아마조네스라는 기업의 힘은 대단하다. 히나코가 말한 두 가지 우려도 그 회사라면 쉽게 돌파할 수 있으리라. 아마조네스의 기세를 꺾긴 어려울 것이다.

어떻게 하면 좋을까. 그렇게 생각하며 나는 바닥에 놓인 종이

~영애들이 다니는 명문 학교에서 제일가는 **아가씨**를 남몰래 돕는 시중 담당이 되었습니다~ 7
(생활력 없음)

뭉치를 집어 들었다.

"그게 뭐야……?"

"제스 홀딩스와 이사는 타이쇼의 자료야. 화면만 보면 눈이 피곤해져서 인쇄해 봤어."

"……마음, 이해해."

매니지먼트 게임이 시작된 뒤로 화면을 보는 시간이 많아져서, 기분전환을 하고 싶었던 것도 있다.

그리고 종이 매체가 더 편하기도 하다. 태블릿이나 컴퓨터는 책상과 의자가 없으면 사용하기 어렵지만, 종이 뭉치라면 이렇게 바닥에 앉아서도 적당히 볼 수 있다.

타쿠마 씨도 예전에는 기분전환을 위해 종이 매체를 사용했다. 지금 생각해 보면 그때의 타쿠마 씨도 이런 기분이었을 것이다.

──너에겐 데이터의 숨겨진 면을 보는 재능이 있어.

주주총회를 참관했던 그날, 타쿠마 씨는 내게 말했다.

데이터의 숨겨진 면. 겉으로는 알기 어려운 진실. 거기에 힌트가 있을지도 모른다.

찾아라…….

두 사람이 자각하지 못한 회사의 강점을.

제스 홀딩스가 경쟁사를 추월할 수 있는 무기를. 이사는 타이쇼가 아마조네스를 물리칠 수 있는 무기를.

찾아라. 분명 있을 것이다.

(젠장, 시간이 필요해.)

아사히 양의 문제, 타이쇼의 문제, 둘 다 빨리 해결해야 한다.

그 사실이 조바심을 낳았고, 생각에 몰두하는 것을 방해했다.

매니지먼트 게임도 벌써 막바지에 다다르려고 하고 있다. 마지막에 결과를 내고 싶다면, 여유롭게 고민할 수 없다.

차라리 두 가지를 동시에 해결할 방법이 있으면 좋겠는데…….

"…………아."

두 가지를 동시에. 그렇게 생각한 순간—— 머릿속의 점과 점이 선으로 연결되었다.

연결될 리가 없다고 여겼던 두 가지 난제가 하나의 답으로 이어진다.

"히나코, 미안해. 오늘 방과 후에도 혼자 집에 가줄래?"

"……뭔가 좋은 생각이 떠올랐어?"

"그래."

아마도 잘될 거다. 느낌이 좋은 아이디어가 떠올랐다. 이제는 실현 가능성이나 필요한 예산 등을 알아보고 두 사람에게 전달하면 된다.

그런 나의 자신감을 알아챘는지, 히나코는 어딘지 모르게 기쁜 듯이 고개를 끄덕였다.

"응…… 그렇다면 학교 밖에서 기다릴게."

"저택으로 먼저 가도 상관없어."

히나코는 고개를 도리도리 저었다.

"이츠키가 무엇을 보여줄지…… 빨리 듣고 싶으니까."

그래서 집에 가는 것조차 아깝다고 생각하는 것 같다.

기대하는 것 같다. 앞으로 있을, 내 행동에.

"알았어. 최대한 좋은 보고를 할 수 있도록 최선을 다할게."

"……좋은 소식 기다릴게."

◆

방과 후. 나는 타이쇼와 아사히 양을 평소 가는 카페에 초대했다.

두 사람을 나란히 앉힌 나는 노트북 화면을 보여줬다.

"아아…… 이제부터 프레젠테이션을 시작하겠습니다."

내가 그렇게 말하자, 아사히 양과 타이쇼는 신나게 박수했다.

"예~이!"

"토모나리! 토모나리!"

"……죄송합니다. 평소처럼 부탁합니다."

그냥 부끄러우니까 그만해주면 좋겠다.

헛기침한 나는 두 사람의 얼굴을 바라본다.

"먼저 두 분이 저와 상담한 내용을 다시 한번 공유하겠습니다. 아사히 양은 경쟁사를 추월하기 위해서 매출을 늘리고 싶습니다. 타이쇼 군은 아마조네스의 물류업계 진출로 인한 타격을 피하고자 대책을 세우고 싶습니다. 이 내용이 맞죠?"

두 사람이 고개를 끄덕이고, 나는 다음 이야기로 넘어간다.

"이 두 가지 문제를 하나의 사업으로 해결하고자 합니다."

"하나의……?"

나는 아사히 양이 중얼거린 말을 긍정했다.

"각각의 사례에 대한 접근 방식을 설명하겠습니다. 먼저 아사히 양의 회사인 제스 홀딩스에서는 고령자 매출이 적다는 특징이 있었습니다. 하지만 아사히 양도 말했지만, 이것은 애초에 가전업계 전체에 해당하는 이야기입니다. 반대로 제스 홀딩스만 이 문제를 해결하면 경쟁사를 앞지를 수 있습니다."

"즉, 노인을 타깃으로 맞춘 사업을 시작한다는 거구나?"

그렇다.

아사히 양의 과제는 고령자 대상 사업을 시작하는 방식으로 해결한다.

"한편, 타이쇼 군의 회사인 이사는 타이쇼에 대해 말하자면, 이 회사의 매력은 뭐니 뭐니 해도 역사가 길다는 점입니다. 모든 세대 사람들에게 신뢰받고 있으며, 게다가 지점이 매우 많아 시골의 작은 마을까지 네트워크가 촘촘히 연결되어 있습니다. 이 세밀한 배송 범위는 아마조네스가 모방하려고 해도 쉽지 않습니다."

"그래. 지점 수로 따지면 우리 회사가 업계 1위야!"

그렇다──. 나는 그 점에 주목했다.

이사는 타이쇼에는 아마조네스에서 흉내 낼 수 없는 강점이 있었다.

"이 두 가지 접근법을 섞어서, 저는 한 가지 사업을 제안하겠습니다."

화면에 띄운 슬라이드를 전환한다.

슬라이드에 적힌 새로운 사업이란 무엇일까?

"가전제품 이동 판매입니다."

타이쇼와 아사히 양이 눈을 휘둥그레 뜬다.

이동 판매란, 쉽게 말해 트레일러 등 대형 차량에 상품을 싣고 주택가 등을 직접 찾아다니며 영업하는 판매 형태. 군고구마 장사 같은 것이 유명하지만, 예를 들어 오피스 빌딩 앞에서 도시락 가게가 이동 판매를 하는 등 의외로 다양한 장르가 있다.

그런 이동 판매를—— 가전제품으로 한다.

아마도 누구에게나 낯선 조합일 것이다. 하지만 문제는 없다. 이 사업에 대해 내가 느끼는 승산을 순서대로 설명한다.

"가전제품에는 수명이 있습니다. 그것은 노인들에게도 예외가 아닙니다. 하지만 노인들이 가전제품을 잘 사지 않는 건, 살 수 있는 수단이 없기 때문입니다."

아사히 양이 고개를 끄덕끄덕 움직였다.

이건 아사히 양도 실감하는 것이리라.

"노인들은 IT에 익숙하지 않은 경우가 대부분이고, 애초에 인터넷 쇼핑몰을 보지 않습니다. 이건 실제로 제가 이전 회사에서 경험한 일이기도 해요. 그래서 노인들 대신 젊은 사람들이 가전제품을 사죠. 인터넷이나 도시의 대형 가전 양판점에서요."

토모나리 기프트를 운영할 때 그 문제에 부딪혔기에 카탈로그 부문을 만들어서 고령자의 수요를 충족시키려고 했다.

청년층과 노년층…… 모두 고객으로 삼으려면 서비스 창구를 따로 마련해야 하는 경우가 있다.

"그래서 이동 판매입니다. 이동 판매를 이용하면 거동이 불편한 노인들도 부담 없이 직접 가전제품을 구매할 수 있습니다. 즉, 이 길을 개척하면 경쟁사가 가지고 있지 않은 고령자층 시장을 확보할 수 있어요. 게다가 제스 홀딩스에는 고령자용 가전제품을 판매한 실적도 있죠. 과거 제품이 다시 빛을 볼 기회가 될지도 모릅니다."

아사히 양은 이렇게 말했다. 본격적으로 개발했던 제품인 만큼, 직원들은 생산 중단을 아쉬워했다고……. 이것은 그때를 설욕할 기회이기도 하다.

"그리고 이 이동 판매에 필요한 물류를, 이사는 타이쇼에 맡길 겁니다."

나는 아사히 양에서 타이쇼에게 시선을 옮기며 설명한다.

"아까도 말했지만, 이사는 타이쇼의 매력은 세대를 초월한 신뢰감과 시골 마을까지 닿는 배송 범위입니다. 그렇기에 이 사업에 딱 맞는다고 봅니다."

이사는 타이쇼라면 어르신들도 잘 안다. 아는 서비스는 부담 없이 이용하기 쉽다. 이 안정감은 결코 무시할 수 없을 것이다. 하루 아침에 얻을 수 없는, 오랜 세월로 축적한 그 이미지는 아마조네스가 흉내 낼 수 없다.

"덧붙여 말하자면, 가전제품과 같은 정밀기기 운송은 민감하겠지만, 반대로 말하면 그 실적을 대량으로 확보할 기회입니다. 잘하면 본업인 이사에서도 신뢰가 더 커지겠죠. '정밀기기는 이사는 타이쇼에 맡기는 게 낫다'는 식으로요."

기술의 발달로 인해 현대인의 생활은 닦치고 정밀기기에 둘러

(생활력 없음)

싸이는 경우가 많다. 컴퓨터, 게임기 등의 운송에 대한 수요는 해마다 늘어날 것이다.

그 분야에서도 이사는 타이쇼가 한 발짝 앞서 나갈 수 있을지도 모른다.

"참고로 모델 케이스(시범 사례)도 찾아봤습니다. 이런 사례도 있으니까, 실현 가능성은 충분히 있다고 생각합니다."

제안에 설득력을 더하기 위해 모델 케이스도 소개한다.

나는 학교에 있는 프린터로 출력한 서류를 두 사람에게 건넸다.

지방의 한 상가가 대형마트에 대항하기 위해 식자재 이동 판매를 한 사례의 자료였다. 상가의 식료품점이나 생선가게, 정육점에서 파는 식자재를 해당 지역 물류회사가 차에 싣고 다니면서 판매하는, 내가 지금 두 사람에게 제안하는 사업과 매우 유사한 사업이다.

"그래서, 이 제안을 어떻게 생각합니까?"

한동안 자료를 보던 두 사람에게 물었다.

하지만 두 사람 모두 반응이 없었다.

"저기요, 여러분?"

뭔가 결함이 있는 것일까?

그런 불안과 함께 나는 두 사람을 바라봤다.

"이건……."

"그래……."

아사히 양과 타이쇼가 각각 눈을 크게 뜨고 자료를 본다.

"현실에서도, 써먹을 수 있지 않을까……?"

타이쇼가 나지막하게 중얼거렸다.

"토모나리. 넌 엄청난 걸 생각해 냈을지도 몰라."

"그, 그럴까요……?"

그토록 감탄할 줄은 몰라서 깜짝 놀랐다.

그래도 일단—— 나도 현실을 생각해서 이 사업을 제안했다.

고령자를 위한 상품 개발로 한 번 실패한 아사히 양. 어쩌면 정말 일어날지도 모르는 아마조네스의 물류업계 진출에 대응하고 싶은 타이쇼. 두 사람 모두 현실과 연결된 문제를 해결하고 싶었으니까, 나도 현실에서 쓸 수 있는 아이디어를 내고 싶었다.

"하자. 나는 이거, 대찬성이야."

"그래, 나도."

프레젠테이션을 시작하기 전의 들뜬 분위기는 이미 사라졌다.

두 사람 모두 진지한 얼굴로 내 아이디어를 채택했다.

"토모나리. 이거 말고도 하면 더 좋은 방법이 있을까?"

"그러네요……. 굳이 말하자면, 정밀기기를 운송하기 위한 특수 포장재 같은 게 있으면 좋을 것 같네요."

"좋은걸! 이참에 내가 처음부터 개발해서 특허를 따줄게!"

타이쇼가 의욕을 보인다.

"나는?! 나는 더 없어?!"

"아사히 양은 지금이라도 기술자를 확보하는 게 좋을 것 같아요. 예전에 고령자용 제품을 개발하던 부서를 조금이라도 부활시키고요."

"알았어!"

아사히 양도 의욕을 보인다.

두 사람의 눈에서 열의가 타오르고 있었다.

"이러고 있을 순 없지……. 미안, 나 먼저 갈게! 빨리 작업을 시작하고 싶어!"

"나도!"

노트북을 정리한 타이쇼와 아사히 양은 교문으로 뛰어갔다.

차가 도착할 때까지 기다릴 수 없는지, 자기 발로 조금이라도 집에 가까워지려고 하는 것 같다.

"토모나리!"

멀리서 타이쇼가 뒤돌아보았다.

"넌 최고야! 진짜 대단해! 진심으로 존경한다!"

타이쇼가 외친다.

틀림없이 최고의 찬사다.

"감사합니다!"

무심코 내 입에서도 감사의 말이 나온다.

왠지—— 가슴이 뜨거워졌다.

3장 반향 속에서

3일 후. 나는 하교해서 저택으로 돌아오자마자 매니지먼트 게임을 바로 실행했는데——.

"으헉?!"

게임 내 메일함에 도착한 대량의 읽지 않은 메일에 무심코 놀라 외쳤다.

"이게 다 의뢰 메일이야?"

제목을 보니 거의 모든 메일이 컨설팅 의뢰 메일이었다.

그런데 왜 갑자기 이런 의뢰가…….

(그렇구나. 오늘, 발표된 건가.)

짚이는 것이 떠올라서, 나는 매니지먼트 게임 뉴스를 확인했다.

예상대로 거기에는 제스 홀딩스와 이사는 타이쇼의 업무 제휴를 다룬 기사가 있었다.

제법 큰 뉴스로 다루고 있다. 아마 내가 스미노에 양의 인수를 피했을 때와 같거나 그 이상의 취급을 받는 것 같다.

기사 조회수도 매우 많다. 그리고 그 기사에는 토모나리 컨설팅이 이 사업을 주도했다고 나와 있다.

이 기사 때문에 의뢰가 급증한 것 같다.

대량의 읽지 않은 메일을 앞에 두고 멍하니 있는데, 노크 소리가 들렸다.

"들어오세요."

"실례합니다."

시즈네 씨가 왜건을 끌고 방으로 들어왔다.

또 마실 것을 가져온 모양이다.

"이츠키 씨. 방금 큰 소리가 들렸는데요……."

"아, 죄송합니다. 매니지먼트 게임에서 생각지도 못한 일이 생겨서요……."

"생각지도 못한 일이요?"

고개를 갸우뚱하는 시즈네 씨에게, 나는 노트북 화면을 보여줬다.

뉴스 기사, 그리고 내 메일함을 확인한 시즈네 씨는 상황을 파악했다.

"이건…… 좋은 사업을 제안했네요."

"시즈네 씨도 그렇게 생각하세요?"

"매니지먼트 게임의 최종 목표는 게임 속 경험을 현실에서 살리는 거니까요. 이건 그것을 완벽하게 달성할 수 있는 사업이에요. 학생들도 그걸 아니까 반응하는 것 같군요. 분명 심사위원들도 놀랐을 거예요."

그러고 보니 아사히 양과 타이쇼도 이것이 현실에서도 통하는 사업이라는 점에 감탄했다.

내 제안은 매니지먼트 게임의 본질을 달성할 수 있는 모양이다.

화면 속 스크롤을 내려서 기사를 읽어본다.

(타이쇼도 좋은 걸 만들었네.)

뉴스 헤드라인에는 또 한 가지 눈에 띄는 내용이 있었다.

이사는 타이쇼가 포장재를 새로 개발해 특허를 취득했다고 한다. 이 포장재는 주로 정밀기기 운송에 활용할 수 있는 것으로, 앞으로 포장재 단품으로도 판매할 예정이라고 한다.

나는 어디까지나 목표를 전했을 뿐인데, 타이쇼는 제대로 기대에 부응한 것 같다.

이사는 타이쇼는 이름 그대로 이삿짐 센터다. 그래서 가전제품 운송도 전문 분야였다. 그 특징이 이번 신규 사업과 잘 맞아떨어졌다. 포장재 개발에서도 이사는 타이쇼가 축적한 노하우를 활용했을 것이다.

그리고 그때. 스마트폰이 진동했다.

화면에는 코노하나 타쿠마라고 표시되어 있었다.

"타쿠마 님이신가요?"

"네. 지금부터 미팅이 있어서요."

"저는 이만 실례하겠습니다."

시즈네 씨가 문고리에 손을 얹는다.

받기만 하고 바로 쫓아내는 것 같아서 조금 미안하다.

"일단, 같이 있어도 상관없는데요……."

"독설을 토할 것 같아서 그만두겠습니다."

그건…… 그만두는 게 좋을 것 같다.

문이 닫힌 뒤, 나는 타쿠마 씨와 통화를 시작했다.

(생활력 없음)
~영애들이 다니는 명문 학교에서 제일가는 **아가씨**를 남몰래 돕는 시중 담당이 되었습니다~ 7

『안녕, 이츠키 군. 컨설턴트 일은 잘되고 있니?』

"지금은 잘되고 있습니다."

『뭐, 그렇겠지. 잘할 것 같아서 이 길을 제시했던 거니까. 구체적으론 어떤 일을 했지?』

"일단 대충 정리했으니까, 메일로 보내드릴게요."

회의를 원활하게 진행하기 위해 미리 정리한 자료를 공유한다.

시맥스, 제스 홀딩스, 이사는 타이쇼. 이렇게 세 곳이 내가 컨설턴트로서 관여한 회사들이다.

『흠…… 가전제품 이동 판매라니. 재미있는 생각을 했는걸.』

타쿠마 씨가 칭찬했다.

"저는 그저 두 회사의 강점을 발견했을 뿐인데 말이죠. 그러다 우연히 잘 연결돼서……."

『그 강점을 찾아내는 것이 너의 재능이야. 그리고 그것이 바로 컨설턴트의 일이지.』

그런 말을 들으니 기분이 나쁘지 않다.

이번엔 나한테도 일이 너무 잘 풀렸다. 대박 수준을 넘어섰다. 하지만 잘 생각해 보면 나리카, 아사히 양 등이 주변에 있었기에 가능했던 일이었다.

티파티 동맹을 맺어서 다행이라는 생각이 다시금 든다. 인맥이 이런 부분에서 강한 힘을 발휘하는 것 같다.

『시맥스의 데이터를 공유해 줄래?』

"알겠습니다."

타쿠마 씨에게 자료를 전송한다.

한동안 침묵의 시간이 이어졌다. 자료를 보고 있는 모양이다.

『흠……. 너는 미야코지마 양과 궁합이 잘 맞을 것 같네.』

차를 마시고 있을 때, 타쿠마 씨가 말했다.

『그 학생은 아이디어에 관해서는 천재잖아? 하지만 동종업계 사람들과의 교류는 잘 못하는 것 같네. 잘 협력하면 더 좋은 결과를 낼 수 있을 것 같은데…… 인간관계를 불편하게 느끼는 성격인 거겠지.』

대단하다. 완벽하게 맞는 말이다.

『반대로 너는 다른 사람과 잘 소통하는 타입이야. 특히 동종업계나 다른 경영자와의 협상에 능해. 네가 그 장점을 살려 미야코지마 양을 도와준다면 시맥스는 크게 도약하겠지. 단점을 보완하는 것을 넘어서, 강한 시너지 효과가 있을 거야.』

"그렇군요……."

그렇다면 나와 나리카가 손을 잡은 것은 옳은 선택이었구나.

"응?"

게임 내 메일함에 새로운 메시지가 도착했다.

보낸 사람은…… 나리카다.

『무슨 일이야?』

"아, 아뇨, 나리카에게 업무 메일이 왔어요."

『말하기가 무섭네. 그렇다면 이번 회의는 이쯤에서 끝내자. 너는 바로 미야코지마 양에게 대응해 주도록 해.』

"어, 벌써 끝인가요?"

『일은 속도가 생명이야. 큰 고객이라면 더더욱 그렇지. 개선점

(생활력 없음)

~영애들이 다니는 명문 학교에서 제일가는 **아가씨**를 남몰래 돕는 시중 담당이 되었습니다~ 7

등은 나중에 메일로 보낼 거니까, 그걸 훑어보면 돼.』

뭐, 확실히 나리카는 큰 고객이지만…….

타쿠마 씨 말대로 이번에는 나리카를 우선해서 대응하자.

타쿠마 씨와의 통화를 끊자 스마트폰 화면에 부재중 전화 알림이 떴다. 나리카다. 한 차례 전화했던 모양이다.

최근 통화 기록에서 나리카에게 전화를 걸었다.

전화는 금방 받았다.

"미안, 전화했지? 지금 시간 돼?"

『그, 그래. 사실 또 상담하고 싶은 일이 생겼어.』

나리카는 조심스럽게 말했다.

『사내 보안을 강화하고 싶은데, 어떻게 하면 좋을까?』

"보안이라……."

보안이란 당연히 정보 보안…… 즉, IT 분야에서 말하는 보안 대책 이야기일 것이다.

하지만 시맥스에는 이미 정보 보안을 담당하는 부서가 있었을 것이다.

"지금까지의 보안 대책으로는 안 되는 거야?"

『있긴 있는데, 통신판매 사업을 시작하면서 전반적으로 IT 부문을 강화하는 것이 좋겠다고 생각했다. 그래서 지금보다 더 좋은 방법이 없을지 상담하고 싶어서.』

인터넷 쇼핑몰 운영을 계기로 사내 인프라를 쇄신하고 싶다는 건가.

시맥스는 역사가 오래된 기업이다. 그런 기업들은 IT 인프라가

구식인 경우가 많다. 신규 사업을 계기로 그 부분을 개선하고 싶은 마음은 이해한다.

『그, 그래서, 저기…… 얼마나 기다려야 할까? 바로 대응할 수 있을까?』

"글쎄, 시맥스와는 지금도 컨설팅 계약을 수행 중이니까. 예정에 없던 분야이긴 해도 우선해서 처리하겠는데……."

그렇게 말하면서 나는 나리카의 태도에 뭔가 이상한 느낌이 들었다.

"나리카. 뭔가 서두르는 거 아니야?"

『?! 그그그, 그렇지 않다!!』

거짓말을 너무 못하네.

나는 조금 진지한 투로 물었다.

"중요한 일일 수도 있으니까 솔직히 말해줘. 왜 그렇게 서두르는 거야?"

경영자와의 신뢰관계가 없으면 컨설턴트 일이 성립하지 않는다.

문제를 숨기면 긴급한 상황에서 대처가 늦어진다. 그래서 조금은 엄격하게 대하더라도 솔직한 대답을 듣고 싶었다.

『아, 아니, 저기…… 회사와는 별로 상관없는 일이다.』

나리카가 말을 흐린다.

『아까 게임을 실행했더니 아사히 양의 회사에서 가전제품 이동 판매를 시작한다는 뉴스가 떴다. 그건 이츠키가 제안한 거지?』

"맞아."

『그건 분명 대단한 사업이 될 거다. 다른 사람들도 그렇게 생각했을 것이다. 그래서 지금은 이츠키에게 여러 가지 의뢰가 들어오는 거 아니냐?』

"그렇지……."

실제로 이렇게 이야기하는 동안에도 새로운 의뢰 메일이 또 들어왔다.

그런데 그게 왜 나리카를 조급하게 만드는 걸까?

『그래서, 저기…….』

나리카는 힘없이 말했다.

『이츠키가 인기가 많아지면…… 내 곁에서 멀어질지도 모른다는 생각이 들어서…….』

매우 불안해 보이는 목소리였다.

나리카는 지금 자신감이 없는 표정을 짓고 있을 것이다.

그런 나리카의 속마음을 듣고 나는———.

"푸흡……."

『왜, 왜 웃는 거냐! 나는 심각하게 고민하는데!』

미안한 마음이 들면서도, 무심코 웃고 말았다.

"있잖아……. 내가 아무나 이렇게 잘 챙겨준다고 생각하면 큰 오산이야."

나리카의 걱정은 정말 쓸데없다.

"저번에 내가 나리카의 감성이 평범하다고 말한 걸 기억해?"

『그, 그래…….』

"나리카는 눈에 띄게 노력하니까, 나도 모르게 응원하고 싶어지는 거야. 고민하는 모습을 공감할 수 있다고 하면 될까? 친구가 필요하다든가, 공부가 힘들다든가, 그런 고민은 키오우 학원에서 들을 일이 별로 없잖아?"

『으…… 그건 그렇지.』

필사적으로 이 학원에 적응하려고 애쓰고 있는 나로서는 나리카의 고민이 가장 공감할 수 있다. 그 고민은 내게 있어도 이상하지 않은, 친숙한 고민이었다.

"칭찬으로 들리지 않을지도 모르지만, 나는 너에게 평범한 나약함을 느껴. 그래서 그런 네가 노력한다면 나도 함께 노력해 보고 싶어지는 거야."

히나코도 텐노지 양도 각각 약점이 있었다. 하지만―― 가장 약한 사람은 나리카다.

나리카가 가장, 평범한 인간에 가깝다.

그리고 그 인간다운 나약함이 평범한 감성의 근원이 된다.

장점과 단점은 동전의 앞뒷면 같은 관계라는 말을 자주 듣는데, 나리카의 경우가 바로 그 전형적인 사례일 것이다. 다시 생각해 보면 나리카는 타쿠마 씨에게 히나코와 텐노지 양을 제치고 '천재'라는 평가를 받고 있으니…… 엄청난 잠재력을 지녔다.

"내가 미숙해서 진행할 수 있는 의뢰에는 한계가 있지만…… 너와 한 계약은 파기하지 않을 거야. 끝까지 같은 배를 타게 해 줘."

『이, 이츠키~~~……!』

안심했는지 나리카는 울먹이며 내 이름을 불렀다.

"보안 문제는 알았어. 조만간 제안을 내놓을 테니 기다려 줘."

『그래! 이츠키, 고맙다!』

나리카와의 통화를 끊었다.

의자를 끌어당기며 조용히 숨을 내쉬었다.

"보안 대책이라……."

시맥스에는 이미 보안 대책 부서가 있는 것 같지만, 지금 상태에서 새롭게 바꾸고 싶다면 시맥스를 이용하는 것보다 타사의 보안 대책 소프트웨어에 의존하는 게 나을지도 모르겠다.

마침 나리카와가 메일로 최신 사내 정보도 보내줘서 확인해 봤다. 통신판매 사업은 현재까지 순조로운 듯 보이지만, 새로운 사업이 시작되면서 일손이 부족해질 조짐이 있었다. 가뜩이나 직원들도 바쁜데, 새로운 업무를 맡기는 것은 무리일 것 같다는 생각이 든다.

——네가 그 장점을 살려 미야코지마 양을 도와준다면 시맥스는 크게 도약하겠지.

타쿠마 씨가 한 말이 생각난다.

타쿠마 씨는 나의 장점을 이렇게 말했다.

"협상에 능하다……."

그것은 허를 잘 찌른다거나, 심리전을 잘한다는 뜻이 아닐 것이다. 머리를 숙여 협력자를 늘리는 원시적 거래를 말한다. 타쿠마 씨는 내가 전자의 능력도 키우길 바라는 것 같지만, 그런 심오한 영역은 지금의 내가 손댈 수 없는 영역이다.

아사히 양과 타이쇼의 회사를 컨설팅하면서 깨달았다. 강점을 살린 경영은 성공하기 쉽다. 그렇다면 나도 내 강점을 살려야 한다.

협상. 사람과 사람의 관계. 그것이 내가 살릴 수 있는 강점이다.

"분명 여기에……."

책상 서랍을 열고 안에 두었던 물건을 꺼냈다.

그것은—— 경기대회가 시작되기 전에 시즈네 씨가 내게 준 명함이었다.

애초에 나는 중견 IT 기업의 후계자라는 설정이 있었다. 설정밖에 없었다. 하지만 키오우 학원에 적응하면서 본격적으로 IT 관련 공부를 할 필요성이 생겼고, 이를 알게 된 시즈네 씨가 '이참에 정말로 장차 IT 기업에서 일해 보겠습니까?' 라며 진로를 제안해 준 것이다. 그 진로를 구체화하기 위해 시즈네 씨는 나중에 내게 이 명함을 주었다. 학원을 졸업한 뒤, 내게 그럴 의지가 있으면 채용해 주겠다는 약속까지 붙여서 말이다.

이 회사는 사무실용 보안 대책 소프트웨어를 개발하는 IT 기업이다. 시즈네 씨가 소개해 준 만큼 이직률도 낮고, 광고 방송도 송출하는 우량 기업이다.

방을 나온 나는 주방으로 향했다.

그곳에서 집에 도착한 식재료를 살피고 있는 시즈네 씨를 발견했다.

"시즈네 씨. 잠시 시간 될까요?"

"무슨 일이죠?"

나는 책상에서 꺼낸 명함을 시즈네 씨에게 보여주었다.

"이 명함을 쓰고 싶은데요……."

◆

다음 날 저녁. 나는 혼자 역 앞 오피스 빌딩에 와 있었다.

정장을 입으면 일반 회사원과 같아서 헷갈릴 수 있고, 이번에는 학생 신분으로 방문했기 때문에 나는 지금 키오우 학원의 교복 차림이다. 하지만 이런 오피스 빌딩에 학생이 혼자 있는 것이 신기한지 아까부터 지나가는 사람들과 경비원들의 시선을 한 몸에 받고 있다.

그 자리에서 한참을 기다리자 엘리베이터 쪽에서 한 남자가 다가왔다.

"죄송합니다, 회의가 길어져서……."

"아뇨, 저야말로 바쁘신 와중에 약속을 잡아서 죄송합니다."

5분도 늦지 않았는데도 사과를 받았다.

아직 젊은…… 20대 중반으로 보이는 남자다. 익숙한 듯 머리를 숙여서 나도 반사적으로 머리를 숙였다.

그리고 명함 한 장을 건네주었다.

"호라이즌 주식회사, 영업2과 와타라이입니다."

"토모나리 이츠키입니다. 잘 부탁합니다."

두 손으로 명함을 받는다.

명함을 교환할 때의 매너도 미리 공부했지만, 일방적으로 받을 때는 두 손으로 받으면 된다. 명함을 받은 나는 다시 한번 머리를 숙여 "잘 받았습니다."라고 말했다.

"이제 회의실로 이동할까요?"

와타라이 씨를 따라 엘리베이터 안으로 들어간다.

호라이즌 주식회사의 사무실은 17층에 있는 것 같다. 엘리베이터에서 내려서 길고 좁은 복도를 따라 회의실로 들어간다.

"그나저나 놀라운걸. 우리 회사 제품에 관심이 생겨서 이야기를 듣고 싶다니. 고객이라면 또 모를까, 학생에게 그런 말을 듣긴 처음이야."

내가 딱딱한 분위기에 익숙하지 않다고 짐작했는지, 와타라이 씨는 굳이 편한 말투를 썼다.

나는 상석으로 안내받았다. 그곳에는 이미 페트병에 담긴 차가 준비되어 있었다. 테이블 중앙에는 프로젝터가 있어 슬라이드를 보여줄 준비가 되어 있었다.

본격적인 비즈니스 상담을 위한 환경이 조성되어 있었다. 일개 학생의 방문도 소홀히 하지 않는 것이 전해져 고마운 마음이 들었다.

"감사합니다. 학생 신분으로 약속을 잡아서 죄송하지만……."

"뭘 그런 걸 가지고, 키오우 학원의 매니지먼트 게임은 우리 회사에서도 유명하니까. 도움이 될 수 있어서 영광이야."

와타라이 씨가 회의실 문을 닫았다.

받은 명함을 명함 지갑 위에 올린 상태로 테이블 위에 두었다. 비즈니스 미팅을 할 예정이라면 받은 명함을 바로 명함 지갑에 넣으면 안 된다. 상담 중에는 테이블 위에 올려놓고, 상담이 끝난

(생활력 없음)
~영애들이 다니는 명문 학교에서 제일가는 **아가씨**를 남몰래 돕는 시중 담당이 되었습니다~ 7

후 명함 지갑에 넣는 것이 매너다.

"사실은 우리 사장님이 키오우 학원 졸업생이야."

"어, 그렇습니까?"

"그래. 그래서 반쯤은 사장님 명령 같은 거란 말이지. 얼마 전에 우리 사장님이 말했거든. '매니지먼트 게임은 진짜 힘드니까, 꼭 도와!' 라고. 뭐, 조금 색다른 방식의 졸업생 방문 정도로 생각해 주면 돼."

"감사합니다."

호라이즌 주식회사는 20년 전에 설립된 IT 기업으로, 사장은 아직 창업 당시에서 바뀌지 않았을 것이다. 즉, 그 사장은 키오우 학원을 졸업하고 이 회사를 설립한 장본인이다.

상장은 하지 않았지만, 매출은 8백억 엔, 종업원도 계열사를 다 합쳐 3천 명이 넘는 큰 기업이다. 이 정도 규모의 회사를 창조한 그 능력은 가늠할 수 없을 정도다. 상장 기준도 넉넉히 넘었을 것이다. 그런데도 상장하지 않은 것은 일부러 비상장 상태를 유지하고, 주주들의 입김에 휘둘리지 않는 자유로운 경영을 하고 싶어서일 것이다.

"자, 이제부터 우리 회사의 제품…… 호라이즌 뷰잉에 대해 설명하겠습니다."

"잘 부탁합니다."

영업 모드에 돌입한 건지 와타라이 씨의 말투가 다시 딱딱해졌다.

나는 노트북을 열고 메모할 준비를 했다.

——왜 내가 호라이즌 주식회사를 방문했는가.

그것은 나리카가 의뢰한 시맥스의 보안 문제를 해결하기 위해, 호라이즌에서 만들고 있는 보안 대책 소프트웨어를 자세히 알고 싶었기 때문이다.

호라이즌은 호라이즌 뷰잉이라고 하는 소프트웨어를 판매하고 있다. 간단히 조사해 본 결과, 이 소프트웨어는 사내의 PC와 주변기기 등 IT 자산을 관리해 준다고 한다. 나는 이 소프트웨어를 시맥스에 도입할 수 있는지 검토해 보고 싶다.

매니지먼트 게임에도 호라이즌 주식회사가 존재하지만, 아쉽게도 학생이 아닌 AI가 경영하고 있어서 이렇게 직접 방문하는 것이 가장 좋다고 생각했다. 원래는 그렇게 할 수 없지만, 다행히 나는 이 회사와 약간의 인연이 있었다.

예전에 시즈네 씨에게 받은 명함이 바로 이 호라이즌 주식회사의 명함이었다.

미팅이 하고 싶었던 나는 무작정 명함에 적힌 전화번호로 연락했다. 그랬더니 예상외로 흔쾌히 승낙받아 지금에 이른 셈이다.

"호라이즌 뷰잉은 기업의 IT 자산 운용 관리를 지원하는 소프트웨어입니다. 도입 사례는 다양하며, *총무성에서도 도입했습니다."

와타라이 씨가 차분하게 프레젠테이션을 시작했다.

총무성이나 유명 사립대학에서도 도입할 정도로 신뢰받는 소프트웨어로, 시장점유율도 1위다. 총 도입 건수는 무려 2만 건 이

---

* 총무성 : 일본의 행정부처. 우리나라의 행정안전부에 가깝다.

(생활력 없음)
~영애들이 다니는 명문 학교에서 제일가는 **아가씨**를 남몰래 돕는 시종 담당이 되었습니다~ 7

상이라고 한다.

그만큼 사내 보안 대책을 중요하게 생각하는 기업이 있다는 뜻이다……. 나리카의 후각이 옳았음을 증명한다.

"호라이즌 뷰잉을 사용하면 정보 유출 대책도 세울 수 있습니다. 예를 들어 미등록 USB 메모리를 사용했을 경우, 파일 전송이 제한되는 것은 물론 관리자에게 알림이 갑니다."

IT 자산 관리뿐만 아니라 정보 유출도 방지할 수 있다고 한다.

"도입에 필요한 시간은 얼마나 걸릴까요?"

"도입 규모에 따라 다르겠지만, 예를 들어……."

와타라이 씨가 차분하게 질문에 답한다.

뭐랄까, 사회인의 여유를 느꼈다. 나는 앞으로 이런 어른이 될 수 있을까? 그런 생각이 든다.

그 후에도 와타라이 씨는 호라이즌 뷰잉을 설명하고…….

"뭐, 이런 느낌일까?"

이야기를 다 마친 와타라이 씨가 긴장을 풀었다.

"토모나리 군이 워낙에 성실해서, 나도 그냥 영업 모드가 됐는걸. 지금 설명으로 이해할 수 있었을까?"

"네, 자세히 알려주셔서 감사합니다."

기본적인 기능부터 도입 방법까지, 대략적으로 설명을 들었다.

도입 사례가 풍부한 만큼 어느 회사든 쓸 수 있는 소프트웨어인 것 같다. 이 정도면 시맥스에도 도입할 수 있겠다.

앞으로의 일을 생각하고 있는데…… 회의실 문을 세 번 두드리는 소리가 났다.

"오, 네가 토모나리 군인가?!"

키가 크고 약간 흰머리가 난 남자가 환하게 웃었다.

고급 정장을 입었다. 해외 브랜드는 아닌 것 같지만, 체형에 딱 맞는 이 느낌은 아마도 맞춤옷일 것이다.

"안녕하세요. 호라이즌 대표이사 겸 사장 소라노입니다."

"토모나리 이츠키입니다. 오늘은 귀한 기회를 내주셔서 감사합니다."

상대가 누굴지 어렴풋이 짐작한 나는 곧바로 머리를 숙여 명함을 받았다.

"어땠어? 오늘은 유익한 이야기를 들었을까?"

"네, 매우 유익했습니다."

"그렇다면 다행이네. 들었겠지만, 나도 키오우 학원 출신이거든. 아직도 학교 정원에 연못이 있을까?"

"아, 네, 있습니다. 잉어가 있는 연못 말씀이죠?"

편입한 지 얼마 안 됐을 때, 히나코가 잉어에게 먹이를 주던 기억이 생생하다.

지금 와서 생각해 보니…… 그건 멋대로 먹이를 줘도 괜찮았던 걸까.

"그 연못은 우리 대에 만들어진 거야. 당시 학생회에서 학교 경관을 바꾸는 데 예산을 쓰고 싶다고 해서. 꽤 장대한 선거를 치렀지."

아하…… 그 연못이 처음부터 있었던 건 아니었나?

"학생회 임원이 되면 학교 환경을 그렇게까지 바꿀 수 있는 거군요."

"학생회에 관심이 있어?"

"네. 일단 학생회를 목표로 하고 있어요."

"오, 야심가인걸."

소라노 사장은 감탄하는 표정을 지었다.

"학생회를 목표로 한다면 어른들과의 대화에도 익숙해지는 게 좋아. 외부의 어른들과도 자주 이야기하는 것 같으니까."

"그렇군요……. 감사합니다."

하지만 그 점이라면 나는 평소에 좋은 경험을 쌓고 있다. 어쨌든 내가 사는 곳은 코노하나 가문의 저택이니까. 타쿠마 씨, 카겐 씨, 그리고 저택에서 일하는 다른 사용인…… 내 주변에는 나보다 수준이 높은 어른들이 많다.

"와타라이도 뭔가 조언해 주는 게 어때?"

"그렇게 말씀하셔도요. 저는 그냥 영업일 뿐이고요……."

소라노 사장의 말에 와타라이 씨는 곤혹스러운 듯이 웃었다.

그런 와타라이 씨에게 나는 질문을 던졌다.

"저기, 영업의 비결이 있을까요? 요즘 여러 사람과 협상할 일이 많아서요……."

아직은 협상하면서 어려움을 겪은 적은 없지만, 나 자신도 모르는 개선점이 어딘가에 있을지도 모른다. 현역에게 조언을 듣는 기회는 학생인 내게 귀중하다. 뭐든지 좋으니까, 양식으로 삼아 성장하고 싶다.

"그러게……. 상대를 보고 태도를 바꾸는 거겠지."

와타라이 씨는 턱에 손가락을 대고 설명했다.

"예를 들어, 잘생긴 젊은 사람과 엄격하고 나이 든 사람…… 이 두 사람에게 똑같은 태도로 말을 걸면 이상하지 않겠어? 젊은 사람과는 잡담을 섞어 가볍게 이야기하는 것이 분위기가 더 좋고, 나이 든 사람과는 묵직하고 차분한 태도로 이야기하는 것이 더 심도 있게 이야기할 수 있지."

"그렇군요."

처음에 상대의 얼굴을 보고 태도를 바꾼다는 말을 들었을 때는 팔방미인 같은…… 조금 안 좋은 뉘앙스로 받아들였지만, 이렇게 들으니 아주 타당한 논리임을 알 수 있었다.

와타라이 씨가 설명한 패턴의 반대 경우도 생각해 보자. 젊은 사람을 너무 차분한 태도로 대하면, 상대가 거북하게 느낄 수도 있으리라. 나이 든 사람에게 너무 신나게 말을 걸면 경박하다고 받아들여질 가능성도 있다. 그렇군. 이건 진짜로 좋지 않다.

"뭐, 이건 비단 영업뿐만 아니라 모든 커뮤니케이션에 해당하는 얘기란 말이지. 친구들 사이에도 장난을 좋아하는 사람이 있는가 하면, 얌전한 사람도 있잖아? 조용한 사람에게 '헌팅하러 가자!' 라고 말하진 않겠지? 다들 무의식중에 조심하는 거야. 그걸 영업할 때도 실천하면 되지."

듣고 보면 그 말이 맞다.

의외로 모두가 무의식중에 실천하는 테크닉일지도 모른다.

"참고로 이 테크닉은 취업 면접에서도 도움이 되니까 기억해 두는 게 좋을 거야. 면접은 대개 젊은 인사 담당자와 나이 든 임원

(생활력 없음)
~영애들이 다니는 명문 학교에서 제일가는 **아가씨**를 남몰래 돕는 시중 담당이 되었습니다~ 7

이 한 세트가 되니까, 상대에 따라 태도를 적절히 바꿔야 해. 그러면 적어도 우리 회사에는 합격할 수 있을 거야."

"너, 그런 생각을 하고 있었냐……."

소라노 사장이 쓴웃음을 지었다. 아마 소라노 사장은 와타라이 씨의 면접을 봤을 것이다.

하지만 취업 이야기가 나오자──나는 가슴 한쪽에서 따끔한 통증을 느꼈다.

그 통증의 정체는 죄책감이다.

원래 나는 호라이즌에서 정식 구인 전에 이루어지는 채용 제안 형태로 명함을 받았다. 즉, 나는 이 회사에서 스카우트 제의를 받았고, 이번에는 그 인연을 이용해 방문한 것이다.

하지만 나는 컨설턴트가 되기로 결심했다.

그러니 이 회사에는…………

"저기, 죄송합니다!"

더 침묵하면 미안하다.

그렇게 생각하고 나는 머리를 숙였다.

"저는…… 아마 이 회사에 들어가지 않을 것 같습니다!"

"하하하, 알아. 왠지 그런 느낌이 들었어."

"어?" 하고 입술에서 목소리가 흘러나왔다.

"아직 학생 신분인데도 혼자 회사를 방문하다니, 네 행동력은 정말 대단해. 키오우 학원 학생이라도 이렇게까지 하는 사람은 거의 없을 거야. 그만한 향상심이 있다면, 우리보다 더 높은 수준의 목표가 있겠지?"

"아……."

정곡을 너무 찔러서, 나는 대답할 말을 찾지 못했다.

정확히 말하면 더 높은 목표를 선택한 것은 아니다. 단지 미래의 진로 방향성을 바꿨을 뿐인데…… 이 사람에겐 같은 이야기일 것이다.

"타산적인 얘기를 하자면. 나로서는 이렇게 너와 관계를 맺는 것만으로도 코노하나 그룹과의 인연을 더 돈독히 할 수 있을지도 몰라. 그렇게 생각하면 이득이거든. 그러니 네가 미안해할 필요는 없어."

"감사합니다."

절반은 진심이겠지만, 나머지 절반은 배려일 것이다.

나는 시즈네 씨에게 호라이즌의 명함을 받았다. 즉, 호라이즌은 코노하나 그룹과 모종의 인연이 있다는 뜻이다. 소라노 사장은 그 인연을 더 단단히 다지면 좋겠다고 생각한 거겠지.

매니지먼트 게임을 통해 새삼스럽게 깨닫게 된다.

내게 있어 비즈니스란── 인연이다.

다른 사람에게는 다를 수도 있다. 히나코, 텐노지 양, 나리카, 아사히 양, 타이쇼…… 이 사람들은 또 다른 철학으로 회사를 운영하고 있을지도 모른다.

하지만 적어도 내게는 인연이었다.

숫자보다, 아이디어보다, 운보다…… 내 사업은 인연으로 돌아가고 있다.

"그래도 인생은 기니까. 마음이 내키면 다시 한번 우리 회사를 진로 중 하나로 검토해 봐. 너 같은 아이라면 환영할 테니까."

"정말 감사합니다."

나는 머리를 깊이 숙였다.

나는 지금 소라노 사장의 큰 도량에 도움받았다.

"그나저나 매니지먼트 게임에는 꼼수가 있다는 걸 알아?"

"어? 아뇨, 모르겠는데요……."

소라노 사장이 메모장에 영문자와 숫자로 구성된 코드를 적어 내게 건넸다.

"우리 회사와 거래할 때 이 코드를 입력해 봐."

"저기…… 알겠습니다."

무슨 말인지 전혀 모르겠지만, 일단 받아두기로 했다.

마지막으로 나는 다시 한번 두 사람에게 머리를 숙였다.

"오늘 하루 정말 감사합니다."

◆

저택에 돌아온 뒤, 나는 곧바로 나리카에게 오늘 있었던 일을 이야기했다.

"그런고로 시맥스의 보안을 호라이즌 뷰잉으로 강화하자."

『알았다!』

호라이즌에서 받은 제품 정보 자료도 공유하며 나리카와 논의한 결과, 예정대로 시맥스에 호라이즌 뷰잉을 도입하기로 했다.

"호라이즌과의 거래는 내가 중개할게."

『그래. 이츠키의 공로를 가로챌 마음은 없다!』

그런 걱정은 처음부터 하지 않았다. 단순히 내가 호라이즌의 제품을 알아봤으니 끝까지 책임을 지고 싶을 뿐이다.

나리카의 허락도 받았으니 곧바로 매니지먼트 게임상에서 호라이즌 주식회사와 거래를 시작했다.

그러고 보니 소라노 사장이 꼼수니 뭐니 했는데…….

(어? 자세히 보니 입력 폼이 있네.)

거래 화면 구석에 이상한 입력 폼을 발견했다.

시험 삼아 소라노 사장에게 받은 메모를 꺼내 거기에 적힌 영문자와 숫자를 입력해 본다.

그랬더니—— 호라이즌 뷰잉의 이용 요금이 할인됐다.

"이게 꼼수인가……."

이 꼼수는 현실 세계에서의 협상 내용을 게임에 반영하기 위한 것이다.

아사히 양에게 소개받은 마케팅 회사도 마찬가지다. 그 회사는 실제로 학생이 운영하는 회사였기 때문에 '아사히 양의 소개니까 할인해 줄게.'라며 직접 할인을 받았지만, 호라이즌은 AI가 움직이기 때문에 이런 식으로 할인되는 것이리라.

정말 잘 만든 게임이다.

현실 세계의 인연을 게임에도 빠짐없이 반영할 수 있게 했다.

『나리카, 예정보다 싸게 살 수 있을 것 같아.』

"어, 그건 반갑지만…… 왜?"

『사장님이 굉장히 좋은 분인가 보지.』

경영은 사람이 하는 것이다.

그래서 경영자의 인간성에 도움받기도 한다. 물론 그 반대인 경우도 있다.

『그나저나 이츠키는 진짜 대단하구나. 설마 실제 회사를 방문할 줄이야…….』

"어쩌다가 인연이 있었으니까. 개인적으로도 관심이 있었고."

『나는 인연이 있어도 위축돼서 절대로 못 갈 거다…….』

소라노 사장의 반응으로 미루어 볼 때 이번만큼은 내가 특이했던 것 같다. 그러니 나리카가 흉내를 내지 못해도 문제없겠지.

『그나저나 이츠키. 이번 주 토요일엔 시간이 비어?』

"토요일? 응, 비었어."

『그, 그러면, 우리 집에 와라!』

나리카의 집에?

『요즘 이츠키에게 자꾸 도움만 받아서 말이다. 그 보답도 하고 싶고…… 그리고 아버지가 어린 시절의 오해에 대해 사과하고 싶다고 하신다.』

"오해라니…… 아, 그거 말이야?"

옛날에 나리카의 집에서 얹혀살았을 때, 나는 나리카의 아버지 무사시 씨가 나를 싫어하는 줄 알았다. 그리고 그것이 오해였음을 경기대회가 끝난 뒤에나 알았다.

그 오해는 나도 잘못한 것 같지만…… 무사시 씨로서는 다시 이야기할 자리를 마련하고 싶다는 뜻일 것이다. 그렇다면 나도 거절할 이유가 없다. 솔직히 반가운 제안이다.

『그래서, 그…… 뭐냐. 이건 우리 아버지의 제안인데, 기왕이면 옛날처럼 우리 집에서 자고 가는 게 어떠냐는 말이 나와서…….』

"외박이라……."

솔직히 기쁘다.

어릴 적 나리카네 집에서 지냈을 때는 정말 즐거웠다. 아마 내 기억 속에서도 상위 3위에 들 정도로 즐거운 추억이다. 그렇게 큰 저택에서 지내며 어린 내가 흥분하지 않을 리가 없다. 그만큼 무사시 씨와의 오해도 머릿속에 강하게 남았지만.

1학기 때 나리카의 집을 방문한 적은 있었지만, 그때는 묵지 않았다.

다시 예전처럼 그 집에서 묵을 수 있다면…… 즐거운 하루를 보낼 수 있을 것 같다.

"일단 코노하나 양에게도 물어볼게."

『그, 그래라!』

일단 히나코와 시즈네 씨, 카겐 씨에게 허락받아야지.

그렇게 생각하고 나는 히나코의 방을 찾아갔다.

"우웅…… 이츠키?"

"이츠키 씨? 무슨 일이죠?"

방 안에는 히나코만이 아니라 시즈네 씨도 있었다.

"공부하고 있는데 죄송해요. 다음 주말에 나리카네 집에서 자도 될까요?"

시즈네 씨에게 물어보았다.

그러자 히나코가 눈을 번쩍 떴다.

(생활력 없음)
~영애들이 다니는 명문 학교에서 제일가는 **아가씨**를 남몰래 돕는 시중 담당이 되었습니다~ 7

[비매품] 노블엔진 특별부록

아가씨 돋보기 7 ~영애들이 다니는 명문 학교에서

제일가는 아가씨(생활력 없음)를 남몰래 돕는 시종 담당이 되었습니다~

©Yusaku Sakaishi Illustration by Sakura Miwabe

"그, 그그그, 그건…… 무슨 뜻이야……?"

"응? 아니, 그냥 자러 가는 건데……."

"왜, 자는데……?!"

나는 뭐가 그렇게 놀랄 일인지 몰라서 고개를 갸웃거렸다.

그런 내게, 시즈네 씨가 다가와 히나코에게 들리지 않도록 귀띔했다.

"이츠키 씨. 일단 설명하자면…… 고등학생이 이성의 집에서 하룻밤을 묵는다는 것은 보통 일이 아니라고 생각해요."

"아…… 하긴. 하지만 저는 이미 히나코와 같이 사는 거나 다름없잖아요?"

"그것과 이건 다른 이야기죠. 적어도 아가씨에게는……."

뭐가 다른 걸까……?

켕기는 일이 있는 것도 아니니까, 사정을 똑바로 설명해 주자.

"저기, 대단한 이유는 없잖아. 간만에 옛날처럼 지내다 가는 게 어떻겠냐고, 나리카네 아버지가 제안했을 뿐이야."

"그……그렇, 구나. 흐응……."

의문이 풀린 모양이다.

아무리 내 욕구가 끓는 상태라도, 이렇게 당당하게 여자 집에 자러 간다고는 말하지 않겠지.

"……알았어. 다녀와도, 돼."

히나코는 허락해 주었다.

일단 시즈네 씨를 보니 고개를 끄덕였다. 문제없는 모양이다.

"히나코도 갈래?"

"나는 됐어. 이츠키와 미야코지마 양의 집은 옛날부터 인연이 있는 것 같고…… 다른 사람이 끼어들지 않는 시간도 보내고 싶을 테니까."

뭐, 옛날 이야기가 나왔을 때 히나코가 옆에 있으면 어색할지도 모르겠다.

"고마워. 그러면 나리카에게 그렇게 알려주고 올게."

◇

토요일 밤. 히나코는 시즈네와 함께 저택 문 앞에서 이츠키를 배웅하고 있었다.

"다녀오겠습니다."

"응…… 잘 다녀와."

예정대로 이츠키는 나리카의 집으로 출발했다.

이츠키를 태운 코노하나 가문의 차가 서서히 달리기 시작해 시야에서 사라졌다.

"아가씨. 정말 괜찮으세요?"

"……괜찮아. 이제 나 때문에 이츠키의 자리가 빼앗기는 건 싫으니까."

여름방학 마지막에 깨달은 자신의 죄가 떠올랐다.

우연히 유괴 현장에 있었던 이츠키를, 히나코는 무심코 시중 담당으로 임명해 버렸다. 그 일로 이츠키는 옛날 일상을 빼앗겨 버렸다.

이츠키는 신경 쓰지 않는 것처럼 보였지만, 이를 계기로 히나코는 반성했다.

더는 자기 욕심으로 이츠키의 자리가 빼앗겨서는 안 된다.

(이츠키는 반드시 다시 돌아올 거야…… 나는 그걸 믿어야 해.)

순정만화에도 그런 말이 있었다.

속박하는 여자는 남자에게 미움받는다.

(하지만…… 미야코지마 양은 멋있잖아…….)

진심으로 신뢰하고 보내기에 만만치 않은 상대였다.

히나코에게 나리카는 멋진 사람이다. 티파티에서는 소심한 면을 보이지만, 그만큼 평소에 씩씩한 모습이 돋보인다. 지금도 체육 수업 때는 이기지 못하고…… 이길 수 있겠다는 생각이 전혀 들지 않는다. 원래는 완벽한 숙녀를 연기하기 위해 성적이 항상 최상위권이어야 하는데, 그 아버지조차 체육은 나리카에게 져도 어쩔 수 없다고 여긴다.

그렇게 멋있으면서도…… 소통을 잘 못하는, 이츠키의 취향에 맞게 보살피는 보람이 있는 성격이다.

치사하다. 그 자리는 내 건데.

이츠키는 내 시중 담당인데.

(우~~~………… 불안해지기 시작했어…….)

만약 이츠키가 나리카의 집에서 돌아오지 않는다면…….

이 저택보다 나리카의 집이 더 마음에 들면…….

『히나코. 난 오늘부터 나리카의 시중 담당이 될 거야.』

머릿속 이츠키가 그렇게 말했다.

이것이 현실이 된다면…… 충격으로 죽을 것 같다.

"우, 우우우우~~~……."

"아가씨…… 참으로 대견하세요……!"

흐늘흐늘 무릎을 꿇고 주저앉은 히나코.

좋아하는 사람을 위해 필사적으로 불안을 감췄다. 그런 소녀의 가녀린 뒷모습을 보며, 시즈네는 눈가에 눈물이 고였다.

◆

차에서 내린 내 앞에는 무가(武家) 저택처럼 옆으로 긴 집이 떡하니 있었다.

나리카의 집에 오랜만에 왔다. 여전히 장엄한 분위기다. 지금 내가 사는 코노하나 저택이나 텐노지 양의 집은 서양식 건축으로, 그 분위기는 호화스럽고, 고급스럽고, 아름다운 느낌인데, 일본식 저택에서는 또 다른 느낌을 받는다. 고요하고 엄숙하면서도 서양 건축과는 또 다른 아름다움이 있었다. 이것이 바로 일본 전통의 멋일까?

"토모나리 님이시군요. 기다리고 있었습니다."

미야코지마 가문 종자의 안내를 받아 대문을 통과했다.

일본식 정원을 가로질러 건물 안으로 들어가자──.

"어서 오세요! 미야코지마 집안에!"

"으헉!"

펑펑 작은 소리와 함께 알록달록한 종이가 흩날렸다.

(생활력 없음)
~영애들이 다니는 명문 학교에서 제일가는 **아가씨**를 남몰래 돕는 시중 담당이 되었습니다~ 7

자세히 보니 나리카가 크래커를 들고 어색하게 웃고 있다.

"뭐 하는 거야?"

"부, 분위기를 띄우려고……."

마음은 고맙지만…… 너무 갑작스러워서 따라갈 수가 없었다.

그런 내 마음을 알아챘는지, 나리카가 충충해진다.

"후후, 역시 나는 안 되겠어. 헛발질만 해. 옛날부터 전혀 성장하지 않았어……."

"아, 아니야! 그런 건 아니거든?!!"

이대로 충충한 분위기가 계속되는 것도 싫으니, 어떻게든 기운을 차리게 하자.

"어어, 기뻤어! 오늘 하루가 기대되는걸!"

"그, 그래? 기뻐? 준비한 보람이 있었어……!"

나리카는 기분이 풀렸는지 즐겁게 웃었다.

그때 복도에서 전통복 차림의 여성이 나타났다.

"토모나리 씨, 오랜만이에요."

"오랜만입니다, 오츠코 씨."

이 사람은 미야코지마 오츠코. 나리카의 어머니다.

검은 머리를 짧게 쳐서 정리한 전통복 미녀 느낌으로, 차분한 인상을 준다. 나리카의 씩씩함은 아버지인 무사시 씨에게 물려받은 거겠지.

오츠코 씨는 나를 보고 천천히 머리를 숙였다.

"우리 딸아이의 장난에 어울려 주셔서 감사합니다."

"장난?!"

어머니의 너무한 말에 나리카가 눈을 크게 떴다.

오츠코 씨도 알았으면 말려 주시지…….

"배도 고프죠? 마침 저녁이 다 됐으니까 거실로 오세요."

"네. 내일까지 잘 부탁드립니다."

"어머, 예의 바른 아이구나. 나리카도 본받았으면 좋겠어."

나리카가 "윽." 하고 신음을 흘렸다.

오츠코 씨…… 나리카를 너무 놀리네…….

나는 그대로 나리카를 따라 거실로 이동한다.

커다란 식탁에 대량의 음식이 차려져 있었다.

"오, 오오오……."

본격적인 카이세키(일본식 코스) 요리다. 초밥, 텐푸라, 샤브샤브, 도미 소금구이. 모두 색이 선명하고 아름답게 담겨 있었다.

이건 환영용 식사라고 생각하지만, 이토록 호화로운 요리를 보면 기분이 좋아진다.

보면 그것은 나리카도 마찬가지였다.

"어머니, 애썼군요!"

"그래요. 정성을 쏟았답니다."

오츠코 씨가 왠지 기쁜 내색으로 말했다.

"이거, 오츠코 씨가 만드셨어요?"

"사용인들도 도와주긴 했지만요. 대부분 제가 만들었어요."

대단해…….

뭐랄까, 오츠코 씨는 뭐든지 할 수 있을 것 같은 기분이 드는데, 정말 그럴지도 모르겠다. 하지만 그 손재주는 나리카가 물려받지

(생활력 없음)
~영애들이 다니는 명문 학교에서 제일가는 **아가씨**를 남몰래 돕는 시중 담당이 되었습니다~ 7

못한 듯하다.

나리카의 옆에 앉으니 거실에 한 남자가 들어온다.

진베이(일본의 전통 일상복) 차림의 그 남자와 눈이 마주쳤다.

"무사시 씨."

"왔구나……."

무사시 씨는 매서운 눈으로 나를 본다.

"저기, 오랜만입니다."

"그래……."

"……."

"……."

어라……?

오해는 이미 풀린 거 맞지……?

경기대회 때, 오츠코 씨는 무사시 씨가 단순히 말수가 적다고 말했었다. 이 침묵도 그런 의미라고 생각하고 싶다.

"자, 그럼 따뜻할 때 들어요."

모두가 "잘 먹겠습니다."라고 말하고, 나는 바로 눈앞에 있는 요리를 먹었다.

가이세키 요리에도 먹는 순서 등의 매너가 있지만, 테이블에는 모든 음식이 순서와 상관없이 다 나와 있었다. 옛날처럼 자고 가는 게 어떻겠냐는 제안대로, 당시 매너를 전혀 몰랐던 나도 즐길 수 있는 분위기를 만들어 준 것인지도 모른다.

먼저 국그릇을 들어서 먹어 본다.

"이 맛은."

"눈치챘어요?"

한 모금 마시고 놀란 나를 향해 오츠코 씨가 부드럽게 웃어 주었다.

"옛날에 당신에게 대접했던 요리예요."

"어쩐지, 그리운 맛이라고 생각했어요."

오츠코 씨의 배려를 국물의 부드러운 맛과 함께 곱씹는다.

"매니지먼트 게임에서는 딸이 신세를 지고 있나 보군요."

"아뇨…… 저는 컨설턴트니까, 그게 업무일 뿐입니다."

오츠코 씨도 매니지먼트 게임을 아는 것 같다.

나리카에게 들은 거겠지.

"이츠키는 대단하다! 두 번째 회사를 시작한 지 얼마 되지 않았는데 벌써 궤도에 올렸어! 우리 반에서도 이츠키를 주목하는 사람이 많아지고 있다!"

"칭찬해 줘서 고마운데, 그 계기는 네가 만들어 준 거나 다름없어. 첫 업무가 그 시맥스의 컨설팅이라니, 대박이라고 해도 과언이 아니야."

"무슨 소리야! 그건 이츠키가 평소 행실이 좋으니까……."

"그렇게 말하면 나리카가……."

반문하려던 찰나, 문득 눈빛을 느꼈다.

오츠코 씨가 미소를 지으며 우리의 대화를 조용히 지켜보고 있었다.

"사이가 좋아서 보기 좋군요."

조금 쑥스러워진 나는 얼버무리듯 차를 마셨다.

~영애들이 다니는 명문 학교에서 제일가는 **아가씨**를 남몰래 돕는 시중 담당이 되었습니다~ 7
(생활력 없음)

나리카도 똑같이 했다.

"나리카. 이참에 말하는 거지만, 토모나리 씨에게만 의존해서는 안 돼요."

"네⋯⋯."

나리카는 반성하는 기색을 보였다.

딱히 의존이라고 할 정도는 아닌 것 같은데⋯⋯.

"토모나리 씨도요."

"어?"

무슨 말일까?

"나리카의 이야기를 들어보니, 당신은 지금 주변에 여자가 많다고 하죠?"

"저기⋯⋯ 딱히 여자만 있는 건 아닌데요⋯⋯."

타이쇼, 키타, 이쿠노도 있다.

아, 하지만 자주 이야기하는 남자는 타이쇼밖에 없나⋯⋯?

"여자들만 있지 않냐⋯⋯."

나리카의 차가운 시선이 푹 꽂힌다.

"토모나리 씨는 옛날부터 남을 잘 챙겨주는 구석이 있었으니까요. 그것 자체는 좋은 일이지만, 사람을 가리지 않고 보살피기만 했다간⋯⋯."

"어떻게 되나요⋯⋯?"

오츠코 씨가 왠지 가식적인 웃음을 띠었다.

"언젠가, 뒤에서 칼침을 맞을 거예요."

"흐엑!"

이렇게 놀라기는 했지만, 역시 오츠코 씨는 생각이 지나친 것 같다.

그렇게 생각하며 나리카를 보니, 나리카가 싸한 눈으로 나를 흘겨봤다.

저기, 나리카……?

왜 부정하지 않는 거야?

◆

저녁 식사 후에는 목욕탕으로 안내되었다.

"좋은 목욕탕이네……."

나리카의 집에는 큰 노천탕이 있는데, 나는 그것을 빌려서 만끽하고 있었다. 시내라서 별은 보이지 않지만, 그래도 목욕탕 안에서 하늘이 보이는 것은 신기한 기분이다.

식사와 목욕까지, 마치 고급 전통여관에 묵은 것처럼 쾌적하다. 어릴 적의 나는 이 고마움을 이해하지 못했을 것이다.

느긋하게 목욕하고 있는데, 탈의실 쪽 문이 열렸다.

거기에는──.

"무사시 씨……."

"너인가……."

무사시 씨는 나를 한 번 본 다음에 바로 몸을 씻기 시작했다.

그러고 나서는 조금 떨어진 위치에서 나와 똑같이 탕에 몸을 담근다.

(생활력 없음)

어쩌지……?

그냥 어색하다.

내가 먼저 말을 걸어야 할까? 하지만 좋은 주제가 떠오르지 않는다…….

"무섭지 않나……?"

문득, 무사시 씨가 물었다.

갑작스러운 질문이라 반응이 늦어졌다. 그런 내게 무사시 씨는 다시 한번 물었다.

"지금의 나는 무섭지 않나?"

그 질문에서 나는 무사시 씨 나름대로 한 발짝 다가가려는 마음을 느꼈다.

무사시 씨도 나리카 씨와 마찬가지로 오해받기 쉬울 정도로 험상궂은 인상이다. 게다가 어쩌면 나리카보다 감정이 잘 드러나지 않을지도 모른다……. 그런데도 본심은 다정한 사람이다.

"네, 이제 괜찮습니다."

"다행이로군……."

무사시 씨가 살짝 웃은 것 같았다.

나는 평소 매니지먼트 게임에서, 기업의 데이터를 통해 그 뒤에 숨겨진 경영자의 얼굴을 보고 있다. 그것과 비교하면 무사시 씨의 기질은 알기 쉽다.

"너에게 할 말이 있다."

언제나처럼 낮게 깔린 목소리로, 무사시 씨는 말했다.

"나리카의 트라우마는 알고 있겠지?"

"아…… 네. 작년 경기대회 말이죠?"

"그렇다. 나리카는 작년 경기대회에 출전한 결과, 동급생들에게 두려움을 샀다. 그때는 나리카도 심하게 우울해졌지. 나나 오츠코의 말도 통하지 않을 정도로."

그랬구나…….

나는 그때의 나리카를 안 봐서 잘 모른다. 다만 무사시 씨가 이토록 심각하게 말하는 것을 보면, 나리카는 그 어느 때보다 괴로웠을 것이다.

"하지만 나는 속으로 문제가 안 된다고 생각했다. 그 문제는 나 자신도 겪은 적이 있고, 그리고 나이가 들면서 해결했기 때문이지……. 경기대회 뒤에 너에게도 말했지만, 나도 나리카도 오해받기 쉬운 체질이다. 하지만 결국 사회로 나가면 실력을 중시한다. 그 실력이 드러날 때 우리의 오해는 자연스럽게 풀린다. 그래서 나리카가 안고 있는 문제를, 지금은 신경 쓸 필요가 없다고 생각했다."

나는 말없이 고개를 끄덕였다.

"하지만…… 그렇지 않았다."

무사시 씨의 눈빛이 어두워진다.

그것은 분명 후회일 것이다.

"경기대회 당일, 나와 오츠코도 나리카의 경기를 보고 있었다. 결승전에서 나리카가 일부러 지려고 하는 것을 알았을 때, 우리는 격하게 후회했다. 딸이 그토록 궁지에 몰렸을 줄은 몰랐으니까."

나리카의 부모님에게, 그때의 나리카는 자기 신념을 꺾는 것처럼 보였을 것이다. 내게도 그랬다.

애초에 일부러 지는 방법을 나리카에게 알려준 사람은 나다. 그래서 나도 그때는 심하게 후회했다.

그런 짓을 하길 원한 것은 아니었으니까.

"나는 딸에게 더 다가갔어야 했다. 그렇게 자책한 직후…… 너의 목소리가 들렸다."

결승전에서 나리카가 패배할 뻔했을 때——.

그때 나는 확실히 소리쳤다.

일부러 져서 평범한 사람으로 전락하려는 나리카에게, 앞으로도 특별하길 바란 나는, 있는 힘껏 나리카에게 내 억지를 들이댔다.

——마음껏, 해치워!!

어쩌면 내 인생에서 가장 큰 목소리를 낸 순간일지도 모른다.

그랬나. 그 목소리는…… 무사시 씨와 오츠코 씨한테도 닿은 건가.

"그때 너의 힘찬 말이…… 딸을 바로잡아 주었다."

그렇게 말하고 무사시 씨는 일어섰다.

그리고 나를 향해…… 머리를 꾸벅 숙였다.

"고맙다. 너는 나리카뿐만 아니라…… 우리 가족의 은인이다."

그것이 무사시 씨가 하고 싶었던 말인 것 같다.

카겐 씨 못지않게 바쁠 텐데…… 이렇게 나와의 시간을 일부러 내주고, 이렇게 얼굴을 보고 머리를 숙여주다니.

그만큼 나리카를 소중히 여기는 거구나.

좋은 부모님 같다. ⋯⋯⋯⋯조금 부럽다.

"고개를 들어 주세요."

무사시 씨가 천천히 고개를 들었다.

"이런 말을 하면 실례일지도 모르겠지만⋯⋯ 나리카는 제 지인 중에서 가장 아쉬운 애예요."

평소의 나리카를 떠올린다.

입을 다물고 있으면 씩씩하게 보이는데, 입을 열면 두려움을 산다⋯⋯. 그러면서도 친한 사람에게는 소심한 면모를 보인다.

그런 나리카를 떠올리고, 나는 살짝 웃었다.

"좀 더 당당하게 굴면, 좀 더 자신감을 가질 수 있다면 누구보다 훌륭해질 수 있을 텐데⋯⋯ 딱 한 걸음이 부족해요. 저는 그런 나리카를 응원하는 게 좋아요. 나리카가 마지막 한 걸음을 넘어서는 순간을 보고 싶어서 견딜 수가 없어요."

그런고로 내 목적은 무사시 씨가 생각하는 것보다 더 단순하며
──.

"저는 그저 저 말고 다른 사람들에게도 나리카의 멋진 모습을 알리고 싶어요. 그게 다예요."

"그런가⋯⋯."

이것은 거의 내 자기만족이었다.

키오우 학원에서 나리카와 재회하고 그 사정을 알게 되었을 때⋯⋯ 나는 남들이 모르는 나리카의 매력을, 나만 아는 기분이 들었다.

(생활력 없음)
~영애들이 다니는 명문 학교에서 제일가는 **아가씨**를 남몰래 돕는 시중 담당이 되었습니다~ 7

그것은 매우 자랑스럽고…… 아주 조금은 독점욕 같은 것이 있었는지도 모르겠다.

하지만 내가 독점하기에는 너무 아까워서 모두에게 알려야 한다고 생각했다.

(아…… 이제는 확실히 알겠어.)

내가 왜 나리카를 응원하고 싶은지.

무사시 씨와 이야기를 나누면서 자기 자신의 마음을 똑바로 깨달았다.

내게 나리카는—— 누구보다도 노력하길 바라는 아가씨다.

나는 나리카의 성장을 보고 싶어서 견딜 수가 없다.

누구보다 미래가 기대되는 아가씨인 것이다.

"그 뭐냐……."

다시 앉아서 탕에 몸을 담근 무사시 씨가 복잡한 얼굴로 말했다.

"네가 조금이라도 더 오래 나리카의 곁에 있어 주면 좋겠다."

"조금이라도 더 오래…… 말입니까?"

"가능하다면 졸업 후에도 그 아이 옆에 있으면 좋겠다."

그것은—— 대답하기 어렵다.

그 미래를 상상할 수 없는 건 아니다. 오히려 이미지가 선명하게 떠올랐다. 나리카는 내게 언제까지나 응원하는 보람이 있는 사람일 것이다.

다만 이제 막 컨설턴트가 되기로 마음먹은 내게, 미래의 이미지는 이전보다 복잡해지고 있었다. 김칫국부터 마시는 생각이지만, 본격적으로 컨설턴트로서 성공한다면 나는 한 사람이 아닌 여러 사람을 지원하는 일에 열중할 것 같다.

"강요하진 않겠다. 코노하나 가문뿐만 아니라 텐노지 가문에서도 눈독을 들이고 있지?"

"아뇨, 그런……."

조금은 관심을 보이고 있을지도 모르지만…… 그걸 어떻게 알고 있는 걸까?

상류층의 정보망은 역시 바닥이 보이지 않는다.

"최대한 그 아이를 도와줘라. 그건 약속할 수 있겠지?"

"네……."

나는 깊게 고개를 끄덕였다. 누가 말하지 않아도 나는 처음부터 그럴 작정이다.

그때 탈의실 문이 열리는 소리가 들렸다.

남탕 쪽이 아니다. 그렇다면——.

(나리카인가……?)

아니면 오츠코 씨인가.

미야코지마 저택의 노천탕은 남탕과 여탕으로 나뉜다. 지금 생각해도 참 호화로운 집이다. 뭐, 넓이만 따지면 코노하나 저택도 비슷하긴 하지만.

한참 동안 샤워 소리가 들린 뒤, 발걸음 소리가 울려 퍼졌다.

"이츠키, 있어?"

벽 너머에서 나리카의 목소리가 들렸다.

아무래도 여탕에 들어온 사람은 나리카 같다.

"아, 그래. 있어."

"그래."

나리카는 평소보다 조금 흥겨운 투로 말했다.

"후후…… 왠지 이상한 기분이 드는걸. 이 벽 너머에 이츠키가 있구나."

참방, 하고 나리카가 탕에 들어가는 소리가 들린다.

그야 이상한 기분이 들지만…….

(제발, 너무 노골적인 얘기는 하지 마.)

지금 내 눈앞에는…… 무사시 씨가 있다고…….

"……."

무사시 씨가 말없이 나를 노려보고 있었다.

아무래도 나와 나리카가 어떤 대화를 할지 궁금한 것 같다.

이걸 어쩐다…………… 말하기 너무 불편하다.

"그러고 보니…… 옛날에는 같이 목욕한 적이 있었지."

"어?!"

그랬나?!

아니, 설령 진짜 그랬다고 해도 이 타이밍에 떠올리길 바라진 않았어!

"막과자 가게에서 집으로 돌아오는 길에 폭우가 쏟아지고, 둘 다 흠뻑 젖어서 어머니가 목욕하러 가라고 했었지."

"…………."

"나는 비 때문에 막과자를 못 먹고 울었고…… 자꾸 훌쩍이는 바람에 이츠키가 내 머리를 감겨 줬었지."

"그, 그랬……지……."

무사시 씨가, 가만히 나를 쳐다보고 있었다.

가만히………… 나를 쳐다보고 있었다.

"그때 어머니는 어째서인지 '아버지한테는 비밀로 해라' 라고 했는데…… 대체 왜 그랬던 걸까?"

내가 죽을까 봐 그랬던 게 아닐까.

이걸 어쩐다…… 목욕 중인데도 식은땀이 멎질 않는다.

"아무리 그래도 지금은 그때처럼 씻을 수 없겠지."

"그, 그렇지. 알몸을 보여줄 수도 없고……."

그러니까 이 이야기는 여기서 끝내자.

그렇게 생각했는데——.

"알몸이라………… 각오할 필요는 있지만, 이츠키라면 나는 딱히…………."

그만해, 나리카……!

무사시 씨가 무진장 노려보고 있으니까……!!!

"미, 미안해! 이상한 말을 해 버렸다!"

"시, 신경 쓰지 마! 농담인 걸 아니까!"

"딱히, 농담인 건……."

"농담이지?! 그렇지?! 응?!"

"어? 아, 그, 그래, 맞다……?"

돌아가 버린다!

<small>(생활력 없음)</small>

모처럼 무사시 씨와 친해졌는데…… 다시 어색한 관계로 돌아가 버려!!!

"저, 저기, 이츠키? 기억해?"

나리카는 조금 쑥스러운 눈치로 묻는다.

"옛날에 우리는, 그…… 같은 방에서 잤잖아?"

"그래……."

그건 나도 기억하고 있다.

목욕이든 잠이든 어릴 적 이야기다. 그래서 간신히 치명상을 피하고 있지만——.

"저기…… 오, 오늘은 그때처럼…… 한 방에서 자지 않겠어?"

무사시 씨가 눈을 부릅떴다.

나는 내일을 맞이할 수 있을까……?

잠이 들기 이전에, 이 목욕탕에서 나갈 수 없을 가능성도 부상했다.

"이, 이상한 뜻이 아니다! 난 그냥 옛날처럼 이츠키와 함께 시간을 보내고 싶을 뿐이야……."

"아, 아니, 그건 알지만……."

무사시 씨가 이해할지는 모르겠지만…….

"지금도, 가끔 상상한다."

나리카가 나지막하게 말한다.

"이츠키가 코노하나 양의 집이 아니라…… 우리 집에서 살았을지도 모른다는 가능성을."

그것은…… 가능성이 있는 세계다.

모든 계기는 내가 히나코의 유괴 현장을 목격한 것이다. 하지만 만약 내가 그 현장에 없었다면 지금쯤 어떻게 되었을지 모르겠다. 유리를 의지하고 있었을지도 모르고…… 어쩌면 미야코지마 가문에서 내게 말을 걸었을지도 모른다. 무사시 씨와의 갈등이 오해로 밝혀지고, 게다가 내 어머니는 그렇다 치더라도 나 자신을 이토록 환영해 주는 지금의 미야코지마 가문을 생각하면 충분히 있을 수 있는 가능성이다.

　하지만…….

　"지금도 나쁘지 않다고 봐……."

　나는 칸막이 너머에 있는 나리카에게 말했다.

　"만약 내가 처음부터 나리카랑 같이 있었다면, 키오우 학원에서 다른 사람들과 이야기하는 일은 없었을지도 몰라."

　"아……."

　"그러면 너를 둘러싼 인간관계도 지금과 많이 달라졌을 거야."

　아마 티파티 동맹은 만들어지지 않았을 것이다.

　방과 후 공부 모임도, 아무것도 없었을지도 모른다.

　"그렇구나……."

　나리카의 작은 목소리가 들려왔다.

　"이츠키 덕분에 나는 다양한 사람들을 만날 수 있었다. 코노하나 양, 텐노지 양, 타이쇼 군, 아사히 양…… 나는 모두와 만나서, 정말 잘됐다고 생각한다."

　나리카는 나뿐만 아니라 다른 사람들의 영향도 받으며 조금씩 성장하고 있을 것이다. 그것을 안다면, 생각하지 않을 것이다. 그

~영애들이 다니는 명문 학교에서 제일가는 **아가씨**를 남몰래 돕는 시종 담당이 되었습니다~ 7
(생활력 없음)

런 세계가 더 좋았다고는.

긍정적으로 변한 나리카에게 안심했을 때, 무사시 씨가 나를 바라보는 것을 느꼈다. 무사시 씨는 안도감에 가슴을 쓸어내리며 미소 지었다.

"일상을 소중히 여기는 것은 좋지만, 같은 방에서 자는 것은 허락하지 않을 거다."

일어서면서 무사시 씨가 말했다.

"아, 아버지?! 어어어, 언제부터, 거기에……?!"

"처음부터다."

무사시 씨가 샤워실로 향한다.

그 도중에 한 번만 뒤돌아보았다.

"토모나리 이츠키."

"네, 넵."

무사시 씨의 날카로운 시선이 나를 관통한다.

"부디, 실수하지 않기를 바라네."

"명심하겠습니다……."

몇 번이고 고개를 끄덕이자, 무사시 씨가 몸을 씻기 시작했다.

"으아아……!!!! 저, 전부, 들렸어………… 아아아아아아아?!"

벽 너머에서 부끄러워하는 나리카의 목소리가 울려 퍼졌다.

◆

다음 날 아침. 손님방에서 일어난 나는 준비된 진베이로 갈아입고 방 밖으로 나갔다.

"어머, 이츠키 씨. 좋은 아침이에요."

"오츠코 씨, 좋은 아침입니다."

방을 나서자 오츠코 씨와 마주쳤다. 오츠코 씨는 꽃병을 옮기고 있었다. 코노하나 가문에서는 사용인이 하는 일이지만, 어제 저녁의 요리도 그렇고, 오츠코 씨는 이런 일을 직접 하는 것을 좋아하는 듯하다.

"이츠키 씨. 아침 식사 준비가 다 됐으니까, 괜찮다면 나리카를 깨워 주겠어요?"

"어, 제가요?"

"그게 나리카도 기뻐할 것 같아서요."

그럴까……? 그렇게 생각하면서 나리카의 방 위치를 듣고 가기로 했다.

미닫이문 앞에서 불러도 대답이 없어서, 나는 천천히 방으로 들어갔다.

"자고 있구나."

나리카는 이불을 반쯤 걷어차고 자고 있었다.

잠버릇이 별로 좋지 않은 모양이다. 그러고 보니 옛날에도 이랬던 것 같다.

어렸을 때 같은 방에서 잤던 적도 있고, 우연히 내가 나리카를 깨운 적도 있었다.

"나리카, 일어나."

"으아……?"

몇 차례 이름을 부르자, 나리카가 잠에서 깼다.

"이츠키…… 이츠키야…………."

"저, 저기, 잠꼬대하지 마."

나리카가 일어나서 내 쪽으로 다가왔다.

마치 친근한 강아지 같다.

유카타가 풀어져 조금 아찔한 관계로 눈을 돌린다.

"오츠코 씨가 아침을 준비했으니까, 거실에 가자."

"데려가줘……."

"알았으니까 그 전에 세수하고 와."

"씻어줘~……."

히나코와 비슷한 소리를 한다.

손을 잡고 세면대로 데려가 얼굴을 씻겼다.

그리고 아직 졸린 듯한 나리카를 데리고 거실로 갔다.

"잘 머케홉니다……."

나리카가 두 손을 모아 아침을 먹기 시작했다.

"나리카는 아침에 늘어지는 체질이 아닌데…… 오늘은 당신이 있어서 그런지 긴장이 풀린 것 같군요."

"그러고 보니 어릴 적에는 아침 일찍 도장에서 연습했었죠."

원래 나리카는 아침에 강한 타입이다. 하지만 오늘은 일요일이고, 가끔은 이런 날도 있는 법이다. 틈만 나면 늘어지는 히나코와는 다르다.

"나리카. 정신이 들어?"

"응…… 그래, 정신이 들었다."

밥을 먹던 손이 멈춰서 말을 걸었더니, 나리카도 정신이 든 모양이다.

"이츠키, 아까는 깨워 줘서 고맙다."

"그래."

"하지만 왠지 모르게 익숙해 보이는 느낌이었다. 설마, 평소에도 코노하나 양을 깨우러 다니고 있는 거냐?"

아차. 일찌감치 실수하고 말았다.

"아, 아니야. 그건 옛날과 똑같이 한 거고, 코노하나 양한테는 안 하는데?"

"그렇군. 하긴, 코노하나 양은 아침에 혼자서 일어날 수 있을 테니까."

혼자서는 영원히 잠들어 있지만 말이야.

아직 졸린지 더 이상의 추궁은 없었다.

"오늘은 일요일이라서 매니지먼트 게임도 할 수 없는데, 뭘 할 거야?"

"연습이라고 말하고 싶지만…… 요즘은 공부가 우선이거든. 매니지먼트 게임을 할 수 없는 일요일이니까 오늘은 학교 수업의 예습 복습을 할 거다."

참 대견하다.

"좋아. 그러면 오늘은 나도 공부를 도와줄게."

"고맙다! 내 방에서 같이 하자!"

나리카는 신나게 싱글벙글 웃으며 국그릇을 싹 비웠다.

(생활력 없음)
~영애들이 다니는 명문 학교에서 제일가는 **아가씨**를 남몰래 돕는 시중 담당이 되었습니다~ 7

◆

"끙끙끙끙……."

공부를 시작한 지 벌써 반나절이 지났다.

점차 집중력이 떨어졌는지 나리카는 다다미 방에서 책상에 앉아 머리를 싸매고 있었다.

마주 앉은 나는 참고서를 보면서 나리카의 노트를 확인했다.

"아, 나리카. 거기 틀렸어."

"음…… 어느 부분이지?"

"이 식이야. 단순한 실수 같은데……."

우리는 매니지먼트 게임뿐만 아니라 평상시의 학업도 수행해야 한다.

지금은 다 같이 수학 교과를 예습하고 있었다.

"아하, 이렇게 하면!"

"정답이야."

나리카는 지난번 시험 이후 예습 복습을 철저히 하자고 마음먹었다고 한다. 이 정도면 다음 시험에서 평균점 정도는 받을 것 같다.

"평소에도 코노하나 양과 이런 식으로 공부하는 거냐?"

"그래. 대체로 이런 거리감이야."

히나코의 경우, 내가 가르치는 일이 없지만.

"생각보다 가까운 관계구나."

나리카는 다소 의아한 기색으로 말했다.

"나는 이츠키가 집사처럼 일하는 줄 알았다."

"집사라면 본업인 사람이 많으니까. 나는 되도록 곁에 있으면 서 코노하나 양의 외로움을 채워주는 이웃집 사람 같은 역할이 라고 할까⋯⋯."

"코노하나 양은 외로워?"

"아, 그게, 음⋯⋯."

말실수한 걸지도 모르겠다.

하지만 히나코의 완벽한 숙녀 이미지는 확고하다. 분명 금방 '그럴 리가 없지' 라고 납득할 줄 알았는데⋯⋯.

"그러고 보니 코노하나 양은 어렸을 때 어머니를 잃었지."

나리카는 히나코의 외로움을 짐작하는 듯한 말을 중얼거렸다.

그건 나도 알지만, 그 이상은 아는 게 하나도 없다. 카겐 씨도 딱 한 번 그 이야기를 꺼낸 적이 있지만, 그 이후로는 말하지 않았 고, 물어보기 어려운 분위기였다.

"코노하나 양도, 어쩌면 뭔가 고민이 있을지도 모르겠군."

나리카도 그 이상은 모르는지 복잡한 표정을 지었다.

"나리카는 어때? 사람들 앞에서 당당하게 말하고 싶다고 했는 데, 진척이 있었어?"

"으⋯⋯ 전혀 없다."

그 반응은 솔직히 예상했었다.

"나리카는 좀 더 당당하게 굴어도 될 텐데⋯⋯."

예전에 텐노지 양의 아버지가 했던 말이 생각난다. 처음부터 긴 장하지 않는 사람은 없지만, 실적을 쌓다 보면 조금씩 당당하게

(생활력 없음)

행동할 수 있게 된다. 과거의 성과에 바탕을 둔 자신감은 결코 흔들리지 않는다.

하지만 그렇다면 나리카는 이미 오래전부터 자신감이 생겼어도 이상하지 않다. 특정 분야이긴 하지만, 그 히나코를 능가하는 것이 있기 때문이다.

"나리카는 검도 유단자던가?"

"그래. 검도 3단, 유도 2단이다."

객관적인 성과도 확실하게 있는 모양이다.

단위에 대해 잘 몰라서 검색해 보니 둘 다 대단한 실적이었다. 검도 3단은 고등학생이 취득할 수 있는 최고단이고, 유도 2단은 무려 전국 고교 대회 우승급이라고 한다.

"왜 그렇게 대단한데 당당하지 못한 거야?"

"아, 아니, 단위가 반드시 실력과 직결되는 것은 아니다. 고등학생이 받을 수 있는 단위에도 한계가 있고, 게다가 성인 선수들과 비교하면 나는 아직 미숙해."

성인 선수? 프로와 비교하는 거야……?

시야가 너무 넓다. 아니, 나리카는 국내 최대 스포츠용품점을 경영하는 집안의 딸이다. 평소 프로 선수들을 자주 접하다 보니 평가 기준이 올라간 거겠지.

"뭐든 좋으니까 자신감을 키우게 해볼까."

"어?"

"지금부터 내가 나리카를 칭찬해 줄 테니까, 자신감이 생기면 말해 줘."

나리카는 눈을 휘둥그레 떴다.

본인이 본인을 칭찬할 수 없다면, 남이 칭찬할 수밖에 없다. 나는 그렇게 생각했다.

그래서 나는 평소 느꼈던 나리카의 대단한 점을 이야기하기 시작했다.

"스포츠 만능."

"오, 오오……."

"조용히 있으면 당당하고 멋져."

"오오……."

"게다가 겸손하고 거만하지 않아."

"오오오……!"

"책임감이 있어. 향상심이 있어. 끈기가 있어. 절대로 남에게 상처를 주지 않아. 상대의 마음을 잘 헤아려. 근본이 성실해. 의리가 있어. 의외로 남을 잘 가르쳐. 그리고 글씨를 예쁘게……."

생각나는 대로 장점들을 마구잡이로 늘어놓는다.

어떨까? 이제 조금은 자신감이 생겼을까……?

"으, 으헤헤……으헤헤헤헤헤헤……!!"

나리카는 그 어느 때보다 헤벌쭉 웃고 있었다.

당당하기는커녕 당장에라도 녹아내릴 듯이 흐물흐물하다.

이건…… 잘되고 있는 걸까?

"어때? 자신감이 생겼어?"

"그래! 이제 뭐든지 할 수 있다!"

"좋아. 그러면 당장 코노하나 양에게 전화해 보자."

"어?!"

스마트폰을 조작해 나리카에게 들이댄다.

"저녁 8시쯤에 내가 돌아간다고 대신 전해 줘."

"아, 아아아, 알았다……!!!"

일부러 긴장감을 주기 위해, 나는 진지한 얼굴로 나리카를 바라보았다.

나리카는 조용히 심호흡하고 입을 열었다.

"코, 코노하나 양…… 아으안녀엉하스에요오……."

이건 틀렸네.

왜 목소리를 낮게 까는 거야. 이건 조폭 영화가 아니야.

"아직 어렵나……."

"으으……. 어, 어라? 이츠키, 코노하나 양의 목소리가 안 들리는데?"

"사실은 전화하지 않았어."

나리카의 성장을 확인하기 위해 전화를 거는 척하기만 했다.

나리카는 축 늘어졌다.

"귀찮게 해서 미안하다. 이츠키가 항상 끌어주고 있는데, 나는 항상 실패만 한다."

그 사죄를 듣고, 나는 고개를 살짝 갸우뚱했다.

"나리카, 넌 자기가 다른 사람보다 더 많이 실패한다고 생각하는 거야?"

"어……? 그, 그렇지. 그렇게 생각하는데……."

"나리카가 실패를 많이 경험하는 건, 자기 약점을 잘 본다는 증

거야. 보통은 그렇게까지 자기 약점을 극복하려고 하지 않으니까, 실패도 안 해. 네 실패는, 노력의 증거라고 봐."

도전에는 실패가 따르기 마련이다.

나리카는 남들보다 더 많이 도전하기에 실패하는 횟수도 많다.

"아까도 말했지만, 나는 그걸 아니까, 나리카를 보면 의욕이 생겨. 그러니까 나를 귀찮게 한다고 말하지 마. 나는 나대로, 나리카에게 용기를 얻으니까."

어렸을 때는 내가 나리카의 손을 잡아서 이끌었던 것 같다.

하지만 키오우 학원에 와서, 나는 나리카에게 여러 번 용기를 얻었다.

어느새—— 내가 나리카에게 손을 잡혀 끌려가는 일이 많아졌다.

"이츠키………… 으, 으으으……."

나리카는 눈물을 글썽거리며 다가왔다.

"평생 여기서 살아 줘라……."

"저, 저기……."

"코노하나 양한테 가지 마라……. 제발……."

억지 부리지 마…….

하지만 그렇게까지 생각해 주면 기쁘다.

그때, 미닫이문이 조용히 열렸다.

나타난 사람은——.

"오츠코 씨?"

"공부 중에 실례해요. 나리카. 슬슬 준비하는 게 좋지 않니?"

(생활력 없음)

"아, 맞다!"

나리카는 재빨리 자리에서 일어섰다. 무슨 일이지……?

"이츠키 씨. 지금부터 당신을 다른 방으로 안내하겠어요."

"응? 네."

잘 모르겠지만, 오츠코 씨의 안내에 따른다.

그런 나를 두고, 나리카는 빠른 걸음으로 어딘가로 향했다.

◆

오츠코 씨는 내게 잠시 기다려 달라고 하고, 방에서 나갔다.

내가 안내받은 방. 그곳은 이른바…….

(다실……이지?)

다다미 넉 장 반의, 좁은 일본식 방이었다. 중앙에는 화로가, 벽에는 구멍에 종이를 바른 창문이 있다.

벽은 흙이고, 기둥은 통나무로 만들어졌을 것이다. 천연 소재로 통일되어 있지만 소박하다는 느낌은 들지 않는다. 이렇게 고풍스러운 아름다움을 느낀 것은 처음이다. 호화로운 장식이 근처에 있는 건 아니지만, 그 대신 호화로운 장식물 안에 있는 것처럼 긴장감이 든다.

"이츠키. 기다리게 했구나."

작은 출입구를 통해 나리카가 다실로 들어왔다.

"나리카. 그 옷차림은……."

"다도의 정식 복장이다."

나리카는 은행나무를 연상케 하는 황갈색 기모노를 입었다.

무늬는 없지만, 자세히 보면 은은한 광택이 나는 옷감 자체의 결이 드러나 은은한 멋과 화려함이 잘 어우러져 있다. 평소에는 길게 내리는 머리도 기모노에 걸리지 않게 짧게 묶어 평소보다 어른스러운 인상을 주었다.

"계절감을 내려고 이 색으로 했다. 어울려?"

"……………그래. 정말, 잘 어울려."

넋이 나가는 바람에 대답이 늦어졌다.

나리카는 흰 버선을 신은 발로 부드럽게, 소리가 나지 않게 다다미 위를 걷는다. 정면을 가로지르는 나리카의 모습이 너무 아름다워서 나도 모르게 눈으로 따라갔다.

"원래 이츠키를 이 집에 부른 건 평소 고마움을 전하고 싶어서였다. 지난번에도 매니지먼트 게임에서 도움을 받았으니까. 뭔가 좋은 보답을 할 수 없을지 어머니와 상의한 결과, 이렇게 하기로 한 거다."

"그렇구나."

아무래도 이것은 나리카 나름의 보답인 것 같다.

정말 반가운 깜짝 선물이다.

"나리카는 옛날부터 다도를 했어?"

"그래. 미야코지마 가문은 무도만이 아니라 화도, 무용, 다도에도 조예가 깊다. 그런 교실도 열고 있고. 나도 어렸을 때부터 연습했다."

화도나 무용도 배우고 있구나.

(생활력 없음)
~영애들이 다니는 명문 학교에서 제일가는 **아가씨**를 남몰래 돕는 시중 담당이 되었습니다~ 7

내가 생각하는 것보다, 나리카는 다재다능한 사람일지도 모르겠다.

"그러니…… 이 정도면 나도 차분하게 선보일 수 있지."

나리카는 미리 뜨거운 물로 데워둔 찻사발에 찻주걱으로 덜어낸 말차를 넣는다. 말차가 덩어리가 되지 않도록 가볍게 으깬 뒤, 천천히 뜨거운 물을 부었다. 기모노 소매를 가볍게 흔들며 찻사발의 내용물을 빠르게 섞는다.

동작 하나하나가 매우 정교했다. 느리지만 망설임이 없어 보기만 해도 왠지 모르게 마음이 평온해진다. 풍류란 이 광경을 표현하는 말일 것이다.

무릎을 꿇고 바르게 앉아 나리카가 차를 준비하는 모습을 바라본다.

역시 이렇게 가만히 있으면…….

(나리카는 정말 미인이구나.)

키오우 학원에서는 좀처럼 볼 수 없는, 차분한 표정이었다. 평소 당황한 얼굴이나 운동할 때의 활기찬 얼굴과는 또 다른 모습이다.

나는 지금 나리카의 새로운 일면을 보는 것 같았다.

마침내 차가 완성되자 나리카는 천천히 찻사발을 내게 내밀었다. 그때 찻잔을 반 바퀴 돌려 옆면의 그림이 내게 보이도록 했다.

정중하게 인사하는 나리카에게, 차를 받은 나는…….

"찻잔을 받겠습니다."

나도 정중하게 인사하자 나리카가 눈을 동그랗게 뜬다.

"대단하네. 다도 예절도 알고 있구나."

"일단, 지식만 익혔지."

찻잔을 반 바퀴 돌리며 나리카에게 그림을 보여주며 말했다.

나는 여전히 진베이 차림이고, 저녁 식사가 가까워서인지 다과도 나오지 않아 실제 다도 절차와는 조금 달랐다. 하지만 차를 내는 나리카의 매너가 완벽해서 나도 응하고 싶었다.

"코노하나 가문의 교육은 폭이 넓을걸. 코노하나 양이 우수한 것도 납득이 간다."

확실히 다시 생각해 보니 코노하나 가문의 교육 노하우는 수준이 높다. 얼마 전만 해도 고학생이던 내가 지금은 이렇게 현장에서 통하니까.

책이라도 내면 돈이 될 것 같다. 『코노하나 가문 감수 : 매너 대사전』 같은 것을.

찻잔을 기울여 나리카가 내준 차를 마신다.

"맛있네."

"다행이야."

깊은 쓴맛 속에 은은한 단맛이 느껴진다. 차를 잘 우려냈다는 증거다.

"설마 나리카가 이렇게 귀한 대접을 해줄 줄은 몰랐어."

"흐흥……. 나도 잘하는 게 있다고."

"그건 알아."

전부 안다고 생각했는데, 아직 모르는 것이 있어서 놀랐다.

"나리카에게 이런 특기가 있을 줄이야. 솔직히 반했어."

(생활력 없음)
~영애들이 다니는 명문 학교에서 제일가는 **아가씨**를 남몰래 돕는 시중 담당이 되었습니다~ 7

"바, 반해……?! 그, 그 정도야……?!"

"아, 다른 사람들도 보면 깜짝 놀랄 거야."

엄격한 평가를 하는 경향이 있는 텐노지 양조차도 백점 만점을 줄 것이다.

"이제 이런 태도를 다른 사람들 앞에서도 보일 수 있다면 완벽할 텐데……."

"그건 나도 항상 생각하고 있다……!"

본인도 잘 아는 것 같다.

"그렇다고 해도, 누구나 나처럼 대할 필요는 없으니까."

"그, 그건 안다. 나 역시 모두에게 보여주고 싶은 얼굴도 있고, 이츠키에게만 보여주고 싶은 얼굴도 있으니까…… 내게 이츠키는 특별하니까."

마지막에는 혼자 불쑥 중얼거린 거겠지만…… 들리고 말았다.

특별하다. 나리카의 입에서 그 말이 나올 때마다 나는 자꾸만 경기대회 일이 생각난다.

묻고 싶다.

특별하다는 건, 무슨 뜻이야……?

(아니, 아니야. 지금은 생각하지 않기로 했잖아.)

나리카랑 축구공을 가지고 놀 때 결정했을 것이다.

매니지먼트 게임의 분주함이 정리될 때까지… 그리고 나리카의 인간관계가 안정될 때까지는 아무것도 생각하지 않기로 했다.

나는 나리카가 애쓰길 바란다.

그렇기에 지금은 불필요한 혼란을 주고 싶지 않다.

"뭐, 나리카의 이런 모습을 나만 볼 수 있다고 생각하면, 그건 그것대로 뿌듯하지만……."

이것저것 생각한 탓인지, 내 입에서 솔직한 말이 불쑥 튀어나왔다.

그러자 나리카는 놀란 얼굴로 나를 바라보았다.

"그, 그건 즉, 이츠키가 내게…… 독점욕을, 느끼고 있다는 뜻이냐?"

나리카는 믿기지 않는다는 얼굴로 물었다.

그렇게 똑바로 바라보는 나리카의 눈을 보고, 나는…….

"글쎄……?"

"앗! 왜, 왜 얼버무리는 거냐……!!!"

대답하진 않는다.

나도 부끄러워서 말하기 싫은 것 정도는 있다.

◆

공부도 하고 수다도 떨다 보니 시간이 훌쩍 지나가 버렸다.

툇마루에서 노을을 바라보며, 나는 스마트폰으로 시간을 확인했다.

(이제 돌아갈 시간인가…….)

시선을 내리자 편안하게 잠든 나리카의 얼굴이 눈에 들어왔다.

떠들다 지쳤는지 나리카는 내 무릎을 베고 자고 있다. 그건 상관없지만…… 조금 다리가 저리기 시작한다.

"나리카. 다리가 저린데……."

"음냐……."

뺨을 찔러 보지만, 도무지 일어나지 않는다.

어쩔 수 없다. 한계까지 참자.

"기분 좋게 자고 있네요."

갑자기 뒤에서 목소리가 들려왔다.

"오츠코 씨."

오츠코 씨는 나리카를 깨우지 않도록 조심스럽게 내 옆에 앉았다.

"학교생활은 순조로운가요?"

"네, 고생은 많지만 잘 지내요……."

"당신이라면 괜찮을 거예요."

쓴웃음을 짓는 나를, 오츠코 씨는 똑바로 보며 말한다.

"비록 멀리 떨어져 있지만, 당신은 미야코지마의 피를 이어받은 사람이에요. 나리카는 당신의 활약에 놀랐지만, 나는 처음부터 당신이 이렇게 될 거라고 예견했어요."

"그런, 가요……?"

오츠코 씨는 작게 고개를 끄덕였다.

"당신의 할머니…… 미야코지마 유리는 매우 똑똑했다고 들었습니다. 특히 경영에 관해서는 탁월하게 뛰어나서, 당시로서는 드물게 여자 사장이 될 가능성도 있었다고 하더군요."

처음 듣는 이야기였다.

우리 할머니가 그렇게 대단한 사람이었구나.

"다만 본인은 매우 자유분방한 성격이라 자주 가출했다고 해요. 그러던 어느 날, 당시 경쟁하던 기업의 후계자와의 사이에서 아이를 갖고, 그걸 계기로 집안에서 쫓겨났다고 하죠."

"그런 일이……."

옛날과 지금은 가치관도 다를 것이다. 하지만 적어도 당시 미야코지마 집안 식구들에게 내 할머니는 도저히 용서받을 수 없는 짓을 한 것 같았다.

"미야코지마 유리는 경영에 간섭할 때도 대담한 발상을 도입하는 사람이었다는 기록이 있어요. 그 대담함은 당신의 어머니와도 통하는 부분이 있군요."

나는 어색하게 웃었다.

어린 시절의 내가 이 집에서 신세를 지게 됐을 때, 내 어머니는 오츠코 씨를 비롯한 미야코지마 집안 식구들에게 '쫓겨난 건 어머니지 내가 아니야!' 라며 억지를 쓰고 쳐들어왔다고 한다. 그래서 적어도 이 집에서는 멀쩡하게 일할 줄 알았는데, 나를 내팽개치고 경마만 하러 다녀서…… 여러모로 대담한 사람이다.

다행이다…….

할머니가 범죄자 같은 게 아니라서.

어머니가 저런 식이라 솔직히 할머니도 터무니없는 이유로 쫓겨난 게 아닐지 의심했었다. 사랑 때문에 쫓겨난 거라면 나도 겨우겨우 용납할 수 있는 범위다.

"이걸 받으세요."

오츠코 씨가 큰 두루마리 같은 것을 내게 건넸다.

"이건……?"

"미야코지마 5개조입니다."

"미야코지마 5개조."

나도 모르게 복창해 버렸다.

뭐야, 그건 뭐야.

"가훈을 적은 족자예요. 아직 여분이 많이 있으니 하나 드리죠. 당신 안에 있는 미야코지마의 피가 깨어난 이상, 이걸 가질 자격이 있을 겁니다."

받은 족자를 얼른 펼쳐본다.

고급스러운 종이에 필력이 뛰어난 글씨가 있었다.

『미야코지마 5개조』

일, 의리를 관철하는 사풍이어라.

이, 회견을 두려워하지 말라.

삼, 총회를 방해하는 자는 베어도 좋다.

사, 주주와 고객에 예의를 잊지 말라.

오, 약자를 도와라.

"저, 정말 심오하네요……."

"미야코지마 가문은 원래 무사 혈통이어서 회사를 설립한 후에도 무사도 정신으로 경영했습니다. 그래서 이 5개조에 무사도와 비슷한 것이 있죠."

그렇구나…….

잘 보면 두 번째 가훈은 나리카가 예전에 말했던 내용이다. 나리카도 일단 이걸 보고 자랐다고 한다.

"감사합니다. 잘 받을게요."

"그래요."

인사하는 나를, 오츠코 씨는 똑바로 보았다.

"미야코지마 유리⋯⋯. 미야코지마 가문에서 제일가는 경영 천재. 그 손자인 당신이 경영의 재능을 발휘하는 것은 필연이죠."

오츠코 씨는 진지한 얼굴로 그렇게 말한 뒤, 긴장을 풀었다.

"앞으로도 딸아이와 함께해 주세요."

"네⋯⋯."

◆

그 뒤로 미야코지마 가문에서 저녁 식사를 대접받은 나는 코노하나 가문 저택으로 돌아왔다.

시간은 오후 8시. 가볍게 수업 내용을 예습, 복습할 시간도 있고, 나리카 덕분에 지난 이틀간은 딱 좋은 휴식을 취할 수 있었다.

"어라⋯⋯?"

차가 대문 앞에 멈추자 두 사람의 모습이 보였다.

히나코와 시즈네 씨가 일부러 밖에서 나를 반겼다.

나는 차에서 내려 바로 두 사람 곁으로 향했다.

"다녀왔습니다."

"네, 어서 오세요."

가볍게 머리를 숙이는 시즈네 씨의 옆에서 히나코가 나를 바라본다.

이유는 모르겠지만, 히나코는 드레스 차림이었다. 평상복처럼 입을 수 있을 듯, 너무 화려한 옷은 아니지만, 그래도 평소보다 더 차려입고 있다. 항상 저택에 있을 때는 편안해 보이는 옷을 선호하는데…….

"이츠키…… 잘 다녀왔어."

"그래. 히나코, 그 옷은 뭐야?"

"별거 아니야……. 평소처럼 입었어."

아니, 그럴 리가 없지만…….

왜 이런 밤중에 예쁘게 차려입은 걸까? 궁금하지만, 알려주지 않으니까 추궁하진 않는다.

"방에 들러도 될까? 짐을 두고 싶어서."

"……따라갈래."

히나코가 작게 고개를 끄덕였다.

"짐이란 그 가방에서 튀어나온 두루마리 같은 걸까요?"

"네, 안에는 미야코지마 5개조가 있어요."

"미야코지마 5개조."

시즈네 씨는 대체 그게 뭐냐는 듯 의아한 얼굴로 복창했다.

그 마음은 무척 이해할 수 있다.

아무튼 방으로 향하는데 히나코가 따라오는 바람에 시즈네 씨도 따라왔다.

(생활력 없음)
~영애들이 다니는 명문 학교에서 제일가는 **아가씨**를 남몰래 돕는 시중 담당이 되었습니다~ 7

셋이 뭉쳐서 이동하며…… 히나코를 바라본다.

"왠지 평소보다 더 가깝지 않아?"

"……그럴 리가 없어."

히나코는 피부가 닿을 정도의 거리까지 내게 다가와서 말했다.

계단을 오르는 속도가 미묘하게 달랐는지 히나코와 한 발짝 정도 거리가 벌어졌다. 그러자 히나코는 한순간 속도를 높여서 다시 피부가 닿을 수 있는 거리까지 다가왔다.

이게 뭐지……?

"너그럽게 봐주세요. 이츠키 씨가 다시는 돌아오지 않을지도 모른다고 걱정하고 있었어요. 평소보다 더 차려입은 것도 이츠키 씨의 관심을 끌기 위해서예요."

"시, 시즈네……?!? 왜 다 말해……?!"

"아차, 실수했네요."

100퍼센트 고의다.

"저기…… 옷, 잘 어울려."

"………………응."

히나코는 부끄러운 듯 고개를 숙였다.

나는 방에 도착해 가방에 있던 짐을 정리했다. 숙박용 갈아입을 옷은 그쪽에서 빨래해 주었으니까 옷장에 넣기만 하면 된다. 노트북과 교과서는 책상 위에 놓는다.

짐을 다 정리하고 나니 히나코가 내게 다가왔다.

"……무릎."

"어?"

"무릎…… 빌려줘."

히나코가 침대에 앉으면서 옆자리를 탁탁 두드려서, 나는 거기에 앉았다.

히나코가 내 무릎에 머리를 얹었다.

"휴." 하고 작게 숨을 내쉬는 히나코를 보고, 나는 히나코가 안심한 것임을 깨달았다.

정말로 내가 돌아오지 않을지도 모른다며 걱정했던 것 같다. 고작 하루뿐이고, 그렇게 불안을 남기는 이별을 하지는 않았을 텐데…….

"믿어도 불안할 때가 있어요. 감정이 강하면 더더욱……."

내 심경을 짐작했는지, 시즈네 씨가 말했다.

그 말을 듣고, 나는 히나코의 머리를 살짝 쓰다듬었다.

"……돌아올 거야."

제대로 말로 전한다.

무사시 씨와 이야기할 때, 나는 이런 부모가 있는 것이 부럽다고 여겼다.

하지만 나는 알고 있었다. 이렇게 내가 돌아올 때까지 기다려주는 사람이 있다는 것을…….

그래서 특별히 열등감은 생기지 않았다. 나리카의 부모님과 집에 감동해도, 내가 돌아갈 곳만큼은 내 마음속에서 정해져 있다.

"어디를 가도 꼭 돌아올 거야. 내가 있어야 할 곳은 여기니까."

나는 이곳이 내가 돌아와야 할 곳이라는 사실에 만족한다.

(생활력 없음)
~영애들이 다니는 명문 학교에서 제일가는 **아가씨**를 남몰래 돕는 시중 담당이 되었습니다~ 7

히나코는 내 무릎에 머리를 얹은 채 나지막하게 "응." 하고 소리를 내더니…….

"……그러면, 됐어."

그렇게 말하고, 1분도 지나지 않아 잠이 들었다.

나리카 때와는 느낌이 다르다. 이것이 나의 일상이라고 느낀다.

"이츠키 씨. 아가씨를 옮길까요?"

"아뇨. 조금 더 이대로 있어도 괜찮아요."

다음에는 수업 내용을 예습, 복습할 생각이었는데…… 조금은 긴장을 풀어도 될 것 같다. 매니지먼트 게임도 다음 주에 끝나지만, 현재로서는 나를 비롯한 티파티 동맹 모두에게 큰 문제가 생기지 않았으니까.

그런 식으로 여겼기에── 이때의 나는 미처 생각하지 못했다.

다음 날, 히나코가 그런 지경에 처할 줄은.

4장 무대의 조역이자 흑막

월요일. 종소리가 울리고 6교시 수업이 끝나자 나는 가볍게 기지개를 켰다.

(오늘 수업도 이것으로 끝인가…….)

그렇다면 이제부터는—— 매니지먼트 게임 시간이다.

매니지먼트 게임은 이번 주 금요일에 끝난다. 한 달 반에 걸친 긴 게임이지만, 처음부터 계속해서 필사적으로 임한 탓인지 나에겐 짧게 느껴졌다.

역시나 일주일이 남았다고 하면 누구나 의욕이 불타오르는 법. HR이 끝난 뒤에도 같은 반 아이들은 교실을 바로 나가지 않고, 절반은 책상 위에 노트북을 두고서 매니지먼트 게임 작업을 시작했다.

그런데…… 뭔가 이상하다.

"어?"

"거짓말이지……?"

"이건……."

노트북을 보던 반 아이들이 하나둘씩 눈썹에 주름을 잡는다.

(뭐지? 매니지먼트 게임에서 무슨 일이라도 생긴 거야?)

심각한 분위기를 감지한 나는 나도 얼른 노트북을 켰다.

게임에 접속한 나는 평소처럼 무의식중에 뉴스를 확인했다.

"…………응?"

매니지먼트 게임의 뉴스란.

거기에는 눈을 의심케 하는 토픽 두 개가 나란히 떠 있었다.

──코노하나 자동차 주식회사에서 대규모 리콜 은폐가 발견
됐습니다.

──텐노지 제약 주식회사에서 분식회계가 발각됐습니다.

"……?!"

너무 놀란 나머지, 나도 모르게 벌떡 일어섰다.

말도 안 돼…….

히나코의 회사와 텐노지 양의 회사에서 불미스러운 일이 발생
했다고──?

"코, 코노하나 양!"

가만히 있을 수 없어 히나코에게 말을 건넨다.

마침 히나코는 옆자리에 앉은 여학생에게 상황 설명을 듣고 있
었다. 히나코는 여학생이 보여주는 노트북 화면을 응시한 후, 조
용히 교실을 둘러본다.

"여러분, 걱정하지 마세요. 저는 괜찮으니까요."

눈썹 하나 까닥하지 않는, 평소처럼 차분한 히나코였다.

하지만 이번만큼은…… 히나코가 아무리 완벽한 숙녀를 연기

(생활력 없음)

~영애들이 다니는 명문 학교에서 제일가는 **아가씨**를 남몰래 돕는 시중 담당이 되었습니다~ 7

해도 같은 반 아이들의 당혹감을 씻어낼 수 없었다.

"실례하겠어요."

그때, 눈에 잘 띄는 금발 롤머리 소녀가 우리 교실로 들어왔다.

"텐노지 양……."

"급하게 티파티를 열겠어요."

텐노지 양은 나와 타이쇼, 아사히 양…… 그리고 마지막으로 히나코를 보고 말했다.

"당신도 오셔요, 코노하나 히나코."

"……네."

히나코가 조용히 고개를 끄덕인다.

그렇게—— 긴급 티파티가 시작되었다.

◆

이 비상사태에 대해 다들 모여서 이야기하고 싶었던 건지, 갑작스럽게 시작된 티파티임에도 모두가 참석했다.

긴장감이 감도는 가운데…… 텐노지 양이 홍차를 한 모금 마신 후 한숨을 쉬었다.

"정말…… 마지막 순간에 말도 안 되는 억지를 쓰네요."

그렇게 말하는 텐노지 양의 태도에 나는 고개를 갸웃거렸다.

매우 곤혹스러운 것은 틀림없어 보이지만…… 뭐랄까, 동요하지 않았다.

"텐노지 양…… 침착하네요."

"당황해도 어쩔 수 없어요. 게다가 우리 잘못이 아니니까요."

텐노지 양의 잘못이 아니야……?

"이건 학교 측의 이벤트예요."

텐노지 양이 나를 보며 말한다.

"왜, 얼마 전에도 있었잖아요. 인터넷 쇼핑몰 대기업 아마조네스가 물류업계에 진출한 사건 말이에요. 그때와 똑같아요."

확실히 그런 일이 있었다.

그때 타이쇼가 내게 설명했었다. 게임이 정체 상태에 빠지면 학교 측에서 특수한 이벤트를 준비할 때가 있다고.

"토모나리 씨. 설마 내가 이런 실수를 할 줄 알았나요?"

"아, 아뇨. 그럴 리가 없다고 생각했지만……."

하지만 뉴스로 떴을 정도니까, 완전히 부정할 수는 없었다.

"코노하나 히나코. 혹시나 해서 묻겠는데, 당신도 이벤트인가요?"

"네, 방금 그런 알림이 왔어요."

히나코가 노트북 화면을 보며 고개를 끄덕인다.

"그렇구나……. 이벤트였군요."

두 사람의 차분한 태도를 보고 나는 안도했다.

냉정하게 생각해 보면 히나코가 이렇게 큰 실수를 저지를 것 같지 않다. 집에서는 늘어지는 느낌이지만, 일단 스위치가 켜지면 전교생을 속일 수 있을 정도로 완벽한 숙녀를 연기할 수 있다. 게다가 실무 능력에 관해서는 카겐 씨도 인정할 정도다.

하지만──.

"별로 안심할 수 없겠군요."

텐노지 양은 진지한 얼굴로 중얼거렸다.

"과거 이 이벤트를 잘 처리하지 못한 학생들은 2학기 성적이 크게 떨어졌다고 들었어요. 매니지먼트 게임에서 가장 낮은 점수를 받은 거겠죠."

"가장 낮은 점수라니…… 그렇게 심하게 처리하나요?"

"처리할 수 있는 게 당연하다고 여기는 거겠죠."

텐노지 양이 담담하게 대답했다.

"토모나리 씨도 짐작하고 있겠지만 매니지먼트 게임의 파워 밸런스는 현실과 매우 비슷해요. 그렇기에 출신이 좋으면 처음부터 순조롭게 진행할 수 있는 거죠. 그 불공평함을 바로잡기 위한 이벤트가 바로 이것이어요."

그렇구나…….

왜 히나코와 텐노지 양이 이번 이벤트의 타깃이 됐는가. 두 사람 모두 처음부터 만렙 상태로 게임에 임했기 때문이다.

코노하나 그룹과 텐노지 그룹은 처음부터 그 규모가 매우 커서 우리 동급생들이 뭉쳐도 어떻게 할 수 없는 자금력을 보유했다. 말하자면 이 두 사람만 처음부터 최고 레벨로 게임을 진행했고, 초기 파라미터 그대로 큰 힘을 발휘할 수 있었던 것이다.

그러니까 학교 측에서 특별한 이벤트를 준비했다.

만렙 플레이어에 걸맞은 고난도 문제를——.

"근데 이번 이벤트는 좀 너무 심한 거 아니야? 아마조네스 사건의 당사자였던 나조차도 이런 처우에는 조금 질색하는데……."

"나도 그래. 이건 예년 이벤트에 비해서도 너무 어려워."

타이쇼와 아사히 양이 심각한 느낌으로 말했다.

"매년 나나 코노하나 히나코 같은 학생이 있는 건 아니니까요."

텐노지 양의 말이 맞다.

코노하나 그룹과 텐노지 그룹은 모두 국내에서 정상을 다투는 기업 그룹이다. 그 그룹의 딸이 두 명이나 재학 중인 우리 학년은 어쩌면 이례적일지도 모른다.

이례적인 세대에게 이례적인 과제를.

그것이 키오우 학원이 내놓은 대답이리라.

"그래도 저는 M&A 등 리스크가 있는 경영을 적극적으로 해서 코노하나 히나코에 비하면 그나마 간단한 편이에요."

텐노지 양은 만렙인데도 적극적으로 리스크를 선택했다. 말하자면 스스로 과제를 만들고 해결했기 때문에 이벤트 난이도가 조정된 듯하다.

"예년 기준이라면 미야코지마 양도 이벤트 대상이 되어도 이상하지 않을 텐데…… 아마 나와 같은 이유로 제외된 거겠죠."

"그래. 나도 타깃이 될 것 같다고 생각했는데, 이 타이밍에 아무것도 없다면 제외된 거겠지."

나리카도 이벤트 발생 조건을 미리 알고 있었다고 한다.

나리카의 경우, 텐노지 양과 달리 인수합병 위주의 경영을 하지 않았지만, 꾸준히 새로운 제품을 만드는 경영을 하고 있다. 이것도 나름대로 용감한 경영이다. 학교 측에서도 적절한 과제를 수행하고 있다고 판단했을 것이다.

(생활력 없음)
~영애들이 다니는 명문 학교에서 제일가는 **아가씨**를 남몰래 돕는 시중 담당이 되었습니다~ 7

"음……? 어…… 혹시……?"

"무슨 일 있어, 미야코지마 양?"

뭔가 걸리는 듯한 표정을 짓는 나리카에게 아사히 양이 물었다.

"아, 아니…… 그러고 보니 매니지먼트 게임을 시작하고 초반에, 어째서인지 해외 경쟁사에서 계속 제품을 모방한 적이 있었다……. 이상하다고 여기면서도 무시하고 경영하다 보니 어느새 상대가 파산했던데. 지금 생각해 보면 그게 이벤트였을까……?"

모두 말없이 나리카를 쳐다봤다.

너는 진짜…….

그건 그건가? 맞춤형 러닝화나 컴프레션 웨어를 개발하던 때?

이야기를 듣기론, 해외 경쟁사들이 시맥스의 제품을 자꾸 모방해 점유율을 뺏으려고 했던 것 같다. 물론 비싸게 모방할 이유가 없으니 가격은 저렴하게. 하지만 나리카의 발상력은 그런 경쟁사들을 쉽게 따돌릴 수 있었던 것이다. 러닝화, 컴프레션 웨어 등 더 많은 신제품을 연이어 개발하며 브랜드의 존재감을 유지한 시맥스를 상대로, 경쟁사는 점유율을 뺏기지 못하고 무너졌다.

아마도 그건…… 이벤트일 것이다.

시맥스에 도전할 사람이 이 학교에 있을 것 같지 않다.

"나는, 매니지먼트 게임이 시작된 뒤로 미야코지마 양이 가장 거물일지도 모른다는 생각이 들 때가 많아졌답니다."

"어, 어? 뭐야? 내가 이상한 짓을 한 건가……?"

'혹시 내가 또 뭔가 저질렀나요?' 같은 느낌으로, 나리카는 당황했다.

저질렀어……. 넌 옛날부터 쭉 그랬어.

"코노하나 히나코. 당신은 괜찮아요?"

텐노지 양이 히나코를 바라본다.

히나코는 시선을 조금 낮췄다.

"괜찮다고 말하고 싶지만…… 코노하나 자동차는 우리 그룹에서도 규모가 큰 회사예요. 이 회사를 다시 일으켜 세우려면 시간이 조금 걸릴 거예요. 어쩌면 여러분의 힘을 빌려야 할지도 모르겠군요."

숙녀 모드인 히나코치고는 이상하게 약한 모습을 보였다.

아니, 이 상황에서는 약한 모습을 드러내지 않는 것이 더 이상하리라.

"다들, 나라도 괜찮다면 뭐든지 도와줄게!"

"나도! 협력할게!"

타이쇼와 아사히 양이 든든한 소리를 했다.

나리카도 조금 뒤늦게 두 사람의 말에 동의한다는 듯이 고개를 번쩍 들어 고개를 끄덕였다.

"마음은 기쁘지만, 나는 괜찮답니다."

텐노지 양이 차분한 표정으로 홍차를 마시며 말했다.

그 뒤에서 한 여학생이 다가왔다.

"죄송합니다, 늦었어요."

"아뇨, 가장 좋은 타이밍이어요."

잔을 테이블에 놓고, 텐노지 양은 우리를 바라본다.

"이번 이벤트에…… 나는 스미노에 양과 둘이서 같이 도전해

보겠어요."

텐노지 양 뒤에 서 있던 소녀, 스미노에 양이 조용히 머리를 숙였다.

보아하니 텐노지 양은 미리 도우미를 준비해 두었던 모양이다.

"스미노에 양의 실력은 여러분도 잘 알겠죠. 게다가 스미노에 양은 어째서인지 우리 회사를 잘 알아서 연락해 봤어요."

어째서일까…….

신기하게 생각하며 스미노에 양을 보자 눈을 부라렸다.

말하지 마라. 눈빛이 그렇게 호소하고 있다.

"그렇구나. 뭐, 스미노에 양이 있으면 안심할 수 있겠네."

"우후후…… 감사합니다."

아사히 양의 말을 들은 스미노에 양이 부드럽게 미소를 짓는다.

"스미노에 양, 믿겠어요."

"하응……!"

"어? 스미노에 양, 뭐라고 하셨어요?"

"아, 아뇨…… 아무것도요."

스미노에 양은 살짝 뺨을 붉히며 얼버무렸다.

──괜찮은 거 맞아……?

──괜찮아요, 무례하군요…….

우리는 눈빛만으로 대화를 나눴다.

"자, 시간도 여유가 없으니 오늘은 이만 해산하겠어요."

텐노지 양이 그렇게 말하고 일어선다.

"스미노에 양. 일단 오늘은 상황 파악에 힘쓰고 싶어요. 회의는 내일부터 시작해요."

"알겠습니다."

텐노지 양은 분주한 느낌으로 카페를 나가 교문으로 향했다.

히나코에 비하면 낫다고는 했지만, 분식회계는 큰 문제다. 티파티 동안에는 우아하게 행동했지만, 속으로는 초조할 것이다.

"코노하나 양!"

카페 입구 쪽에서 사람 목소리가 들려왔다.

"저기요, 저희……."

"뭔가 도움이 될 수 있을 것 같아서……!"

마침 티파티가 끝나는 타이밍을 멀리서 지켜보고 있었는지, 히나코를 따르는 학생들이 모여들었다.

"……감사합니다. 이야기해 주실 수 있을까요?"

"네!"

평소 어지간한 일은 혼자서 척척 해내는…… 그런 이미지가 있는 히나코지만, 이번만큼은 도움을 마다하지 않는다.

모인 학생들과 함께, 히나코는 카페를 나섰다.

"우리도 갈까?"

"그래!"

타이쇼와 아사히 양도 군중 속에 섞인다.

나도 따라갈까 고민하다가…… 그 전에 이곳에 남은 또 다른 인물을 보았다.

"저기, 스미노에 양은 어떻게 할 건가요?"

"어머, 패배자인 제게 말을 걸어 주시다니. 토모나리 씨는 참 친절하네요."

"패배자라니……."

그 표현은 반응하기 껄끄러우니 자제해 주길 바란다.

"그보다 당신은 좀 더 위기감을 가져야 하는 것 아닌가요?"

위기감?

고개를 갸웃거리는 내게, 스미노에 양은 우쭐한 표정을 짓고 손으로 나를 가리켰다.

"텐노지 님은 저를 선택해 주셨습니다. 즉, 여차할 때 의지할 사람은 당신이 아니라 저라는 뜻이에요!"

"윽!"

그, 그 말을 들으니…… 그런 것 같다.

히나코도 텐노지 양도 지금 기업의 바로잡기를 요구받고 있었다. 이런 상황에서 도움이 되는 직업이 바로 컨설턴트다. 하지만 텐노지 양은 내게 말을 걸지 않았다.

설마, 그건…… 스미노에 양 말이 맞는 걸까……?

그런 생각을 하고 있는데, 주머니에 넣고 있던 스마트폰이 진동했다.

"아, 텐노지 양이 전화했네."

"?!"

'말도 안 돼?!' 라고 외치는 느낌으로 스미노에 양이 놀라지만, 전화 정도는 하겠지.

조금 기분이 좋다.

『토모나리 씨. 지금 괜찮으세요?』

"네. 막 헤어진 참인데, 무슨 일이 있나요?"

『아뇨……. 대수로운 일은 아니지만, 아무튼 말씀드리고 싶어서요.』

텐노지 양은 다소 난처한 듯이 말했다.

『이번 이벤트는 나보다 코노하나 히나코가 더 절박해요. 그러니 토모나리 씨는 되도록 코노하나 히나코를 도와주었으면 좋겠어요.』

텐노지 양은 계속해서 말한다.

『솔직히 말하면 내가 당신을 의지하고 싶지만, 티파티 동맹의 결성을 제안한 나는 동맹 여러분이 더 좋은 결과를 맞이하게끔 도와야 할 의무가 있어요. 그러니까 저기…… 결코 당신을 의지할 수 없다는 뜻은 아니어요!』

그런 건 전혀 신경 쓰지 않는데…… 마음씨 착한 사람이다.

그리고 의리 있는 사람이기도 하다. 자신을 위한 최선책이 아니라, 동맹을 위한 최선책을 생각해 준다.

"신경을 써 주셔서 감사합니다. 여차할 때는 힘이 될 테니 뭐든 말씀해 주세요."

『네……. 코노하나 히나코는 당신에게 맡길게요.』

그렇게 말하고 텐노지 양은 전화를 끊었다.

나는 스마트폰을 주머니에 넣고…… 스미노에 양을 바라본다.

"뭐, 뭐예요. 왜 기쁜 표정을 짓죠……?"

"아뇨. 텐노지 양의 깊은 생각을 듣고, 다시 한번 대단한 사람이라고 생각해서요."

"뭐, 뭘 들은 건가요!"

"글쎄요? 텐노지 양에게 직접 물어보면 되지 않을까요?"

"이, 이……! 알려주세요, 머리를 숙일 테니까……!"

그러지 말고 직접 물어보면 될 텐데……라고 생각했지만, 아마도 아직은 긴장해서 말을 잘 못 하는 거겠지.

얼굴을 붉히며 머리를 숙이는 스미노에 양을 무시하고, 나는 느긋하게 홍차를 마셨다.

아, 키오우 학원의 홍차는 정말 맛있네.

◆

히나코가 동급생들과의 대화를 끝낸 것은 오후 6시였다.

귀가한 히나코는 힘없이 휘청거리며 자기 방으로 걸어간다.

나는 내 방에 짐을 놓고, 옷을 갈아입지 않고 바로 히나코의 방으로 이동했다.

"히나코."

히나코는 책상에 엎드려 있었다.

"수고했어. 괜찮아?"

"응…… 피곤하지만, 지금은 할 수밖에 없어."

느릿하게 몸을 일으키고, 히나코는 노트북을 펼쳤다.

사실 지금 당장 침대에 뛰어들고 싶겠지만, 지금은 차마 그럴 수 없다.

(상황을 정리해 보자.)

히나코를 돕기 위해서라도, 현재 상황을 다시 한번 부감해 보자.

테이블에 노트북을 두고, 매니지먼트 게임을 실행한다.

최신 뉴스에는 여전히 아직 그 토픽이 떠 있었다.

——텐노지 제약 주식회사에서 분식회계가 발견됐습니다.

텐노지 제약은 텐노지 그룹의 제약회사다. 그룹의 핵심 기업인 텐노지 화학의 자회사이기도 하며, 도쿄증권거래소 프라임 상장 기업이다.

이 회사가 분식회계를 한 것으로 밝혀졌다.

분식회계란 기업이 회계처리 과정에서 부정한 방법으로 허위 결산보고를 하는 것을 말한다. 즉, 매출을 부풀리거나 비용을 줄여서 겉으로 드러난 이익을 늘리는 것이다.

왜 그런 짓을 해야 하는가……. 적자가 계속되면 은행 대출을 받지 못하거나 주주와 거래처가 떠나기 때문이다. 그래서 현실은 시궁창이어도 멀쩡한 회사로 위장하는 것이다.

텐노지 제약은 최근 몇 년 동안 적자였다. 모회사가 그 유명한 텐노지 화학이기에 자금에는 문제가 없을 것 같지만, 사업 실패가 계속되면서 주주나 거래처와의 관계가 나빠진 것이리라. 꼭 붙잡고 싶은 거래처가 있었을지도 모른다. 그래서 분식회계에 손을 댔을 것이다. 대충 그런 시나리오다.

돈을 버는 줄 알았는데 사실은 그것이 거짓이었다는 것이니, 분식회계는 회사의 신용을 크게 떨어뜨리는 스캔들이다.

이 상황에서 어떻게 회복할 생각인지…… 나로서는 상상도 할 수 없다.

(하지만 이쪽 일은 텐노지 양과 스미노에 양을 믿고 맡기기로 하고…….)

둘 다 뛰어난 경영자다. 그들이 손잡으면 어떻게든 될 것이다. 낙관적일지도 모르지만, 나는 그렇게 생각했다.

지금 내가 가장 먼저 생각해야 할 것은…… 또 다른 문제다.

──코노하나 자동차 주식회사에서 대규모 리콜 은폐가 발각됐습니다.

리콜 은폐── 이것은 결코 그냥 넘어갈 수 없는 스캔들이다.

자동차 업계에는 리콜 제도라는 것이 있다. 이 제도는 판매 중인 자동차의 설계나 제조 단계에서 결함이 발견되면 이를 무상으로 수리, 교체해 주어야 하는 제도다. 지금은 법으로 명시할 정도로 중요한 제도이다.

그리고 이 제도에 응하지 않고 사태를 은폐하는 것을 리콜 은폐라고 한다.

요컨대, 코노하나 자동차는 본래 리콜에 응해야 할 자동차의 결함을 은폐하고 있었던 것이다.

자동차는 사람의 생명을 담보로 하는 탈것이다. 그 탈것에 설계 단계부터 결함이 있었다면 사망자가 나와도 이상하지 않다.

하지만…… 리콜에는 돈이 든다. 알아본 바로는 이번 리콜 대상 자동차는 약 50만 대에 달하는 것으로 보인다. 이를 모두 회수해 무상으로 수리한다면 코노하나 자동차는 막대한 손실을 피할 수 없을 것이다.

그래도 사람의 목숨이 더 중요하다는 것이 상식인데…… 코노하나 자동차는 이를 숨겼다. 그 결과, 코노하나 자동차의 신용은 나락으로 떨어졌다.

"실례합니다."

문을 두드리자 시즈네 씨가 들어왔다.

"아가씨. 요청하신 최신판 자료입니다."

"……고마워."

히나코는 태블릿을 받고 노트북 화면과 번갈아 봤다.

시즈네 씨에게는 돌아오는 차 안에서 상황을 공유했다. 이번 비상사태로 많은 기업이 지금까지와는 다른 움직임을 보인다는 기사를 본 히나코는 시즈네 씨에게 지금까지 사용하던 거래처의 정보를 상세히 업데이트해 달라고 부탁한 것이다.

"그리고 카겐 님이 말씀하셨습니다."

히나코의 손이 딱 멈췄다.

돌아보는 히나코에게 시즈네 씨는 진지한 얼굴로 말했다.

"꼭 바로잡으라고 하셨어요."

시즈네 씨는 계속해서 말했다.

"이번 이벤트는 전례가 없을 정도로 힘든 일이지만, 반대로 말하면 이것을 극복해야만 진짜라고 할 수 있겠죠. 지금 키오우 학

(생활력 없음)
~영애들이 다니는 명문 학교에서 제일가는 **아가씨**를 남몰래 돕는 시중 담당이 되었습니다~ 7

원 전체가 아가씨의 일거수일투족에 주목하고 있습니다. 즉, 아가씨는 지금, 시험받고 있는 겁니다."

시험받고 있다.

히나코가 정말 완벽한 숙녀인지.

키오우 학원의 정점에 군림할 그릇인지——.

"그러니 반드시 바로잡으라고 합니다. 이것이 카겐 님의 말씀입니다."

"……그런 건 굳이 말하지 않아도 알아."

작게 한숨을 쉬고, 히나코는 다시 노트북을 봤다.

텐노지 양도 같은 각오로 이번 이벤트에 임하고 있겠지. 이 이벤트를 극복하지 못하면 평범한 사람이라는 낙인이 찍힐지도 모른다. 그건 텐노지 양에게는 견디기 힘든 굴욕이 될 것이다.

"지금부터는 제가 혼자 말하는 거지만…… 키오우 학원은 참 악랄하네요."

시즈네 씨가 히나코의 등을 바라보며 말했다.

"아가씨의 견실한 경영은 텐노지 님의 경영과는 다른 방향으로 탁월한 경영이었을 거예요. 유독 아가씨에게만 이토록 까다로운 이벤트를 준비하는 것에는 조금 불만이 있어요."

"……어쩔 수 없어. 매니지먼트 게임의 스폰서는 자산가이지, 경영 전문가가 아닐 수도 있으니까. 시즈네가 하는 말을 이해하지 못하는 사람이 있었을 거야."

신기하다. 시즈네 씨가 이렇게 대놓고 불만을 드러낼 줄이야.

하지만 히나코는 논리적으로 이 상황을 받아들이고 있었다.

(나도 뭔가 도와주자.)

멀뚱멀뚱 있어서는 의미가 없다. 나는 히나코에게 다가갔다.

"히나코. 그 이후로 코노하나 자동차에 움직임이 있었어?"

"여러 일이 있어서…… 지금 정리 중이야."

키보드를 딱딱 두드리며 히나코가 말했다.

"……대충 이런 느낌."

상황 정리를 끝냈는지, 히나코가 내게 화면을 보여줬다.

텍스트 파일에는 코노하나 자동차의 현황이 정리되어 있었다.

우선, 최대 주주인 해외 자동차 회사가 자본 제휴를 해지했다. 이미 이 시점에서 엄청난 곤경에 처했지만, 다행인지 불행인지 지금은 코노하나 자동차의 주가가 하락하고 있어 아직 주식을 내놓을 생각은 없는 모양이다.

주가도 2천 엔에 육박하던 것이 지금은 1천 엔 안팎까지 떨어졌다. 시장 가치도 약 1조 엔에서 5천억 엔 정도로 떨어졌다.

매니지먼트 게임에는 5천억 엔 정도라면 얼마든지 내놓을 수 있는 기업이 많으니까, 이대로 가면 코노하나 자동차는 매수될 가능성이 있다. 주가 하락은 당사자에게 최악의 리스크지만, 투자자들에게는 공세에 나설 기회이기도 하다.

——매수를 피한다.

이것이 우리의 목표가 될 것이다. 코노하나 자동차처럼 규모와 실적이 있는 회사는 쉽게 도산하지 않지만, 그 대신 하이에나가 우르르 몰려드는 상황이다. 그들의 먹잇감이 되지 않으려면 선제 대응이 필요하다.

"주식은 어떻게 움직이고 있지?"

"벌써 코노하나 자동차의 주식을 모으는 곳이 몇 군데 있어. 물론 공매도도……."

"빨리 대책을 세우지 않으면 주식을 한꺼번에 빼앗길 수도 있겠는걸."

"음…… 속도가 제일."

벌써부터 하이에나들이 몰려드는 것 같다.

하이에나 중에는 외국 기업이나 투자자들도 있다. 만약 코노하나 자동차가 외국 기업에 매수된다면 지금 종업원들의 삶은 어떻게 변할까? 그들이 생각했던 행복과는 거리가 멀어질 것이다.

하지만 나는 문득 생각했다.

(애초에 키오우 학원에서 히나코와 적대하고 싶은 사람이 있을까……?)

봐서는 코노하나 자동차의 주식을 모으는 것은 AI 기업들뿐이고, 동급생들은 모두 코노하나 자동차를 응원하고 있다. 코노하나 자동차는 벼랑 끝에 몰렸지만, 히나코의 평소 행보 덕분에 최악의 상황은 피할 수 있을 것 같았다.

어쩌면 강력한 하이에나는 없을지도 모른다.

첫째, 이 학원에서 히나코를 능가할 경영자는 없을 것이다. 기껏해야 텐노지 양이나 나리카 정도인데, 그 두 사람은 아군이다.

그렇다면 이 이벤트…… 히나코라면 어렵지 않게 극복할 수 있지 않을까?

"……으."

히나코의 메일함에서 알림 1건이 표시된다.

히나코가 바로 메일을 열어서 나는 그 제목을 읽었다.

"하마다 자동차에서, 투자 및 제휴 제안……?"

하마다 자동차는 학생이 아닌 AI가 운영하는 기업이다. 그래서인지 메일 본문에는 기계적이고 군더더기 없이 본론만 있었다.

하마다 자동차는 코노하나 자동차 주식 34% 출자를 희망했다. 정확히 의결권이 발생해 경영을 좌우할 수 있는 수치다. 그러나 이것은——.

"……나쁘지 않아."

히나코가 조용히 중얼거렸다.

현재의 최대 주주는 해외 자동차 회사로, 코노하나 자동차 주식의 30%를 소유하고 있다. 여기에 하마다 자동차까지 합치면 약 70%의 주식이 골고루 배분되어 제3의 기업이나 투자자에게 50%가 넘는 지분을 빼앗기지 않는다. 즉, 경영권이 넘어가는 것을 방지할 수 있다.

"학교 사람들에게도 출자 제안을 받았지만…… 여기 조건이 가장 좋았어."

하마다 자동차는 코노하나 자동차에 버금가는 대기업이다. 이런 회사에서 투자받을 수 있다면 코노하나 자동차는 다시 일어설 수 있을 것이라고…… 국내 사람들은 그렇게 생각할 것이다. 그 신뢰가 주주들을 묶어두는 힘이 될 것이다.

빨리 신뢰를 회복하지 않으면 코노하나 자동차의 주가는 점점 더 떨어질 것이다.

(생활력 없음)
~영애들이 다니는 명문 학교에서 제일가는 **아가씨**를 남몰래 돕는 시종 담당이 되었습니다~ 7

그러니 히나코의 말대로, 지금은 속도가 제일 중요한데——.

(뭔가 이상해.)

내 노트북으로 하마다 자동차의 데이터를 살펴본 나는 이상한 느낌이 들었다.

잘 설명할 수 없다. 하지만 나는…… 이 회사를 믿을 수 없었다.

"히나코. 이 회사, 정말 괜찮을까?"

하마다 자동차는 AI가 경영하는 회사일 것이다. 하지만 나는 어째서인지…… 이 회사의 데이터 너머에서 적대감 같은 것이 느껴졌다.

왜지……?

키오우 학원에 히나코를 함정에 빠뜨리려고 할 사람이 있을 리가 없는데…….

"왠지…… 싫은 느낌이 들어."

말로 표현하기 어려운 불쾌함.

남을 설득하기에는 너무 빈약한 근거지만, 나는 그것을 말하지 않을 수 없었다. 이유는 잘 모르겠지만, 이 회사에서 투자받는 것은 위험할 것 같다.

"……이츠키를, 믿어."

히나코가 중얼거리듯 말하고.

"그러니까…… 토모나리 컨설팅에 정식으로 의뢰할게."

그 눈으로 나를 똑바로 바라보았다.

"코노하나 자동차를 구해주면 좋겠어. 단, 시간이 많지 않으니 3일 이내에 유익한 제안을 해줘."

히나코가 나를 가만히 쳐다본다.

그 기대를 느끼고, 나는 머리를 크게 끄덕였다.

"알았어."

◆

다음 날 방과 후.

"코노하나 양! 어제 생각해 봤는데요……."

"코노하나 양. 우리 회사라면 이 정도 출자를……."

히나코를 돕고 싶은 학생들이 차례로 교실로 들어온다. 나는 그 광경을 슬쩍 바라보며 가방에 교과서를 넣고 집중할 수 있는 곳을 찾으러 갔다.

같은 반 아이들과의 약속이 많은 히나코는 매니지먼트 게임이 끝나는 이번 주말까지 귀가 시간을 늦추기로 했다.

동급생 중에서 하마다 자동차 이상의 제휴처를 찾으면 내 고민이 통째로 해결되는 셈인데…… 아마 어려울 것 같다.

내가 해야 할 일은 간단하다.

먼저, 하마다 자동차의 불편한 이유를 파악하는 것이다.

그리고 만약 하마다 자동차의 출자를 기대할 수 없다면—— 대안을 제시하는 것이다.

(해야 할 일은 단순하지만…… 쉽지는 않아.)

현재로서는 마땅한 대안이 떠오르지 않는다.

방향성을 생각하면 코노하나 자동차의 신뢰를 회복시키면 되

(생활력 없음)

겠지만, 정작 코노하나 자동차 자체에 체력이 없으니까 외부의 도움을 받는 것이 바람직하다.

내게 비즈니스는 인연이다.

그렇기에 이런 상황에서 도움이 되지 못하면 아무 의미가 없다.

"이츠키."

복도를 걷고 있을 때, 누군가 말을 걸었다.

"나리카구나. 무슨 일이야?"

"저기…… 그게, 코노하나 양은 어떻게 지내는지 궁금해서."

나리카는 우물쭈물 조심스럽게 말했다.

"아직 반 아이들과 이야기하는 중이야. 불러 줄까?"

"아, 아니다. 딱히 제안할 게 있는 건 아니야. 그냥…… 조금 걱정이 돼서."

걱정이 된다. ——히나코를 소중한 친구로 여기지 않는다면 나올 수 없는 말이었다.

나도 모르게 미소를 띤다. 내가 시중 담당이 된 지 얼마 되지 않았을 무렵에 히나코가 연기에 따른 스트레스로 학교를 쉬었지만, 그때는 아무도 히나코를 걱정하지 않았다.

이번에는 그때와 다르다. 그렇게 생각하니 무심코 기분이 좋아진다.

"나리카. 오늘 아직 시간 있어?"

"어? 그, 그래. 있다."

"그렇다면 카페에서 작전회의를 하지 않을래? 우리가 할 수 있는 일을 찾아보자."

"그, 그래! 그러자!"

나리카와 함께 카페로 이동한다.

가는 길에 나는 코노하나 자동차의 현황을 나리카와 공유했다.

"그렇군. 코노하나 양은 하마다 자동차의 투자 제안을 받아들일 생각인가?"

카페에 자리를 잡고 주문이 끝나자 나리카가 말했다.

"하지만 이츠키는 반대하는 거구나."

"그래. 뭐, 반대할 근거는 없다시피 하지만……."

"아니, 나는 이츠키를 믿는다. 이츠키에게는 지금까지의 실적이 있으니까."

너무 쉽게 믿어줘서, 나는 잠시 할 말을 잃었다.

히나코와 똑같다. 나리카도 나를 전폭적으로 믿어 준다.

그 마음에 보답하기 위해서라도 나는 하마다 자동차에서 느끼는 위화감의 정체를 밝혀야 한다.

"요즘 나도 이츠키를 따라 주식 공부를 하고 있는데…… 예를 들어 의결권이 없는 주식을 발행하고 그걸로 출자를 받으면 어떨까? 그러면 하마다 자동차가 나쁜 짓을 해도 경영에는 관여할 수 없잖아?"

무의결권주를 말하는 것일까?

그것 역시 황금주처럼 특수한 주식 중 하나다.

나리카도 이 단기간에 제법 많이 공부했다. 하지만——.

"이번 리콜 은폐로 코노하나 자동차는 기업 체질을 의심받고 있으니까. 이런 상황에서 내부 경영을 고집하면 주주들의 반감

(생활력 없음)
~영애들이 다니는 명문 학교에서 제일가는 **아가씨**를 남몰래 돕는 시중 담당이 되었습니다~ 7

을 살 위험이 있어."

"아…… 그렇군. 단순히 경영권 인수를 막는 것만으로는 안 되는 건가?"

"그래. 신뢰를 회복해야지."

바로 알아듣는 것 같아서 보충 설명도 했다.

"하마다 자동차의 출자가 매력적인 이유는 코노하나 자동차가 기업 체질을 개선할 의지가 있다는 것을 보여줄 수 있어서야. 하마다 자동차는 코노하나 자동차와 같은 자동차 업계 기업이고, 규모도 비슷해. 그래서 하마다 자동차에 경영권 일부를 넘기면 기업 체질을 내부에서 바로잡을 수 있다는 생각이지."

즉, 하마다 자동차에 메스를 쥐여 주는 것이다. 추가로 제휴를 통해 새로운 사업도 추진할 수 있다. 이런 흐름을 보여주면 주주들도 어떻게든 붙잡아둘 수 있겠지. 코노하나 자동차가 아직 더 도약할 수 있다는 믿음을 줄 것이다.

"역시, 임시방편으로는 도움이 안 될 것 같군."

나리카는 맥없이 웃었다.

"아니, 그렇진 않아. 어쩌다 보니 이번 사례에 맞지 않았을 뿐이지……."

"위로할 필요는 없다. 역시 이츠키는 대단하구나. 지난 한 달 반 동안, 믿기지 않을 정도로 경영에 해박해졌어. 코노하나 양이 곁에 두려는 것도 이해할 수 있다."

그렇게 말하며 나리카는 노트북 화면을 본다.

"사실 매니지먼트 게임이 끝나기 전에 코노하나 양에게 제안

하고 싶은 것이 있었다. 하지만 지금 상황에서는 어려울 것 같
군……."

나리카가 우울한 표정으로 말했다.

하지만 나는 안다. 나리카는 자기 평가점이 낮을 뿐, 능력은 뛰
어나다는 것을.

"제안 내용을 물어봐도 될까?"

"그래. 이런 사업을 해보고 싶어서……."

나리카가 노트북 화면을 이쪽으로 돌린다.

아무래도 나리카는 히나코의 회사와 업무 제휴를 하고 싶었던
모양이다.

그 내용을 본 나는———.

"이거, 해보자."

"어?"

"역시 나리카는 사업 재능이 있구나. 게다가 시맥스 정도의 회
사라면 코노하나 자동차의 제휴 상대가 되기 좋아."

할 수 있다.

이 사업 계획을 보고, 나는 확신했다.

나리카가 이 계획을 추진할 수 있다면, 코노하나 자동차를 구
할 수 있을 거다.

"나리카. 우리가 코노하나 양을 도와주자."

정면에 있는 나리카를 향해 나는 말했다.

그러자 나리카는 입술을 꾹 다물었다.

"경기대회 전에, 코노하나 양은 내가 친구를 사귀는 데 도움을

줬다."

듣고 보니 그런 때도 있었다.

나리카는 눈빛에 결의를 담아 입을 열었다.

"그때의 은혜를 꼭 갚고 싶었다. 다음은 내가 코노하나 양을 도와줄 차례야!"

우리는 함께 일어서서 서로 손을 맞잡았다.

기다려, 히나코.

우리가 반드시 최고의 미래를 개척해 줄게.

◆

다음 날 방과 후에도 나와 나리카는 카페에서 작업하고 있었다.

"나리카, 진행 상황은 어때?"

"기본적인 준비는 끝났을 거다. 이제 코노하나 양을 설득할 자료를 만드는 일만 남았어."

예정보다 진척이 빠르다.

역시 나리카도 의욕이 넘쳐나는 것 같다. 매니지먼트 게임도 3일 남았다. 고민할 시간은 이제 없다.

"이츠키는 어떠냐? 하마다 자동차 문제는……."

"아직 뚜렷한 것은 찾지 못했어."

나리카보다는 내 진행 상황이 안 좋았다.

"이건 조금만 조사해서 안 건데, 코노하나 자동차의 리콜 은폐를 고발한 건 하마다 자동차의 직원인 것 같아."

"어! 그러면 이미 확정적으로 의심스럽지 않은가!"

"그렇게 생각하고 싶지만, 원래 하마다 자동차와 코노하나 자동차는 거래가 있었으니까. 그냥 발각됐을 가능성도 있어⋯⋯."

현재로서는 의심스러울 뿐이다.

애초에 나는 직감에 따라 하마다 자동차를 조사하고 있지만, 그렇다고 해서 '하마다 자동차는 나쁜 수작을 꾸미고 있다'는 편견에 물들어서는 안 된다. 조사 결과, 하마다 자동차에 아무런 문제가 없을 가능성도 충분히 있다.

──너에겐 데이터의 숨겨진 면을 보는 재능이 있어. 그건 자각하고 있겠지?

예전에 타쿠마 씨에게 들었던 말이 생각난다.

──하지만 아직 부족해. 그 감각은 더 확장할 수 있어. 앞으로는 경영자 얼굴만 보지 말고 주주의 얼굴도 보는 게 좋아.

타쿠마 씨는 내 재능을 더 확장할 수 있다고 했다.

(주주의 얼굴⋯⋯.)

나는 시즈네 씨에게 전화했다.

시즈네 씨는 바로 받았다.

『무슨 일이세요?』

"시즈네 씨. 코노하나 자동차의 주주 명부를 주실 수 있나요?"

『마침 어젯밤 아가씨와 공유한 자료가 있습니다. 그 자료를 드리죠.』

"감사합니다."

파일 전송 서비스를 이용해 시즈네 씨에게 데이터를 받았다.

(생활력 없음)
~영애들이 다니는 명문 학교에서 제일가는 **아가씨**를 남몰래 돕는 시종 담당이 되었습니다~ 7

코노하나 자동차의 반기별 주주 명부를 손에 넣었다. 이것과 내가 지금 가지고 있는 코노하나 자동차의 결산 자료를 대조하며 데이터를 해독해 나간다.

직감을 믿어라.

수상한, 수상한 냄새가 나는 주주들의 리스트를 작성한다.

반기별 명부가 있어서 어떤 주주가 어떤 타이밍에 주식을 샀는지 대략 알 수 있다. 보통 주식을 사는 타이밍은 그 회사의 실적이 좋아질 것 같은 예감이 들었을 때, 혹은 주가가 하락해 매수 적기라고 생각했을 때다. 어느 쪽이든 코노하나 자동차의 실적과 주식 매수 적기에는 반드시 상관관계가 있다.

그런데 그 상관관계와 동떨어진 움직임을 보이며 주식을 사는 사람이 몇 명 있었다.

"이 주주들은 대체 뭐지?"

이유를 알 수 없는, 이상한 움직임을 보이는 대주주가 몇 명 있었다.

의도를 알 수 없는 타이밍에 주식을 사들이고 있다. 게다가 용돈을 벌려고 주식을 산 것도 아니다. 대주주가 될 정도로 상당한 돈을 쏟아부었다.

(최근 2년 사이 이상한 주주들이 급증하고 있어?)

한동안 화면을 바라보며 나는 이 위화감에 대해 생각했다.

"이츠키, 무슨 일이야?"

"코노하나 자동차에 이상한 주주가 있어. 게다가 매니지먼트 게임이 시작된 뒤로 그런 주주가 점점 늘어나고 있어."

진짜 수상하다……. 이건 좀 알아보는 게 좋을 것 같다.

"외부 기관에 조사를 의뢰하자. 어쩌면 점과 점이 선으로 연결 될지도 모르니까."

화면을 전환해 매니지먼트 게임에 참여하고 있는 회사를 체크 했다. 신뢰할 수 있는 조사기관을 찾아 바로 의뢰한다.

"좋아, 초안이 나왔어!"

눈앞에서 작업 중이던 나리카가 힘찬 목소리로 말했다.

"이츠키, 확인해 줘!"

"알았어."

나는 나리카가 전송한 파일을 봤다.

"느낌이 좋아. 좀 더 자세한 데이터가 있으면 설득력이 더 커질 것 같은데……."

"그렇구나. 그 부분은 우리 부모님께 물어보는 게 더 빠를지도 모르겠군."

확실히 시맥스에 관해서는 나리카의 부모님께 물어보는 것이 가장 빠르다.

그나저나 이 자료는…… 잘 만들었네.

"나리카. 이거 말인데, 직접 프레젠테이션을 해보지 않을래?"

"어?! 아, 아니, 그건 이츠키가 해줄 예정인 게……."

"그러려고 했는데, 이렇게 좋은 자료를 내가 말하긴 아까워서."

처음에는 나리카가 자료를 만들고, 내가 그것을 가지고 히나코 에게 프레젠테이션을 실시할 예정이었다. 하지만 자료 초안을 보고 생각이 바뀌었다.

내가 이걸 쓰는 것은 공로를 빼앗는 짓 같다.

"하, 하지만…… 나는 아직 남들 앞에서 말을 잘 못하니까……."

"남들 앞이라고 해도, 코노하나 양만 있잖아? 여차할 때는 내가 대신할 거니까 걱정하지 마."

오히려 좋은 연습이 될 것이다.

진지한 얼굴로 부탁하자, 나리카는 이내 고개를 끄덕였다.

"아, 알았다. 노려케 포마!"

혀가 완전 꼬였다.

얼굴을 붉게 물들이는 나리카를 보며 나는 생각했다. 실수한 걸지도 모른다고.

"그, 그러면 이츠키. 나는 먼저 가서 가족들에게 이 초안을 보여주마."

"그래. 뭔가 진전이 있으면 바로 알려줘."

나리카는 도망치듯 자리를 떴다.

나는 내가 해야 할 일에 집중해야 한다.

그대로 한 시간 정도, 하마다 자동차의 데이터를 조사하고 있는데――.

"이츠키이……."

뒤에서, 다 죽어가는 목소리가 들렸다.

뒤돌아보니 완전히 죽을상인 히나코가 서 있었다.

"괘, 괜찮아? 히나코?"

"피……곤, 해…………."

주변엔 사람이 없으니 서로 꾸밈없이 이야기한다.

하지만 곧 점원이 다가왔다.

"주문은 정하셨나요?"

"네, 블렌드 커피를 주세요."

순식간에 숙녀 모드가 된 히나코가 커피를 주문했다.

"후이~…………."

점원이 자리를 뜨자, 히나코는 숨을 푹 내쉬며 자세를 흐트러뜨린다.

평소보다 훨씬 녹초가 됐다. 코노하나 자동차를 다시 세우기 위해서라고는 해도, 수많은 학생에게 시달렸을 것이다.

주문한 커피가 도착해, 히나코가 한 모금 마셨다.

"내일 방과 후, 라운지에서 집회를 열기로 했어."

히나코가 커피잔을 바라보며 말했다.

"제안이 너무 많아서…… 거기서 한꺼번에 들을 생각이야."

듣자니 오늘 하루만으로는 처리할 수 없을 정도로 학생들이 몰려들었다고 한다.

그래서 정식으로 논의할 자리를 마련하는 것은 좋은 생각이다.

"히나코. 나도 그 집회에 참가할 수 있게 해줄래?"

그렇게 묻자, 히나코는 의아한 듯 고개를 갸웃거렸다.

"그러지 않아도…… 이츠키가 하는 말이면 언제든 들을 거야."

"그래선 안 돼."

나는 고개를 저으며 말했다.

"이 학교에는 히나코를 진심으로 걱정해 주는 사람이 많아. 그런 사람들을 내가 시중 담당이라는 이유만으로 밀어내는 건, 아

(생활력 없음)
~영애들이 다니는 명문 학교에서 제일가는 **아가씨**를 남몰래 돕는 시중 담당이 되었습니다~ 7

마도…… 올바르지 않을 거야."

잘 전해졌을지는 모르지만, 히나코는 작게 고개를 끄덕였다.

"그러니까 내일 하루만이라도 괜찮아. 나를 다른 사람들과 똑같이 봐줄래?"

"다른 사람들과 똑같이……?"

"다른 사람들과 같은 조건으로, 히나코에게 의견을 내고 싶어. 히나코가 하마다 자동차의 투자를 받을 생각이라면, 나는 모든 사람 앞에서 그 생각에 반론을 제기할 거야. 만약 내 의견이 옳지 않다면, 그때는 단칼에 잘라버려."

아마 다들 그런 각오로 집회에 임할 것이다.

그러니 나도 같은 위험을 감수하고 싶다.

"내일 하루만이라도 내가 시중 담당인 것을 잊어 주면 좋겠어."

예전에 스미노에 양에게 토모나리 기프트를 인수당할 뻔했을 때, 히나코는 내게 도움을 제안한 적이 있었다. 하지만 나는 사적인 온정으로 도움받을 수 없다고 생각해서 거절했다.

이번에도 마찬가지다. 나는 사적인 온정으로 의견을 채택해 달라는 게 아니다.

내 나름대로, 진심으로 히나코를 돕고 싶은 것이다.

그러니 히나코도 진심으로 생각해 주길 바란다.

"그건, 즉……."

히나코는 생각하면서 말했다.

"이츠키를…… 대등한 상대로 보면 된다는 거야?"

히나코의 그 해석을 듣고, 나는 잠시 굳었다.

하지만…… 그렇다. 확실히 그 말이 맞다.

내가 원하는 것은, 바로 그런 것이다.

"그래. 실력이 부족한 건 알지만, 부탁할게."

머리를 숙여 부탁한다.

"……알았어."

잠시 생각에 잠긴 히나코가 말했다.

"하지만, 괜찮을까요?"

히나코의 말투가 바뀐다.

공기가 팽팽하게 긴장된 느낌이 들었다.

히나코는 테이블에 놓인 잔을 우아하게 들어서 소리도 내지 않고 커피를 한 모금 마셨다. 반듯한 자세, 바람에 찰랑거리는 머리카락. 총명해 보이는 눈빛과 우아한 자태. 마치 그림책에서 튀어나온 듯, 아리따운 아가씨…….

아아…… 그렇지.

히나코와 대등한 위치에서 이야기한다는 것은——.

"이래 보여도 저는—— 완벽한 숙녀라고 불리는걸요?"

완벽한 숙녀인 히나코와 대치한다는 뜻이다.

몸이 바르르 떨린다.

그것은 틀림없이—— 도전자의 흥분이었다.

"그래……. 알아."

◆

　다음 날 방과 후.

　수업이 끝나자마자 교실에 있던 학생의 절반 이상이 자리에서 일어났다. 그중 한 명인 히나코는 눈 하나 깜짝하지 않고 교실을 나갔다. 나를 포함한 다른 학생들은 히나코의 뒤를 따랐다.

　목적지는 라운지다. 평소 내빈들이 휴식하는 장소로 사용되는 키오우 학원의 라운지인데, 이날은 히나코가 통째로 빌렸다. 히나코가 라운지 문에 다다르자 문 앞에서 대기하고 있던 정장 차림의 남성이 인사를 하고 문을 열어준다.

　히나코를 선두로 학생들이 라운지로 들어왔다.

　인원은…… 백 명 가까이 될까. 매니지먼트 게임의 막바지라 참가하지 못한 학생도 많을 텐데, 모인 인원이 적지 않다. 자세히 보니 저 멀리 타이쇼와 아사히 양이 보였다. 두 사람도 이번 집회에 참가하는 것 같다.

　입구 쪽에서 배포하는 자료를 챙긴다.

　라운지 중앙에 있는 테이블에는 프로젝터가 놓여 있었다.

　"코노하나 히나코입니다. 오늘은 이렇게 모여 주셔서 정말 감사합니다."

　참가자들이 모두 라운지에 들어서자 히나코의 목소리가 울려 퍼졌다.

　히나코는 단상에서 마이크를 들고 서 있었다.

　"매니지먼트 게임 종료까지 이틀밖에 남지 않은 상황인데도 여

(생활력 없음)
~영애들이 다니는 명문 학교에서 제일가는 **아가씨**를 남몰래 돕는 시종 담당이 되었습니다~ 7

러분이 제 회사에 관심을 보여주셔서 감사한 마음을 이루 다 표현할 수 없습니다."

평소처럼 너무 딱딱하지도, 가볍지도 않은 말투로, 히나코는 우아하게 말했다.

"자, 시간도 무한하지 않으니까 본론으로 들어가겠습니다. 현재, 제가 경영하는 회사 중 하나인 코노하나 자동차가 어려운 상황에 처했습니다. 이 상황을 타개할 방안을 여러분에게서 모집하고 싶습니다. 투자 희망부터 계획 제안까지, 무엇이든 말씀해주세요."

사실 히나코가 모집하는 게 아니라 다른 사람들의 제안이 너무 많았던 거지만, 그 부분은 그냥 상대에게 공로를 넘기는 식으로 한 듯하다.

그 작은 배려가 통했는지, 라운지에 모인 학생들이 의욕을 불태운다.

"참고로 제가 현재 가장 유력하게 생각하는 계획은 지금 가지고 계신 자료에 있는 것처럼 하마다 자동차의 투자를 받는 것입니다. 하마다 자동차의 데이터도 기재되어 있습니다."

자료를 넘기며 확인한다.

하마다 자동차가 지분 30% 출자를 제안했다는 내용과 하마다 자동차가 어떤 회사인지 하는 정보가 상세히 적혀 있었다.

"그럼…… 제안이 있으신 분은 손을 들어주세요."

히나코가 그렇게 말하자 많은 사람이 손을 들었다.

담당자가 손을 든 학생에게 마이크를 건넸다.

"오므론 주식회사의 다테이시입니다. 부디 우리 회사에서 출자를⋯⋯."

곧바로 학생들의 제안이 시작되었다.

"코쿠요 주식회사의 쿠로다입니다. 제 제안은⋯⋯."

히나코의 곤경에 도움의 손길을 내밀려는 사람이 속속 등장한다. 사람에 따라서는 프로젝터에 컴퓨터를 연결해 슬라이드를 활용하며 프레젠테이션을 하는 사람도 있었다.

여기 모인 사람들은 모두 키오우 학원 학생들이다. 경영을 잘 알고, 출자할 자산도 있다. 하지만──.

"죄송하지만, 그 제안을 채용하긴 조금 어렵습니다."

히나코는 그 손을 잡지 않았다.

"지금 가지고 있는 자료를 보세요. 하마다 자동차는 단순히 코노하나 자동차에 출자하는 것뿐만 아니라 이후 사업 제휴도 염두에 두고 있습니다. 마음은 기쁘지만, 최소한 이 정도의 비전이 보이지 않으면 코노하나 자동차의 신뢰는 회복할 수 없습니다. 저는 결코 돈만 필요로 하는 것이 아닙니다."

"그건⋯⋯."

제안한 학생이 차마 대답하지 못한다.

그럴 만도 하다. 다들 그 정도는 알고 있다. 하지만 그런데도 코노하나 자동차에 대해 수익성 있는 사업을 제안할 수 있을 리가 없었다. 왜냐하면 상대는 그 코노하나 자동차이고, 키오우 학원 최고의 아가씨인 코노하나 히나코이기 때문이다. 출자만 한다면 모를까, 사업을 제안하려면 이인삼각 체제를 갖춰야 한다. 어지간한 힘으로는 코노하나 자동차의 무게를 버틸 수 없을 것이다. 하마다 자동차는 얼마 없는 예외다.

"거창한 일을 하고 있네요."

문득 뒤에서 특유의 말투가 들려온다.

어느새 옆에는 금발 롤머리 소녀가 서 있었다.

"텐노지 양. 그쪽 이벤트는 괜찮아요?"

"스미노에 양이 애써 준 덕분에 어느 정도 끝났어요. 자금 흐름을 개선해 분식결산의 원인을 제거하고, 흑자 전환의 길을 명확히 제시했답니다. 일시적으로 상장을 폐지하고 정리하는 것도 검토했지만, 거기까지는 하지 않아도 될 것 같아요."

텐노지 양은 어느 정도 결판이 난 것 같았다.

믿어 의심치 않았지만, 역시 두 사람 모두 훌륭하다.

"나는 방금 왔는데, 몇 명이나 침몰했나요?"

"스무 명 정도일까요……. 진짜 단호하게 거절당했어요."

"제안이 겹치는 걸 고려하면 잠재적으로 70퍼센트 가까이가 침몰할 것 같군요. 어쩐지 분위기가 침침하다고 생각했어요."

좌우지간 하마다 자동차의 조건이 너무 좋았다.

처음에는 많은 사람이 손을 들었지만, 지금은 두세 명 정도만 손을 들었다. 라운지의 공기가 조금씩 침침해지고 있었다.

"후후후…… 미움을 사면 되는 거예요."

"텐노지 양은 가끔 사악해지네요."

"농담이어요. ……저길 보셔요."

텐노지 양이 가리키는 곳을 본다.

학생들이 미세하게 온몸을 떨고 있었다.

"젠장…… 나는 코노하나 양에게 도움이 안 되는 건가……!!!!"

"무력한 내가 원망스러워……. 더 공부해서 따라잡을 수 있어야 해……!!!"

모두가 주먹을 불끈 쥐고 아쉬운 표정을 짓고 있다.

"오히려 열광적인 추종자가 늘어날 것 같군요."

"그렇군요……."

키오우 학원 학생들은 의외로 멘탈이 강하네…….

역시 어릴 때부터 영재교육을 받다 보니 정신력도 단련된 것일까. 엄격한 매너 교육, 낯선 어른들과의 회식…… 마음을 단련할 기회는 얼마든지 있을 것이다.

그런 사람들을 추월하긴 쉽지 않을 것 같다.

"그러면 슬슬 저도 가보겠습니다."

"어?"

놀라는 텐노지 양을 아랑곳하지 않고, 나는 손을 들었다.

어지간한 힘으로는 코노하나 자동차를 지탱할 수 없다.

그러니까── 비범한 힘을 준비해야 한다.

◇

"다음 분……."

텟판 인쇄 주식회사의 제안을 거절하고, 히나코는 다음 학생에게 시선을 돌렸다.

 (생활력 없음)
~영애들이 다니는 명문 학교에서 제일가는 **아가씨**를 남몰래 돕는 시중 담당이 되었습니다~ 7

손을 들고 있는 학생은 한 명. 그 얼굴을 보고 히나코는 살짝 눈을 동그랗게 떴다.

　진행요원이 그 학생에게 마이크를 건넸다.

　"토모나리 컨설팅의 토모나리 이츠키입니다."

　라운지에 있는 학생들이 일제히 반응한다.

　(왔어.)

　다른 학생들의 제안을 들으면서, 히나코는 라운지를 둘러봐서 이츠키를 찾았다. 이츠키의 모습은 오래전에 발견했지만, 언제 손을 들지 몰라 계속 신경이 쓰였다. 우선은 다른 학생들의 제안을 듣고 참고하고 싶었던 걸지도 모른다.

　"말씀해 주세요."

　히나코는 마음속 동요를 억누르며 이츠키에게 발표를 허락했다.

　"먼저 리스크에 대해 설명하겠습니다."

　이츠키는 노트북과 프로젝터를 연결해 단상에 있는 대형 스크린에 자료를 띄웠다.

　"하마다 자동차에 주식을 넘기면 회사를 빼앗길 수 있습니다."

　이츠키의 입에서 단호하고 분명한 경고가 흘러나왔다.

　지금까지의 학생들은 모두 자기 회사의 제안만 했다. 하지만 이츠키는 먼저 하마다 자동차의 위험성을 설명하기 시작했다.

　"코노하나 자동차에 대해 조사하는 과정에서 이 회사에는 수상한 대주주가 여럿 있다는 것을 알게 되었습니다. 외부 기관에 조사를 의뢰한 결과, 이들이 모두 하마다 자동차와 관련이 있다는 사실이 밝혀졌습니다."

라운지 학생들이 술렁거린다.

이츠키는 스크린에 코노하나 자동차의 주주 자료를 띄웠다. 모두 결산 자료로 공개된 정보다. 대외비는 하나도 없다.

"하마다 자동차의 출자를 받을 경우, 이 대주주의 지분까지 합치면 하마다 자동차가 보유하는 주식의 비율이 40%가 넘습니다. 그쯤 되면 경영권 인수의 사정권입니다. 공개매수로 주식을 한꺼번에 사들이면 코노하나 자동차를 빼앗길 수 있습니다."

이츠키의 발언과 자료 내용에 학생들은 눈에 띄게 동요했다.

정말 그럴까? 만약 그렇다면 하마다 자동차는 위험한 게 아닐까? 그런 목소리가 여기저기서 들려왔다.

(이츠키가 하는 말이라면 전부 신뢰하지만······.)

히나코는 자료에서 이츠키에게 시선을 옮긴다.

이츠키는 진지한 표정으로 이쪽을 바라보고 있었다.

(이츠키는······ 나와 대등해지고 싶다고 말해줬어.)

누구나 자신을 존경하듯 보는데.

이츠키는 달랐다. 옆에 서고 싶다는 의지를 보여줬다.

그리고 히나코는 그 마음을 솔직하게 기쁘게 생각했다.

(그러니까, 나는······ 봐주면 안 돼.)

온정은 필요 없다. 이츠키 자신이 그렇게 말했다.

이츠키가 원하는 것은 정정당당한 대화.

히나코는 그런 이츠키의 마음에 응하기로 결심했다.

──나는 이츠키를 좋아하니까.

그래서── 온 힘을 다해 부딪친다.

"하마다 자동차 측에, 코노하나 자동차를 인수하는 이점이 있을까요?"

히나코는 이츠키를 똑바로 바라보며 물었다.

"두 회사는 사업이 비슷합니다. 시장 규모를 고려하면 기존 사업을 확장하는 것도 현실적이지 않겠죠. 인수에 걸맞은 성과가 없을 것 같군요."

라운지의 학생들이 히나코의 말에 동의했다.

이츠키에게 역풍이 될 것 같은 분위기가 형성된다.

하지만 이츠키는 동요하지 않는다.

"그건 국내 이야기입니다."

이츠키는 단호하게 말했다.

지금 생각해서 대답하는 것이 아니다. 처음부터 이런 반론을 예상한 듯하다.

"하마다 자동차에서 코노하나 자동차에 원하는 것은 경차의 해외 진출 노하우일 겁니다. 코노하나 자동차는 1년 전 경차의 해외 진출에 성공했습니다. 경차의 해외 진출은 각국의 인증시험을 통과해야 하는 등 어려움이 많지만, 이를 성공시킨 코노하나 자동차는 경쟁사에 비해 해외 진출 분야에서 한 발짝 앞서 나가고 있습니다."

이츠키는 슬라이드 페이지를 넘겼다. 거기에는 코노하나 자동차의 경차 판매량이 국내 2위라는 것과 해외 진출에 관한 뉴스 기사 등이 있었다.

정말 잘 알아봤어.

이것은 더 이상 재능이나 센스의 차원이 아니다. ──순수한 근성이다. 이츠키에게 자동차 업계는 전문 분야가 아닐 텐데, 이 단기간에 이만큼 조사해 올 줄이야.

"하마다 자동차는 오래전부터 해외 진출을 과제로 삼고 있었습니다. 여기에 코노하나 자동차의 기술과 노하우를 활용하면 해외 경차 시장을 단숨에 석권할 수 있고, 확대된 판로를 통해 기존 자동차도 판매할 수 있습니다."

"하지만 그것이 하마다 자동차에 인수 의지가 있다는 근거가 되지는 않아요."

"어떻게 되든, 하마다 자동차와 그 관계자에게 40% 이상의 지분을 빼앗기는 것은 코노하나 자동차에 큰 리스크입니다. 간과해서는 안 됩니다."

그 말이 맞다. 하마다 자동차의 의도가 어떻든 간에 40%의 지분을 빼앗기는 것은 위험하다.

어느새 라운지의 공기가 뜨거워졌다. 자신들이 고귀한 티파티 멤버이자 친분이 두터운 사이라는 것은 모두가 잘 아는 사실이다. 그런 두 사람이 사람들 앞에서 이런 설전을 벌일 줄은 아무도 몰랐을 것이다.

하지만…… 이상하게도 히나코는 기분이 나쁘지 않았다.

말을 하면 할수록 이츠키의 진지한 마음이 전해진다.

이츠키가 자신을 돕고 싶어 하는 마음이 전해진다.

"역시 명성이 자자한 컨설턴트답군요."

이츠키는 "어?" 하고 화들짝 놀란 표정을 지었다.

딱히 편애해서 한 말은 아니다.

처음 이름을 밝혔을 때 주위에서 웅성거린 것을 몰랐을까? 이츠키는 지금 주목받는 인물이다. SIS의 인수를 무산시킨 일로 주목받았고, 시맥스, 제스 홀딩스, 이사는 타이쇼의 컨설팅을 맡으면서 단숨에 유명해졌다.

이제 이 학교에서 이츠키를 모르는 사람은 없다.

아마도…… 본인은 별로 의식하지 않는 것 같다고, 히나코는 생각했다.

"리스크에 대해서는 알고 있어요."

히나코는 고개를 가로저었다.

그것은 마치…… 패배 선언처럼 보였다.

"그렇다면……."

"하지만 그 위험은 극복할 가치가 있는 것입니다."

고개를 든 히나코는 이츠키를 바라본다.

완벽한 숙녀의 눈빛에 찔린 이츠키는 살짝 움츠러들었다.

"만약 하마다 자동차의 투자를 받아들인다면, 저는 가장 먼저 개발 부문을 재건하도록 요청할 생각입니다. 부끄러운 이야기지만, 리콜 은폐가 발생한 이상 코노하나 자동차의 기업 체질은 환골탈태해야 합니다. 외부의 새 바람이 필요해요."

"그게 꼭 하마다 자동차야 합니까?"

"하마다 자동차와는 과거에도 상용차를 공동 개발한 적이 있습니다. 말하자면 서로의 방식을 잘 아는 사이라고 할 수 있죠. 다른 회사는 할 수 없어요."

빈틈없는 반박이었다.

그렇게 말하면 뭘 어떻게 할 수 없다고 의아해할 수도 있는 주장이었다.

하지만 이츠키는 전부 거부하는 듯한 그런 히나코의 발언을 듣고…… 의기양양한 미소를 지었다.

"즉, 안심하고 조직을 맡길 수 있는 회사가 있으면 되는 거죠?"

이츠키는 아직 포기하지 않았다.

마치 지금 히나코의 발언도 예상한 것처럼 여유를 보였다.

"그렇다면 제가 그 회사를 준비하겠습니다."

그렇게 말하며 이츠키는 뒤돌아서—— 손에 쥐고 있던 마이크를 뒤에 있던 여학생에게 넘겼다.

"나리카."

"그래."

이츠키와 뒤에 있던 소녀—— 나리카는 빈손을 들었다.

"배턴 터치다."

짝, 하고 손과 손이 마주치는 소리가 울려 퍼진다.

이건…… 부러워.

히나코는 마음속으로 그렇게 생각했지만, 그런 들뜬 마음은 금방 사라졌다.

마이크를 잡은 소녀의 진지한 표정을 보고, 자신도 그러지 않으면 밀릴 것임을 깨달았다.

"시맥스의 미야코지마 나리카다. 이제부터 내가 이야기하지."

◇

마이크와 함께 이 자리를 맡은 나리카는 이렇게 말했다.

"지금 우리 회사는 토모나리 컨설팅의 도움을 받아 새로운 사업을 시작하려고 한다. 그것은……."

나리카는 히나코를 바라보며 말했다.

"모터스포츠 분야 진출이다."

화면에 새로운 자료가 표시되었다.

이츠키가 뒤에서 슬라이드를 바꾸고 있다.

"원래 시맥스는 모터스포츠 세계에서 사용되는 안전화나 특수 소재의 의류를 개발했었다. 하지만 이번엔 더 나아가 의자, 헬멧 등도 새롭게 개발하고자 한다. 시맥스의 브랜드를 모터스포츠 세계에도 널리 알리고 싶다."

지금보다 더 깊이, 모터스포츠 세계에 발을 들여놓고 싶다.

그것이 나리카가 추구하는 비전이었다.

"그 점에서, 코노하나 자동차의 도움을 받고 싶다."

이츠키가 슬라이드를 전환한다.

"코노하나 자동차에는 50년 전부터 이어진 스포츠 브랜드, 코노하나 랠리가 있다. 코노하나 랠리는 지금도 월드 랠리 챔피언십과 다카르 랠리 참가를 목표로 하는 오래된 브랜드다. 그 실적을 믿고 제휴를 요청하고 싶다."

코노하나 랠리는 50년 전부터 있던 코노하나 자동차의 팀이다.

그 팀을 시맥스가 전폭적으로 지원할 것이다.

"또한, 시맥스는 하마다 자동차와 같은 규모의 출자를 약속하겠다."

라운지 학생들이 "오오!" 하고 감탄사를 내뱉었다.

"흥미로운 사업이야……."

"시맥스의 규모라면 실현도 꿈이 아니야……."

시맥스는 겉으로만 업계 1위 기업이 아니다. 자금은 넉넉하다.

이야기를 들은 히나코가 마이크를 들었다.

"아주, 매력적인 제안인 것 같아요."

우아하고 잘 퍼지는 목소리가 라운지를 울린다.

"하지만 하나만 물어볼게요. 왜 코노하나 자동차인가요? 스포츠 브랜드를 보유한 자동차 회사가 코노하나 자동차만 있는 건 아닌데요?"

"그건……."

그건, 그 질문에 할 대답은………… 뭐였더라.

머릿속에 준비했던 대본이 희미해지면서, 나리카는 무의식중에 주위를 둘러보았다.

"윽……."

시선.

시선, 시선, 시선, 시선, 시선————.

아무렇지 않았을 텐데, 갑자기 마음이 움츠러들었다.

의식하는 순간 혀가 움직이지 않는다.

(애, 애초에 나는 코노하나 양만 상대로 발표할 생각이었지, 이렇게 많은 사람 앞에서 이야기할 생각은 없었다……!)

집회가 있는 줄 몰랐다.

이렇게 참가자가 많을 줄 몰랐다.

몸이 저절로 떨린다.

"나리카, 진정해."

옆에 있는 이츠키가 작게 말했다.

(이츠키가, 보고 있어.)

이츠키는 진지한 눈빛으로 나를 보고 있다.

그 눈빛은—— 다른 학생들과 완전히 똑같았다.

(아…….)

그때, 나리카는 깨달았다.

(그렇구나. 나를, 믿어주는 건가…………)

이츠키의 눈빛에는 신뢰가 담겨 있었다.

그렇다면 그런 이츠키와 똑같은 얼굴로 나를 바라보는 다른 학생들도…… 자신을 믿어 주는 것이다.

이츠키뿐만이 아니다. 모두가, 믿어 준다.

미야코지마 나리카라는 인간을…….

(나는…… 이 신뢰에 보답해야 해.)

착각하고 있었다.

나는, 낯선 사람이라는 존재를 두려움의 대상이라고 생각했다.

하지만 아니었다. 그들도 이츠키와 마찬가지로 나를 믿어 주는 아군이었다.

이츠키는 말해 주었다.

나는 대단하다고. 더 당당해도 굴어도 된다고.

그런데도 나는 소심하게…… 항상 '그렇지 않다' 고 부정했다.

하지만 그건—— 배신이었다.

여기 있는 모두도 그렇다. 사실은 모두 자신이 코노하나 양을 돕고 싶었을 텐데, 지금은 진지하게 내 이야기를 들어주고 있다. 내 이야기에 가치가 있다고 믿고 있다.

——보답해야 한다.

모두가 믿어 주는데, 나 혼자 자꾸 소심한 것은 배신이라고 생각했다.

(나는, 아직 소심하고, 자신감도 없는 사람일 거야…….)

하지만 이것만은 말할 수 있다.

나는 이츠키를—— 모두를 배신하고 싶지 않아.

그렇게 생각했을 때, 이츠키의 목소리가 들리는 것 같았다.

——마음껏, 해치워!!

경기대회 결승전에서, 이츠키가 했던 말이 떠오른다.

그때는 즉흥적으로 따랐지만—— 지금은 그 진짜 의미를 이해했다.

떠올랐다. 생각해 보면 처음부터 있었다. 그 결승전 때도 사람들이 대부분 나를 두려워했지만, 자세히 보면 열심히 응원해 주는 사람들이 있었다. 자꾸 못 본 척하고, 혹은 무슨 뜻인지 몰라

멀리했지만……

항상 있었다. 아군이. 동료가. 자신을 믿어 주는 사람이──.

이츠키가 가르쳐 준 것이다.

이츠키가 그런 사람들을 늘려줘서 겨우 깨달을 수 있었다.

(나는 행복한 사람이었구나.)

더는…… 그 사람들을 배신하고 싶지 않다.

그래서 이제부터는 매일 마음껏 할 것이다. 항상 자유롭게 행동할 것이다. 하고 싶은 대로 하고 싶은 말을 할 것이다. 그리고 무슨 일이든 진지하게 임할 것이다──.

그렇게 되기를 바라는 사람이 있는 한.

나는── 어중간한 나 자신을 졸업한다.

"코노하나 양이라면, 잘할 수 있다고 생각하기 때문이다."

뒤에서 이츠키가 살짝 동요했다.

대본과 다른 말을 꺼냈으니까 당연하다.

하지만 이젠 됐어.

자료도 준비하지 않았고, 말하는 것도 모두 즉흥적이지만…… 괜찮아.

마음껏, 해치우자.

이츠키가 그렇게 말했다.

"나는, 코노하나 자동차가 아니라 코노하나 양을 믿는다."

"그게…… 무슨 뜻인가요?"

"코노하나 양의 경영은 훌륭하다. 판매량 대폭 증가, 점유율 확대, 탄소중립에 대한 노력, 배터리 재사용 연구, 그리고 경차의 해외 진출……. 코노하나 양의 공적은 이루 헤아릴 수 없다. 그래서 나는 다른 누구도 아닌 코노하나 양의 힘을 빌리고 싶다."

히나코가 눈을 크게 떴다.

지금 설명한 것은 히나코가 매니지먼트 게임에서 쌓은 수많은 공적이다. 개중에는 히나코가 게임 시작 직후에 손댄 것도 있다.

왜 나에 대해 그만큼 조사한 거죠……?

히나코가 눈빛으로 그렇게 물었다.

──당연하지.

라이벌의 정보를, 조사하지 않을 리가 없다.

쭉 보고 있었다.

미야코지마 나리카는 코노하나 히나코를 쭉 의식하고 있었다.

"코노하나 양."

천천히 앞으로 걸어가 단상 위로 올라간다.

지금은 아직 모양새만 갖춘 거지만.

그래도── 언젠가 반드시 이렇게 나란히 설 거다.

"내 손을 잡아 주겠어? 나는…… 코노하나 양과 함께 일하고 싶다."

단상에 서서 눈앞에 있는 완벽한 숙녀에게 손을 내민다.

그런 나리카에게 히나코는 눈을 깜빡였다.

하지만 곧바로 히나코는 조용히 웃고.

"못 당하겠네요. 회사가 아니라 저 자신에게 승산이 있다고 느끼실 줄이야."

어딘지 모르게 체념한 얼굴로 말했다.

(생활력 없음)

"이보다 더한 영광은 없어요……. 당신의 제안을, 채용하겠습니다."

히나코는 그 손을 받아들였다.

◆

히나코와 나리카가 손을 잡음으로써, 코노하나 자동차의 재건은 성공했다.

시맥스의 모터스포츠 업계 진출 소식은 국민과 주주, 투자자들을 열광케 했다. 그 열기가 코노하나 자동차의 신뢰 회복으로 이어진 것이다.

시맥스는 코노하나 자동차에 대한 투자를 발표하면서 코노하나 자동차의 기업 체질에 메스를 댈 것이라고 밝혔다. 구체적인 방법은 내가 직접 생각했다. 히나코에게 충분히 의견을 물어본 보람도 있어서, 주주들의 동의를 무사히 얻어낼 수 있었다.

매수를 피할 수 있었고, 신뢰도 어느 정도 회복할 수 있었다. 리콜 은폐는 명백한 범죄지만, 적어도 히나코는 코노하나 자동차와 종업원들의 미래를 지킬 수 있었다.

그러니 일단은…… 이상적인 결말을 맞이했다고 봐도 되지 않을까.

그리고 금요일 방과 후.

이날 방과 후에는 아무도 교실을 떠나지 않고 모두 자기 자리에 앉아 조용히 대기하고 있었다. 책상 위에는 노트북 한 대가 펼쳐져 있다.

5분 후, 담임인 후쿠시마 선생님이 입을 열었다.

"현시점에서 매니지먼트 게임을 종료합니다!!!"

선생님의 말을 시작으로, 같은 반 아이들이 몸에서 긴장을 풀었다.

"길었네~."

"우아~~~! 피곤해~~~!"

타이쇼와 아사히 양 또한 한 번에 긴장이 풀린 듯 늘어졌다.

(다들 히나코처럼 됐네…….)

예의 바른 키오우 학원 학생치고는 이례적인 모습이다. 이날만큼은 다들 피곤함을 감추지 않고 목을 등받이에 기대거나 책상에 엎드리는 모습을 볼 수 있었다.

이런 광경은 다시 볼 수 없을지도 모른다.

"자, 이제부터는 결과 발표 시간입니다! 관심 있는 사람은 아직 끄지 않는 게 좋아요~!"

후쿠시마 선생님도 평소보다 더 흥분한 모습이다.

매니지먼트 게임 화면을 열었다. 게임이 끝나서 더 조작할 수 없지만, 크레딧이 올라가고 있었다.

한순간, 타쿠마 씨의 이름이 뜬다…….

그 사람에게는 신세를 많이 졌다. 나중에 차분해졌을 때 감사의 인사를 전하자.

크레딧이 다 올라가고, 각종 순위가 발표된다.

──시가총액 순위.

시가총액은 주식 발행 주식 총수×주가로 산출되는 값으로, 말하자면 기업의 가치 그 자체다.

쉽게 말해 기업의 우열을 가늠할 수 있는 종합적인 순위다.

1위 : 주식회사 코노하나 파이낸셜 그룹
2위 : 주식회사 텐노지 파이낸셜 그룹

『끼에~~~~~~엑!!』

"어!"
방금 텐노지 양이 비명을 지르는 소리가 들리지 않았나?
그럴 수가. 교실도 먼데…… 여기까지 들린다고?
순위는 1위부터 순서대로 표시된다.

4위:텐노지 상사 주식회사
5위:코노하나 상사 주식회사

『오~~~~~호호호!!』

다행이다…… 기분이 좋아진 것 같다.
역시 히나코와 텐노지 양은 압도적이다. 그룹 규모 자체가 크다 보니 여러 회사가 상위에 올랐다.

참고로 이 순위에서 AI가 운영하는 회사는 제외한다고 한다.

7위 : 주식회사 시맥스

여기서 나리카의 회사가 떴다.

시가총액은 시장 규모에 따라 크게 달라진다. 따라서 작은 시장에서 활동하는 회사는 필연적으로 불리할 수밖에 없는 구조다.

스포츠용품에서 이 순위는…… 이례적이라 할 수 있다.

물론 업종별 순위에서는 당연히 압도적 1위일 것이다.

나리카도 만족스럽겠지.

11위 : SIS 주식회사

다음에는 스미노에 양의 회사가 떴다.

"어머, 생각보다 순위가 좋네요."

스미노에 양이 청초하게 웃는다.

마지막에 텐노지 양을 도와줄 때, 슬그머니 텐노지 그룹과 제휴를 맺었다고 한다. 그것이 결과로 이어진 것 같다.

시가총액 순위가 100위까지 발표된 후, 다음에는 또 다른 순위가 발표될 예정이다.

──주가 상승률 순위.

3년간의 주가 상승률을 겨루는 순위가 시작됐다.
가장 먼저 발표되는 회사의 이름은──.

1위 : 토모나리 기프트 주식회사

"──좋아!"
나는 나도 모르게 소리치고 기뻐했다.
사실 3년 동안 주가 상승률을 겨룬다면, 창업부터 시작한 내가
유리하다는 것을 알고 있었다. 100을 200으로 바꾸는 것보다 0
을 100으로 바꾸는 것이 훨씬 쉽기 때문이다.
하지만 창업을 선택한 학생은 나 혼자가 아니었다. 수많은 창업
가 사이에서 1등을 할 수 있었던 것은 뜻밖의 기쁨이다.
(이쿠노에게 감사해야겠는걸…….)
토모나리 기프트는 현재 나를 대신해 이쿠노가 경영하고 있다.
약속대로 상장을 성사해 준 덕분에 주가도 더 올랐다.
엄밀히 말하면 토모나리 기프트는 이미 내 회사가 아니지
만…… 그래도 기쁘다.
"다음은 수상자를 발표할게요."
선생님이 화면을 보며 즐거운 표정으로 말했다.
순위 발표가 끝나고 개인별 성적으로 상을 주는 차례가 왔다.

M&A상 : 텐노지 부동산 주식회사

가장 타당한 결과라고 생각했다.

텐노지 양이 M&A를 통해 회사 규모를 키운 것은 누구나 다 아는 사실이다. 그 덕을 본 학생들도 있을 것이다.

인사상 : 주식회사 텐노지 파이낸셜 그룹, 코노하나 전기 주식회사

이 상은 인사 분야에서 우수한 성적을 거둔 사람을 뽑는 상이었을 것이다. 인재 육성, 노동시간, 직원 복지 등을 평가한다. 반대로 야근이 많은 회사…… 속칭 블랙 기업은 수익이 높더라도 이 성적이 좋지 않다.

히나코의 경영 방침은 자원을 잘 알고 잘 활용하는 것이다. 그 자원에는 물론 직원도 포함된다. 인재를 잘 활용한 경영을 잘했다는 평가를 받은 것이다.

그러나 역시 텐노지 양의 이름이 연이어 나온 사실을 주목해야 하리라.

사람을 보는 눈은 히나코에게 뒤지지 않는다. 이 연속 수상에서 텐노지 양의 저력이 느껴진다.

신규사업상 : 주식회사 시맥스, 주식회사 제스 홀딩스, 주식회사 이사는 타이쇼

"오예~~~!!!"

"앗싸~~~!!!!"

타이쇼와 아사히 양이 일어서서 기쁨을 만끽한다.

제스 홀딩스와 이사는 타이쇼는 가전제품 이동 판매로 평가받고 있다. 시맥스는 통신판매 사업도 신규 사업에 포함되지만, 아마 그보다 모터스포츠 산업 진출이 더 높이 평가받았을 것이다.

그건 그렇고…… 시맥스, 제스 홀딩스, 이사는 타이쇼. 이 라인업이, 내게는 인연이 강하게 느껴진다.

그렇다면——.

컨설턴트상 : 토모나리 컨설팅 주식회사

이름이 나온 것은 이번이 두 번째였다.

한 번이 아니다. 두 번이다. 그렇다면 그것은 이제…… 절대로 우연이 아니다.

(해냈어…………!)

원하던 미래에 한 발짝 다가섰다.

히나코를 비롯한 아가씨들과 대등한 관계가 되는 목표에——.

학생회에 들어간다는 목표에—— 확실히 한 걸음 더 다가섰다.

눈물이 쏟아질 것 같은 환희에 젖어 있을 때, 주변에서 짝짝 소리가 들렸다.

고개를 들어서 보니 반 아이들이 내게 박수를 보내고 있었다.

"가, 감사합니다……."

~영애들이 다니는 명문 학교에서 제일가는 **아가씨**를 남몰래 돕는 시중 담당이 되었습니다~ 7
(생활력 없음)

왠지 모르게 부끄러워졌다.

아차. 울 것 같다.

수상자 발표는 컨설턴트상이 마지막이었던 듯, 잠시 눈물을 참다 보니 화면이 바뀌면서 경제산업부 장관의 축하 메시지가 동영상으로 재생됐다. 이것이 폐회식을 대신하는 것 같았다.

곧 영상이 끝나고 화면이 어두워졌다.

"이상으로 매니지먼트 게임 결과 발표 및 폐회식을 마칩니다. 여러분, 한 달 반 동안 수고했어요. 다음 주까지 마음껏 쉬세요."

선생님의 말씀과 함께, 우리는 해산했다.

노트북을 덮고 가볍게 기지개를 켠다.

정말 끝났구나…….

아직 실감이 나지 않는다.

"토모나리 군! 수고했어~!"

"대단한걸, 이름이 두 개나 실렸잖아!"

아사히 양과 타이쇼가 내 자리로 찾아왔다.

"여러분이 도와주신 덕분이에요."

"그건 내가 할 말이야!"

"그래, 맞아! 신규사업상을 수상한 회사, 전부 토모나리 군이 관여했잖아!"

그건 솔직히 나도 놀랐다.

토모나리 기프트도, 토모나리 컨설팅도 시장 사정상 시가총액 순위 100위 안에 들지 못했지만, 충분히 좋은 결과를 보여줬다.

"토모나리 씨."

옆자리에서 목소리가 들려온다.

금발 롤머리 소녀가 부드럽게 웃으며 나를 바라보고 있었다.

"텐노지 양……."

"노력이 결실을 봤군요. 당신의 친구인 것이 자랑스러워요."

"감사합니다."

이 사람에게 이런 말을 들으면 역시…… 특별히 기쁘다.

머릿속에 여러 기억이 떠올랐다. 여름방학 때 해수욕장에서, 텐노지 양이 학생회장이 되겠다고 말한 것을. 그 말에 자극받아 나도 목표로 삼게 된 것을. 그래서 매니지먼트 게임에서도 진지하게 결과를 내기 위해 노력한 것을. 하지만 너무 몰입하는 바람에 텐노지 양에게 제지당한 것을…… 이 한 달 반 동안, 나는 텐노지 양에게 많은 도움을 받았다.

이 사람이 없었다면 나는 이만한 결과를 낼 수 없었을 것이다.

"여러분, 고생 많았어요."

텐노지 양의 뒤에서 히나코가 다가온다.

"오~호호호호! 코노하나 히나코, 시가총액 순위에서는 50 대 50으로 동률을 기록했지만, 입상 횟수로는 내가 이겼어요! 즉, 이번엔 내가 이겼다고 해도 과언이 아니에요!"

"그럴까요? 시가총액 순위를 보니 동종업계에서 비교했을 때 우리 회사가 80% 이상 더 좋은 순위를 차지했어요. 이것으로 텐노지 양의 승리라고 말하기는 어렵지 않나 싶어요."

"어?! 세, 세세하군요……!!!"

"이런 건 확실히 해야죠."

(생활력 없음)

히나코와 텐노지 양 사이에 불꽃이 튀고 있다.

처음에는 텐노지 양이 일방적으로 경쟁심을 불태웠는데, 어느새 두 사람 같이 이러는 광경이 점점 늘어나는 것 같았다.

도대체 왜 히나코도 텐노지 양을 경쟁자로 여기게 된 것일까?

무슨 생각이 있었던 것일까?

"있잖아! 마침 잘됐으니까, 티파티 동맹의 뒤풀이를 하지 않을래?"

"오, 좋은걸."

아사히 양의 제안에 타이쇼가 마음이 동한 눈치다.

"나리카에게도 연락해 보겠습니다."

나는 이 자리에 없는 나리카에게 스마트폰으로 메시지를 보냈다.

답장은 금방 왔지만…….

"아……."

나리카의 답장을 보고, 나는 작게 한탄했다.

"미야코지마 양이 뭐래?"

"죄송해요…… 조금 힘들 것 같다네요."

그렇게 말하자 모두 조금 아쉬운 표정을 지었다.

무슨 일이 있었던 걸까? 그런 의문이 생긴 것 같은데…….

"같은 반 사람들에게 둘러싸여서 움직일 수 없는 것 같아요."

나리카의 대답을 요약해서 전하자 아사히 양과 타이쇼가 웃음을 터뜨렸다.

"그래? 그럼 어쩔 수 없겠네."

"월요일에 할까? 솔직히 나도 오늘 잠을 못 잤어."

"찬성해요. 나도 오늘은 푹 자야겠어요."

다들 피로가 쌓였다.

뒤풀이는 다음 주로 미루는 것이 좋을 듯한 분위기였다.

"월요일에 또 만나요."

모두 학교 건물 밖으로 나와 해산한다.

다들 마중 나온 차가 이미 도착한 듯하다. 아사히 양, 타이쇼 양, 텐노지 양과 헤어지고, 곧이어 나와 히나코가 단둘이 남았다.

(나리카는 아직 반 친구들과 이야기하나?)

교문을 통과하기 직전, 왠지 아쉬워서 발걸음을 멈췄다.

무의식중에 뒤돌아보지만, 넓은 운동장과 학교 건물만 보일 뿐 내가 아는 사람은 보이지 않았다.

그런 나를 히나코가 가만히 쳐다보더니…….

"……나, 먼저 갈게."

"어?"

"이츠키는 좀 더…… 천천히 와도 돼."

그렇게 말하고, 히나코는 혼자 교문 너머로 가서 코노하나 가문의 차에 탔다.

차 안으로 사라지는 히나코의 뒷모습을 바라보며, 나는 뒤통수를 슬쩍 긁었다.

"들킨 걸까……?"

미안함과 고마움을 느낀다.

나는 발걸음을 돌려 학교 건물로 돌아갔다.

(생활력 없음)
~영애들이 다니는 명문 학교에서 제일가는 **아가씨**를 남몰래 돕는 시중 담당이 되었습니다~ 7

(아, 맞다.)

한 가지 할 일이 생각났다.

나는 스마트폰을 꺼내 그 사람에게 전화를 걸었다.

◇

"고생 많으셨습니다, 아가씨."

차에 탄 히나코를, 시즈네가 위로했다.

"아까 함께 있던 이츠키 씨는 어디 갔나요?"

"……학교 안으로 돌아갔어."

시즈네가 의아한 듯 고개를 갸웃거렸다.

"이츠키는 좀 더 학교에 있고 싶어 하는 것 같으니까…… 아직 데리러 가지 마."

"알겠습니다."

눈치 빠른 것은 시즈네의 미덕이었다.

이츠키는 딱 봐도 나리카와 이야기하고 싶은 눈치였다. 하지만 이번만큼은 어쩔 수 없다. 마지막 순간에 그토록 진지하게 협력했으니까.

게다가 자신은 두 사람에게 도움을 받았다.

이번만큼은 자제할 수밖에 없었다.

차가 출발한다. 평소에는 조금 떨어진 곳에서 이츠키와 합류하지만, 이번에는 시간을 보내기 위해 적당히 주변을 돌기로 한 모양이다.

주머니 속 스마트폰이 진동했다.

히나코는 스마트폰 화면을 보고…… 싫은 표정을 지었다.

"아가씨, 무슨 일이세요?"

"……그 사람한테서 전화가 왔어."

그 사람이란, 물론 오빠다.

일단 무시하려고 했지만, 자꾸 전화가 온다. 어쩔 수 없이 전화를 받는다.

『오, 드디어 받았네.』

"……끈질겨."

『너무 그렇게 말하지 마. 칭찬해 주고 싶을 뿐이야.』

오빠 타쿠마는 평소와 다름없는 태도로 말했다.

『축하해, 히나코. 무사히 시가총액 순위 1위를 차지했구나. 아버지도 기뻐하겠지.』

얼핏 들으면 순수한 칭찬이다.

하지만 이 남자가 단순히 칭찬만 하려고 전화했을 리가 없다.

"……역시 보고 있었구나."

『그래, 보고 있었어. 너희와 같은 플레이어의 시점으로.』

예상했던 대답이다.

히나코는 한숨을 내쉬었다.

"……하마다 자동차, 맞지?"

『그래.』

하마다 자동차는 키오우 학원 학생들의 회사가 아니다. 즉, 매니지먼트 게임의 AI가 경영하는 회사였다. ──겉으로는.

<small>(생활력 없음)</small>

실제로는 이 사람…… 타쿠마가 조종하고 있었다.

『언제부터 알고 있었어?』

"마지막에. 이츠키가 코노하나 자동차의 배후에 수상한 주주가 있다는 것을 지적했을 때부터. 당신이 할 것 같은 일이라고 생각했어."

『사람을 우회 상장 전문가처럼 말하지 말라고.』

그런 식으로 상장사를 인수해 상장의 단물을 빨면서 사업 내용만 통째로 바꿔치기하는 수법도 있다. 그것을 우회 상장이라고 한다.

『코노하나 자동차를 거의 인수할 뻔했는데, 절묘한 타이밍에 이츠키 군이 눈치챘네.』

"꼴좋아……."

『제자의 성장을 볼 수 있어서 나도 만족스러워. 이게 바로 윈윈이라는 것일까?』

비꼬는 말을 해도 스리슬쩍 피한다.

이 남자를 도발하면 대개는 두 배로 돌아온다. 게다가 아마 본인은 그럴 생각이 없을 것이다. 그래서 더더욱 화가 난다.

"……이번 이벤트 내용도 당신이 생각한 거야?"

『이벤트 자체는 원래부터 있었지만, 코노하나 자동차에 대한 이벤트 내용만 내가 손댔지.』

아마조네스와 텐노지 제약의 이벤트는 건드리지 않은 듯하다.

『왜 이런 이벤트를 띄웠는지 알겠지?』

조금 진지한 목소리로 타쿠마가 물었다.

하지만 그런 건 생각할 필요도 없다. 오빠의 성격상 대답을 예상할 수 있다.

"……현실에서도 일어날 수 있는 일이기 때문이야."

『맞아. 리콜 은폐까지는 아니더라도 요즘 우리 그룹은 여러 가지로 고름이 눈에 띄니까. 미래를 위해서라도 히나코에게 이런 경험을 하게 해주고 싶었어.』

자연스럽게 윗사람의 시선으로 말한다…….

"……방아쇠를 당기는 건 당신이잖아."

『하하하! 그만해, 마음을 읽는 건 내 전매특허인데.』

"당신이 이해하기 쉬울 뿐."

만약 현실의 코노하나 자동차에 리콜 은폐가 있었다면—— 그 고발자는 타쿠마일 것이다. 여름방학 때, 그룹 계열사인 코노하나 드링크의 직장 내 괴롭힘 문제를 고발한 것도 타쿠마였다. 그 때문에 히나코는 한동안 저택에서 피신해야 했다.

그 덕분에 이츠키의 옛날 집에 갈 수 있었지만…….

그건 그렇고, 이건 이거다.

타쿠마는 코노하나 그룹을 좀먹는 상층부의 고름을 짜내려고 종종 극단적인 수단을 쓴다. 히나코는 그것을 알고 있었다.

『덧붙여 말하자면, 하마다 자동차를 견제하고 싶었어. 그 회사가 코노하나 자동차를 인수하고 싶어 하는 것은 사실이니까. 아니지, 지금쯤 하마다 자동차는 초조하지 않을까? 자신들이 은밀하게 그리던 미래상을 완벽하게 재현하고, 무너뜨렸으니까.』

키오우 학원의 명물 수업인 매니지먼트 게임은 경제계에 널리

(생활력 없음)
~영애들이 다니는 명문 학교에서 제일가는 **아가씨**를 남몰래 돕는 시종 담당이 되었습니다~ 7

알려진 유명 행사다. 이번 사건은 하마다 자동차를 포함해 코노하나 자동차를 노리는 모든 기업에 대한 견제가 되었을 것이다. 코노하나 자동차도 그 어느 때보다 경계심을 가지게 될 것이다.

『그나저나 이츠키 군은 정말 잘하던걸. 히나코도 나름대로 계획이 있었을 테지만…….』

"……그래."

사실 코노하나 자동차의 재건 자체는 히나코 혼자서도 할 수 있었다.

히나코는 이츠키가 지적한 수상한 주주의 존재를 몰랐다. 하지만 투자를 받는 이상, 크고 작은 매수 리스크는 고려한다.

그래서 대책만 준비했다.

하마다 자동차가 코노하나 자동차를 노릴 경우, 그 목적이 경차 기술임은 짐작할 수 있었다. 그래서 만약 매수될 것 같으면 경차 사업 양도를 통해 손을 떼게 하려고 생각했다. 사실 이 부서는 해외에 공장을 너무 많이 만들어서 손이 모자랐다. 언뜻 보면 해외 진출의 성공을 증명하는 화려한 설비이지만, 운영비가 너무 많이 들어 몇 년 내로 포기할 생각이었다.

『피해를 최소화할 수 있는 아이디어가 있었던 거지?』

"……그런 느낌."

『자기 힘으로 해결할 수 있는데도 굳이 이츠키 군을 의지한 건, 역시 사랑 때문인가?』

"사, 사랑……?!"

조수석에 있던 시즈네가 뒤돌아본다.

갑자기 무슨 소리를 하는 거야, 이 남자는.

"그⋯⋯그런 게 아니야. 그냥⋯⋯ 이츠키라면 나보다 더 좋은 답을 찾아낼지도 몰라서⋯⋯."

『역시 사랑이잖아.』

"아, 아니⋯⋯ 아닐, 거야⋯⋯!!"

타쿠마의 유쾌한 목소리가 들려왔다.

이 남자, 자기 혼자 즐거워할 뿐이다. 히나코는 무릎 위에서 주먹을 불끈 쥐었다.

사실 이츠키에게 의지한 덕분에 더 좋은 결과를 얻었으니까, 이번 결정을 후회하진 않는다. 피해를 최소화하려는 히나코에게, 이츠키는 회사를 더 성장시킬 기회도 준 것이다.

"⋯⋯언제까지 이런 일을 계속할 거야?"

히나코가 조용히 물었다.

『모든 것이 끝날 때까지.』

오빠는 감정이 빠진 듯한 목소리로 말했다.

『어머니가 돌아가셨을 때 말했잖아. 나는 내가 살아있는 동안, 코노하나 그룹의 고름을 다 짜낼 거야. 무슨 수를 써서라도.』

무슨 수를 써서라도.

그렇게 말하는 오빠의 목소리는 소름이 끼칠 정도로 차갑다.

『내 대에 다 끝장내야지. 그러지 않으면 또 우리 어머니 같은 사람이 생길 거야.』

그렇게 말하고 타쿠마는 전화를 끊었다.

괜한 걸 물어봤을지도 모른다⋯⋯.

(생활력 없음)

전부 다 알고 있었는데도.

그 사람이 짊어지고 있는 것도. 그 사람이 서두르는 이유도.

전부…… 알고 있는데.

"아가씨, 괜찮으세요?"

"……응."

이마에 손을 대고 심각한 표정을 짓는 히나코에게 시즈네가 걱정스러운 눈치로 말을 걸었다.

히나코는 가늘게 숨을 내쉬며 창밖을 바라본다.

"……가족이란, 참 어려워."

◇

동생과의 통화를 그만둔 타쿠마는 작게 한숨을 쉬었다.

"말을 너무 많이 했어."

평소 자신을 기피하는 동생치고는 드물게…… 마음을 파고드는 듯한 질문을 던졌다. 그래서일까, 무심코 평소보다 더 말이 많아졌다.

의자에서 일어나 창밖 풍경을 바라본다.

벌써 며칠째 이용하고 있는 회원제 비즈니스 호텔. 그곳에서 보이는 풍경은 좋아서, 대도시의 거리가 한눈에 내려다보였다.

방은 혼자 사용하기에는 너무 넓지만, 어쩔 수 없다.

적이 많은 타쿠마는 누군가와 같은 방에서 잠을 잘 수 없었다.

다음 날 아침 숨을 거둘지도 모르기 때문이다…….

"어머."

스마트폰이 진동한다.

화면에 뜬 이름을 본 타쿠마는 바로 전화를 받았다.

"이츠키 군, 무슨 일이야? 참고로 매니지먼트 게임 결과는 알고 있어. 컨설턴트상 수상 축하해."

『가, 감사합니다…….』

이츠키는 어떻게 알았냐는 듯이 당황스러워했다.

역시나 이해하기 쉬운 소년이다. 그 순진함은 하나의 재능이라고 할 수 있다.

『그게, 저기, 대단한 일은 아닌데요…….』

결과 보고만 하고 싶었던 것은 아니었던 모양이다.

이츠키는 다소 고민하며 다음 말을 꺼냈다.

『──하마다 자동차는, 타쿠마 씨가 움직였죠?』

잠시 생각이 멈춘다.

어떻게, 그것을……?

히나코가 깨달았을 때와는 다르다. 히나코는 어렸을 때부터 타쿠마를 뒤에서 봤다. 그 방식을, 그 생각을 쭉 관찰했다. 그래서 막판에야 겨우 알아차릴 수 있었다.

"어떻게 알았지……?"

『어쩌다 보니까요. 하마다 자동차를 조사하다가, 왠지 타쿠마 씨 같다는 생각이 들어서…….』

^(생활력 없음)

전혀 논리적이지 않다.

그것은 바로── 타쿠마와 같은 재능이었다.

"하⋯⋯하하하!"

마치 거울을 보는 듯한 기분이다.

그렇군. 평소 주위 사람들은 나를 보고 이렇게 느끼나.

귀중한 경험이다⋯⋯. 저도 모르게 웃음이 터질 정도다.

"네 말이 맞아⋯⋯."

『역시 그랬군요. 저기, 제가 대응을 잘했을까요?』

"채점은 나중에 하자. 오늘은 좀 바빠서."

『알겠습니다.』

지금까지의 사제 관계를 통해 이츠키도 익숙해졌는지, 말을 잘 알아듣는다.

『타쿠마 씨. 여러 가지로 지도해 주셔서 감사합니다.』

마지막으로 이츠키는 정중하게 인사하고 전화를 끊었다.

"고맙다는 말은 내가 해야지. 이츠키 군."

스마트폰을 테이블에 내려놓고 타쿠마는 웃었다.

"네가 있으면, 나는 소원을 이룰 수 있을 것 같아."

전화를 끊은 나는 스마트폰을 호주머니에 넣었다.

"휴······."

바쁠 것 같아서 짧게나마 감사의 인사를 전했지만, 나중에 꼼꼼히 채점할 예정이라고 한다.

타쿠마 씨가 하는 일이니, 분명 엄격하고 날카로운 지적을 받을 수 있겠지. 내 매니지먼트 게임은 그 순간까지 계속되는 셈이다.

히나코와 헤어지고 카페에서 30분 정도 시간을 보낸다.

슬슬 다 됐을까······?

학교 건물 안으로 돌아와 교실로 향한다.

복도를 걷다가 정면에서 찾고 있던 인물을 발견했다.

"나리카!"

"이츠키!"

상대도 거의 동시에 나를 알아차렸다.

오늘은 나리카를 칭찬해 주어야 한다. 나리카는 히나코를 구하고자 최선을 다했다. 모터스포츠 업계 진출이라는 사업 구상뿐만 아니라, 집회에서도 히나코를 훌륭하게 설득해 주었다. 물론 나도 거들긴 했지만, 이 모든 업적은 나리카의 발상과 배짱이 있었기에 가능했다.

역시 칭찬 한마디는 해주고 싶었다. 그래서 나는 학교로 돌아온 것이다.

"나리카. 신규사업상, 축하……."

"대단하다, 이츠키! 1위가 되고, 컨설턴트상까지 받다니!"

나는 나리카를 칭찬하려고 했지만, 그 전에 나리카가 더 힘차게 나를 칭찬했다.

거참…….

그토록 큰일을 해냈는데, 가장 먼저 입에서 나온 말이 내 칭찬이야?

나리카답다는 생각이 들었다.

"고마워. 반 아이들에게 둘러싸였다면서, 이젠 괜찮아?"

"그렇긴 한데…… 이츠키는 왜 여기 있는 거지? 티파티는 벌써 끝났나?"

"티파티는 월요일 방과 후로 미뤄졌어. 나리카도 올 수 있어?"

"물론이지!"

나리카가 기쁜 듯이 말했다.

정말로 참가하고 싶은 거겠지.

"아무튼…… 수고했어, 나리카. 좋은 결과를 냈네."

"이츠키 덕분이다. 도와줘서 고맙다."

나리카가 내 눈을 똑바로 보며 말했다.

뭐랄까…….

나리카가 이전보다 더 당당해진 것 같다.

평소 같으면 조금 부끄러워하며 우물쭈물할 텐데…….

"왜 그러는 거냐, 이츠키?"

"아, 오늘 나리카가 평소보다 자신감이 넘치는 것 같아서. 무슨 일이 있었어?"

"음…… 뭐, 그렇지. 어제 코노하나 양에게 프레젠테이션을 할 때, 오만가지 생각을 다 해봤다. 당당하게 행동하는 요령을 터득했다고 할까…….."

말로 잘 표현할 수 없는지, 나리카는 생각하면서 대답했다.

"아, 저기, 미야코지마 양!"

그때 복도 건너편에서 몸집이 작은 여학생이 뛰어왔다.

내가 아는 사람은 아니지만…… 나리카의 지인도 아닌 것 같다. 나리카는 뛰어온 여학생에게 의아하다는 듯이 말을 건넨다.

"어어, 뭐지?"

"가, 갑자기 죄송해요. 저, 저희 집이 미야코지마 양과 같은 스포츠 용품점을 운영하는데요, 혹시 괜찮다면 조언해 주실 수 있을까요?"

"괜찮긴 하지만…… 나라도 괜찮을까?"

"네! 미야코지마 양은 매니지먼트 게임 성적도 굉장히 좋았고요, 어제 코노하나 양과의 토론도…… 정말 멋졌어요!"

나리카는 대놓고 칭찬받아 압도당했다.

한순간 기뻐서 표정이 풀어졌지만, 곧바로 딱딱해진다.

"고마워. 저기, 그 조언 말인데, 메일로 해도 될까? 오늘은 이만 집에 가려고 하는데…….."

"꽤, 괜찮아요! 연락처를 알려드릴게요!"

소녀는 재빨리 메모장에 이메일 주소를 적고 잘게 자른 페이지를 나리카에게 건넸다.

"그, 그럼 이만, 실례하겠습니다!"

소녀는 머리를 깊이 숙여 인사하고 자리를 뜨려고 했다.

아직 긴장한 건지. 소녀는 어색하게 걷다가——.

"꺅?!"

"흠."

아무것도 없는 곳에서 발을 헛디딘 소녀의 몸을, 나리카가 재빨리 받쳐주었다.

나리카는 소녀를 안은 채로 쓴웃음을 지었다.

"미안해. 나는 얼굴이 무서워서 남들이 자주 긴장하거든."

"그, 그렇지 않아요. 미야코지마 양 탓이……."

소녀가 울상을 지었다.

평소 나리카라면 또 실수했다고—— 자기 얼굴이 무서워서 겁을 줬다고 낙담할 것이다.

하지만 오늘의 나리카는 조금 달랐다.

"가능하다면 오해하지 않았으면 좋겠어……. 나도 너랑 친해지고 싶어."

나리카가 그렇게 말하자…… 소녀의 얼굴이 붉게 물들었다.

"네, 네……."

소녀는 어딘지 모르게 몽롱한 얼굴로 고개를 끄덕였다.

그리고 조심조심 발걸음을 옮겨 자리를 떠났다.

나는 그걸 뒤에서 보다가 나리카에게 시선을 옮겼다.

"많이 변했는걸."

"솔직히, 빠듯하긴 하다. 지금은 아직 어색하지만, 진짜로 만들고 싶다."

당당하게 행동하는 요령을 터득했다는 말은 거짓말이 아닌 것 같다.

하지만…… 나는 다시 한번 이 자리를 떠난 소녀를 보았다.

소녀는 유난히 천천히 걷고 있는데, 자꾸만 나리카를 뒤돌아보았다.

"미야코지마…………… 언니."

나리카를 바라보는 소녀의 눈에는 수상한 하트 모양이 보이는 듯했다.

무언가에 각성한 거 같은데……?

뭐랄까, 앞으로 나리카는 히나코나 텐노지 양과는 다른 의미로 인기를 끌 것 같다. 본인은 잘 모르는 것 같지만…… 괜히 참견하고 싶진 않으니까 나도 조용히 있자.

"이츠키는 학생회가 목표야?"

문득, 나리카가 내게 물었다.

"그래. 하지만 선거는 다음 달이니까 당분간은 느긋하게 있으려고."

"그건 좋다. 피로를 푸는 것도 중요하니까."

키오우 학원에서는 12월에 학생회 선거가 있다.

매니지먼트 게임이 끝나 어느새 10월 중순. 그래도 선거철까지

(생활력 없음)
~영애들이 다니는 명문 학교에서 제일가는 **아가씨**를 남몰래 돕는 시중 담당이 되었습니다~ 7

는 아직 시간이 있으니까, 조금은 마음을 진정시키고 싶었다.

"나 자신을 변화시키는 것은 즐거운 일이다."

나리카가 중얼거렸다.

"힘들고, 아직 익숙하지 않지만, 정말 보람이 있다. 이걸 계속하면, 나는 진짜 힘을 얻을 수 있을 것 같다."

어제 집회를 통해서, 나리카는 무언가 중요한 가치를 깨달은 것이리라.

지금의 나리카는 자신이 나아가야 할 길이 시야에 확실히 들어온 것 같다.

"그러니까 이츠키. 나도 학생회장을 목표로 할 거다."

"……………어?"

예상치 못한 선언에, 나는 눈을 크게 떴다.

"무모하다는 건 안다. 하지만 지금 내게 필요한 것은 이런 도전이다."

진심인 것 같다.

내가 침묵하자, 나리카가 입술을 삐죽 내밀었다.

"음…… 뭐냐, 이츠키. 응원해 주지 않는 거냐?"

"아, 아니, 물론 응원하겠지만…… 너무 의외라 머리가 따라가지 못해서……."

"즉, 그만큼 나답지 않은 도전이라는 뜻인가. 그렇다면 더더욱 할 가치가 있다."

무리하지 않아도 되지 않을까—— 그렇게 말하려고 했지만, 당당히 웃는 나리카를 보니, 무리하는 것 같지 않다.

초조한 것도, 충동적인 것도 아니다. 진중하게, 이성적으로 결정한 것 같다.

하지만 그렇게 되면⋯⋯⋯⋯.

(나는 텐노지 양과 나리카, 누구를 응원해야 할까⋯⋯?)

학생회 임원이 아닌 학생회장을 목표로 한다면 텐노지 양과 맞부딪힐 것이다.

그때 나는 누구를 지원하면 될까?

"이츠키, 정말 고맙다."

나리카가 나를 똑바로 바라보며 말했다.

"어제, 나는 중요한 것을 알았다. 그걸, 이츠키가 가르쳐 줬다."

노을빛에 비춰서 그런 것일까.

나리카의 얼굴이 살짝 붉게 물든 것 같았다.

"나는 혼자서는 안 된다. 하지만 믿어 주는 누군가가 곁에 있으면 이렇게나 당당히 행동할 수 있다. 그러니까 역시, 이츠키는 내게 필요하고, 특별한 존재다."

그렇게 말하면서 나리카는 내게 한 걸음 다가왔다.

그대로 얼굴이 가까워지더니————.

————내 뺨에, 부드러운 무언가가 닿았다.

"어? 어? 나, 나리카⋯⋯?!"

"~~~~~~!!"

시야 가득히, 새빨개진 나리카의 얼굴이 보인다.

(생활력 없음)
~영애들이 다니는 명문 학교에서 제일가는 **아가씨**를 남몰래 돕는 시중 담당이 되었습니다~ 7

부끄러운 나머지 눈가에 눈물이 고인 나리카는 입술을 가리며 한 발짝 물러섰다.

"대, 대답은, 안 듣겠다! 하지만 후회해도 이미 늦었으니까!"

나리카는 나를 손으로 가리키며 말했다.

"마음껏 해치우라고, 나한테 말한 사람은⋯⋯ 이츠키니까!"

그렇게 외치며 나리카는 엄청난 속도로 뛰어갔다.

본격적으로 달리기 시작한 나리카를 따라잡을 사람은⋯⋯ 이 학교에는 한 명도 없으리라.

특별 단편 • 나리카의 성장

내가 열 살 때.

미야코지마 가문의 집에서 얹혀살 때의 일이다.

나리카를 처음 봤을 때는 '나약한 것!' 소리를 들었지만, 어찌
어찌 친해지고, 우리는 방에서 같이 지내는 일이 많아졌다.

그러던 어느 날 아침.

"저기……."

자다가 이부자리에서 깬 나는 옆에서 자는 나리카에게 말을 걸
었다.

"아침이에요."

나리카는 자주 늦잠을 자니 아침에 일어나면 깨워달라고……
오츠코 씨에게 부탁받은 나는 나리카의 몸을 슬쩍 흔들었다.

하지만,

"음냐……."

나리카는 기분 좋게 자고 있어서 전혀 일어날 기미가 보이지 않
았다.

군식구인 데다가…… 그리고 아마도 어머니가 불편을 끼치고
있을 테니까, 나는 되도록 미야코지마 가문 사람들에게 폐를 끼

치고 싶지 않았다.

그래서 나도 큰 소리로 외쳤다.

"아침이에요!"

그러자 나리카가 싫은 표정을 지으며 뒤척였다.

"싫어……. 잘래……."

"안 돼요. 아침 식사 시간에 늦어요."

"잔다면…… 자는, 거다……."

몸을 흔들어 깨우려고 하는데, 갑자기 나리카가 내 팔을 잡아 당겼다.

"으헉!"

이불 속으로 빨려 들어갈 줄 알았는데, 그렇지 않았다.

나리카는 잠결에 놀랍도록 정교한 동작으로—— 내 팔을 잡아 십자꺾기를 했다.

"저기…… 하, 항복……!"

"음냐음냐……."

"아야야야……?! 아무나 좀, 살려주세요……!!"

농담이 아닐 정도로 아파서 나도 모르게 도움을 요청했다.

그리고 시간이 지나 나리카의 힘이 느슨해져서, 그 틈에 탈출했다.

새근새근 잠든 나리카의 모습에 소름이 돋았다.

(어떻게 깨우면 좋을까?)

우회적으로 접근하면 관절이 꺾인다. 무슨 달인이지? 취권이 아니라 수권인가?

(생활력 없음)
~영애들이 다니는 명문 학교에서 제일가는 **아가씨**를 남몰래 돕는 시중 담당이 되었습니다~ 7

그렇다면―― 기척을 알아차리지 못하도록 접근을 시도해 보자.

나는 몸을 숙이고 천천히 반대편으로 이동한 후 재빨리 나리카에게 다가갔다.

그리고 나리카를 깨우고자 머리를 잡고 흔들려고 했는데――.

"음냐……."

"큭……?!"

나리카의 팔이 재빨리 내 옷깃을 잡았다.

당한다. 삽시간에 그렇게 깨달은 나는 작전의 실패를 통감하며 철수했다.

――빠르다.

방금 그건 한 팔을 붙잡고 목을 조르는 기술인가…….

관절기만이 아니라 목 조르기도 쓰다니…….

(그렇다면……!)

좌우가 아니라 바로 위에서 깨우면 어떨까?

나는 벌떡 일어나 숙면 중인 나리카의 옷깃을 잡으려고 했다.

하지만 그 순간, 나리카는 눈 깜짝할 사이에 두 다리를 벌려 내 목과 팔을 붙잡았다.

"말도 안 돼?!"

삼각 조르기――?!

이 아이는 사방에서 오는 공격에 대응하고 있다……!!!

굳히기 전문가를 목표로 하는 것일까? 그건 자면서 하는 기술이 아닌데.

(아차…… 정신이……!)

잡생각을 할 때가 아니었다.

의식이 흐릿해진다. 졸음과는 다른…… 잠기운과는 다른 무언가가 집중력을 흐트러뜨렸다.

이거, 이대로 기절하면 아마 그냥 늦잠을 잤다고 착각할 것 같은데…… 너무한걸, 제때 일어났는데.

그런 생각을 하며 앞을 보니── 나리카랑 눈이 마주쳤다.

나리카는 그 동그란 눈을 번쩍 뜨며 말했다.

"뭘, 하는 거야?"

"………… 그건 내가 할 소리인데?"

어떻게 봐도 내가 피해자인데.

"음…… 미안해, 잠결에 기술을……."

정말 잠꼬대였나 보다.

사실은 자는 척하는 줄 알았는데…….

"아침에 일어나기 힘들어요?"

"그런 건 아니지만……."

나리카는 말하기 불편한 기색으로 입을 열었다.

"아버님은, 아침 단련은…… 힘들어."

"아하……."

힘든 연습도 있어서 아침 일찍 일어나는 것에 거부감이 있는 것 같다.

──결국 나리카는 나중에 아버지의 엄격함을 극복하고 아침 단련에 자진해서 힘쓰게 되면서 아침 일찍 일어나게 됐지만……

이때의 나는 그런 미래가 있을 줄 몰랐다.

"그러니…… 잔다!"

"아니요! 안 돼요! 일어나 주세요!"

다시 잠들면 더는 깨울 수 없다!

더는 굳히기 기술에 당하기 싫다. 나는 필사적으로 나리카를 설득했다.

◆

그로부터 몇 년이 지나고.

매니지먼트 게임으로 보답하고 싶다는 나리카의 제안을 받아들인 나는 다시 미야코지마 저택에서 아침을 맞이했다.

"나리카, 좋은 아침이야."

"으음……?"

몇 번을 부르자 나리카가 눈을 뜬다.

"이츠키…… 이츠키야…………."

"저, 저기, 정신 차려."

나리카가 일어나서 내게 다가왔다.

정신이 몽롱해진 나리카를 보니 옛날 생각이 나지만…….

(그때와 비교하면, 그나마 낫네.)

잠결에 굳히기 기술을 쓰지 않는 것만 해도 많이 성장한 거라고, 나는 생각했다.

후기

사카이시 유사쿠입니다. 페이지가 빠듯합니다.

그런고로 매니지먼트 게임편이 끝났습니다! 앞으로 이츠키와 다른 인물들은 평소의 일상(?)으로 돌아가는데, 매니지먼트 게임편을 거쳐 그 일상 속에서도 조금씩 경영을 접하게 됩니다!

하지만 이츠키와 다른 인물들도 조금 쉬고 싶을 테니까, 다음 권은 느긋할 예정입니다. 아마도.

【감사 인사】

이 작품을 집필하면서 관계자 여러분께 큰 도움을 받았습니다. 정말 신세를 많이 졌습니다. 담당자님, 제 의식에서 빠졌던 각 히로인의 심리적 상황을 지적해 주셔서 감사합니다. 미와베 사쿠라 선생님, 커버 속 나리카의 '빠릿!' 한 표정이 최고로 귀엽습니다. 고맙습니다.

마지막으로, 이 책을 골라 주신 독자 여러분께 가장 큰 감사를 바칩니다.

아가씨 돌보기 7

영애들이 다니는 명문 학교에서 제일가는 아가씨(생활력 없음)를
남몰래 돕는 시중 담당이 되었습니다.

2024년 11월 25일 제1판 인쇄
2024년 12월 05일 제1판 발행

지음 사카이시 유사쿠
일러스트 미와베 사쿠라

옮김 JYH

제작·편집 노블엔진 편집부

발행 데이즈엔터(주)
등록번호 제 2023-000035호
주소 07551 서울특별시 강서구 양천로 570 NH서울타워 19층
대표전화 02-2013-5665

ISBN 979-11-380-5506-2
ISBN 979-11-380-0898-3 (세트)

才女のお世話 7
高嶺の花だらけな名門校で、学院一のお嬢様(生活能力皆無)を
陰ながらお世話することになりました
ⓒ Yusaku Sakaishi
Originally published in Japan by HOBBY JAPAN Co., Ltd.

이 책의 한국어판 저작권은 데이즈엔터(주)에 있습니다.
저작권법에 의해 한국 내에서 보호를 받는 저작물이므로 무단 전재와 무단 복제를 금합니다.

구매 시 파손된 도서는 구매처에서 교환하실 수 있습니다.
기타 불편사항, 문의사항이 있으신 독자님께서는 노블엔진 홈페이지
[http://novelengine.com] 에서 Q&A 게시판을 이용해 주시기 바랍니다.

패배했기에 빛나는 소녀들에게 행복이 있으라!
인기 애니메이션 방영작, 출간 중!

패배 히로인이 너무 많아!

1~6

학급의 배경인 나, 누쿠미즈 카즈히코는 인기 많은 여자인 야나미 안나가 남자에게 차이는 모습을 목격한다.

"나를 신부로 삼아주겠다고 했으면서!"

"그거 언제 적 이야기인데?"

"네다섯 살쯤인데."

──그건 좀 아니지.

그리고 이 일을 시작으로 육상부의 야키시오 레몬, 문예부의 코마리 치카처럼 패배감이 넘치는 여자애들이 나타나는데──.

패배 히로인── 패로인들과 엮이는 수수께끼의 청춘이 지금 막을 연다!
2024년 인기 애니메이션 방영작!!

©2022 Takibi AMAMORI / SHOGAKUKAN
Illustrated by IMIGIMURU

아마모리 타키비 지음 │ 이미기무루 일러스트 │ 2024년 11월 제6권 출간

청춘의 상상, 시동을 걸어라!

우리 옆집엔 천사님이 산다── 무뚝뚝하면서도 귀여운
이웃과의 풋풋하고 애틋한 사랑 이야기.

옆집 천사님 때문에 어느샌가 인간적으로 타락한 사연
1~9

애니메이션 방영작

© Saekisan
Illustrations copyright © Hanekoto
SB Creative Corp

후지미야 아마네가 사는 맨션 옆집에는 학교 제일의 미소녀인 시이나 마히루가 살고 있다. 두 사람은 딱히 이렇다 할 접점이 없지만, 비가 오는 날 흠뻑 젖은 시이나 마히루에게 우산을 빌려준 것을 계기로 기묘한 교류가 시작되었다.

혼자서 너저분하게 대충대충 사는 아마네를 차마 보다 못해, 밥을 차려 주거나 방을 청소해 주는 등 이것저것 챙겨 주는 마히루.

가족의 정을 그리워하면서 점차 다정한 모습을 보이기 시작하는 마히루. 그러나 그 호의를 알면서도 자신감이 없는 아마네. 두 사람은 자신의 마음에 솔직하게 굴지 못하면서도 조금씩 서로의 거리를 좁혀 나가는데 …….

 사에키상 지음 | **하네코토** 일러스트 | **2024년 9월 제9권 출간**
청춘의 상상, 시동을 걸어라!